徳間文庫

小説「聖書」旧約篇㊤

ウォルター・ワンゲリン
仲村明子 訳

徳間書店

THE BOOK OF GOD
By
Walter Wangerin

私の家族
セイン、
ジョセフ、マシュー、メアリー、タリサへ

祭司エズラは両腕に巻物をかかえて、古い宮殿の坂をおりてくる。
水の門に面した広場に入り、地面にすわっている大会衆のなかをすすんでゆく。
広場の端には木の台がしつらえられている。そこで朗読するためだ。
エズラは朗読台にあがり、まえにすすみでて巻物をひらく。
会衆はおのずから立ち上がる。
エズラは主を賛美する。会衆は両手をあげ、「アーメン、アーメン」
とそれに応える。
会衆がふたたびすわると祭司エズラは朗読をはじめる。
「はじめに、神は天と地を創造された。
地は混沌《こんとん》であって、闇が深淵の面《おもて》にあり、神の霊が水の面《おもて》を動いていた。
そして神は言われた。『光あれ』
こうして光があった」

Contents

目次

小説「聖書」旧約篇（下）目次

カバー・本文イラスト＝高橋常政
カバーデザイン＝熊澤正人

第一部

父祖たち

The Ancestors

Black Sea
黒海
Caspian Sea
カスピ海
ハラン
Harran
MESOPOTAMIA
メソポタミア
CANAAN
カナン
Mediterranean Sea
地中海
ダマスコ
Damascus
River Tigris
チグリス川
ユーフラテス川
River Euphrates
ヘブロン
Hebron
ウル
Ur
EGYPT
エジプト
Red Sea
紅海

1 アブラハム

Abraham

ⓘ

老人は天幕に入り、入口のおおいをおろした。疲れきっていた老人は、暗闇のなかで土器の火つぼの前にゆっくりとしゃがんだ。炭に息を吹きつけて赤々と燃えあがらせると、その火を、皿に油を入れたランプの灯心にうつした。うつされた火はしずかな炎となってゆらめいた。老人の顔はやせこけて傷つき、近ごろの旅のためにちりが縞《しま》のようについていた。寝るためにわらの敷物をしきはじめたが、もの思いにとらわれて、とちゅうでその手を止めてしまった。

ヤギ皮を縫いあわせた天幕は長方形で、あちこちにあたらしいヤギ皮でつぎがあてられていた。三本の柱で吊ったアシのとばりが中央にわたされ、天幕を二つに仕切っていた。一方の部屋は老人が、もう一方の部屋は妻がつかうためだ。天幕に住んでいるのはその二人だけだった。二人には子どもも孫もいなかった。子宝に恵まれなかったのだ。

乱れた風が天幕のまわりに吹きつけて天幕を内側へあおるのに、老人は身動きひとつしなかった。ランプにともる指先ほどの炎をみつめるばかりだった。

彼は年老いていた。おそらく八十歳くらいだろう。しかし彼が今感じている疲労は年齢によるものではなかった。小柄でやせて強靭《きようじん》な彼の体は、むしろ革のようにかるくて丈夫だったから。目もおとろえてはいなかった。灰色の不動の光をたたえてみつめるその目は、意味が解きあかされるのを待っていた。それは老いた目ではなく、忍耐づよい目だった。

それゆえ疲労は年齢のためではなかった。それはその日の旅と、前日の戦いによるものだった。

カナンの地はおろか、東のユーフラテス川からエジプトのナイル川までの地域をさがしても、ただ一人しかいない親類である甥《おい》のロトは、安逸《あんいつ》な生活をおくるようになっていた。老人は天幕でくらしていたが、甥はヨルダン川低地の町に住んでいた。そこは水に恵まれた肥沃《ひよく》で理想的な土地で、美しく、みどりをたたえていた。しかし最近、北方の四人の王に攻められ、低地の五つの町が打ち負かされた。その五つの町にはロトの住むソドムも含まれていた。そして、北方の王が捕虜《ほりよ》としてつれさった町の者たちのなかにはロトもいた。

親族が捕虜になったと聞いた老人は、自分のしもべ三百十八人を武装させてロバにのせ、すばやく、ひそかに敵を追っていった。老人は夜のあいだにしもべたちを二手に分けた。北方の王たちは同時に二方向から攻められておどろき、老人は敵を敗走させることに成功した。自分たちの土地に追い返したのだ。そして略奪品と捕虜のすべてを、おそわれたソドム、ゴモラ、アドマ、ツェボイム、ツォアルの町々にもどした。ロトは自由の身になり、ふたたびソドムに住むことをえらんだ。しかし、そこの住人はきわめて邪悪なおこないをすることで知られていた。

それがきのうのことだった。

今日、ソドムの王は老人の返した略奪品をすべて彼にあたえると申しでたが、老人はそれをことわった。

今日、祭司《さいし》でもあるメルキゼデク王が老人を祝福するためにパンとブドウ酒をたずさえてやってきた。そして彼を祝福して言った。

あなたに祝福があるように。
そしてあなたの手に敵をわたされた
いと高き神がたたえられるように。

それから、老人はマムレのカシの木の近くにはった天幕へ、疲れきって帰ってきた。

夕方には、妻が大麦でパン種を入れないうすいパンを焼いたが、彼はそれにほとんど口をつけず、妻はまったく食べなかった。

「それではロトは無事なのですね」と妻はきいた。

「そうだ」

「子どもたちも？」彼女はまっすぐ夫をみつめながら言った。「天幕に住むわたしたちとはちがい、家の壁にかこまれて住むあの人の子どもたちは？」

「だいじょうぶだ」

「ではみんなで家にいるのですね。ロトは子どもたちにかこまれてすわり、満足して。そして年をとったことのなぐさめを味わっているのですね。自分勝手に安逸な生き方をえらんでおいて、災難に巻きこまれたら、そこから救いだしてくれる伯父さんがいるわけですから」

老人は何も言わなかった。

「あの人にはいい伯父さんがいるから。心のひろい伯父さんが。自分の子どもに大麦パンの最初の一口もほおばらせたことのない不妊の妻をもつ伯父さんが」

食事もすませずに老人が立ち上がったのはそのときだった。薄暗がりのなかをとぼとぼと歩いて天幕の自分の部屋にむかい、なかに入って入口のおおいをおろすと、ランプをともし、しゃがんでただ一つの炎をみつめた。わらの敷物はしきかけのままだった。彼はひざまずき、かかとに腰をのせていた。まばたきもせず眠ることもなく、夜半すぎまで老人はその姿勢のままだった。そとの物音はとうにきこえなくなっていた。宿営地は寝しずまっていた。妻もそのうちアシの仕切りの向こう側で眠りにおちていった。一人きりで。

やがて真夜中になり、神は老人に語りかけた。

〝おそれるな、アブラムよ〟神は老人の名を呼びながら言った。〝わたしはあなたの盾《たて》だ。あなたは大いなる報酬をうけるだろう〟

アブラムは身じろぎもしなかった。オレンジ色のランプの炎から目をそらすことさえしなかった。しかし緊張のためにあごにはかたく力が入っていた。

〝アブラムよ、ここから東西南北にひろがる目のとどくかぎりの土地を、あなたとあなたの子孫に永遠にあたえよう〟

アブラムは身動きしないまま、そとの風の音にかき消されて自分にもきこえないほど小さな声でつぶやいた。「あなたはそうおっしゃいました。たしかにそうおっしゃいました。しかし主《しゅ》なる神よ、子のいないわたしたちに何があたえられるというのでしょうか」

そのとき、風にあおられて天幕のおおいが亜麻布のようにもちあがった。ランプの炎はなびいて消えた。

神は言った。〝来なさい。アブラム、そとへ出なさい〟

老人は言葉にしたがい、這《は》ってそとに出た。

神は言った。〃天に目をむけなさい。そして星々をみよ、アブラム。それらの数を数えてみなさい。あなたに数えられるだろうか〃

「いいえ。できません。あまりに多すぎて」

〃これほど数多く、あなたの子孫は地上にふえていくのだ〃

アブラムはさきほどランプの炎をみていたときと同じまなざしで、天をみあげた。風はすっかりやんでおり、空気はぴたりと静止していた。地上に動くものはなく、ただ天幕の仕切りのなかから年老いた妻のかすかな寝息がきこえてくるばかりだった。

アブラムは言った。「それではわたしの家で生まれた奴隷を跡継ぎにしなければならないのでしょうか」

神は言った。〃あなた自身の息子があなたの跡継ぎとなる〃

「どうしてそのようなことがわかるのでしょう。わたしたちに子どもをあたえてくださらないのに」

すると主の言葉が老人にくだった。

〃アブラムよ。王が契約によって、しもべとの取決めをおこなうことを知っているだろうか。明日だ、アブラム。明日、けものを用意しなさい。わたしはあなたをここへみちびき、この土地をあたえた主だ。明日、わたしはあなたと契約をむすぼう――そのことによって、あなたはわたしとの約束を確実に知るのだ〟

翌日、老人は早朝から起きだした。妻にも、しもべにも、家の者には何も言わないで、老人は自分の家畜のなかからそれぞれ三歳になる雌牛、雌ヤギ、雄羊、それに山バトとハトのヒナをえらびだした。

彼はそれらのけものを、あたりに何もない、小高くさびしい場所へつれてゆき、つなぎとめた。

アブラムは腰のところで衣を縛り、だぶついた袖もひじに縛りつけて、たれさがって邪魔になるものがないようにした。そして銅製の長い刃物をとりだし、けものたちの首の両側をすばやく裂いて殺した。動物たちは抵抗することもなくたおれて死んだ。それから老人は雌牛のいちばん上の胸骨に刃物を刺した。刃物を下へ強くひいて骨を割り、肉を切り裂いて、死体を二つに分けた。ヤギと羊にも同じことをしたが、鳥は二つに分けなかった。

アブラムはそれぞれ半分にした動物を向かい合わせに地面にならべ、動物たちの体のまんなかに通り道ができるようにした。

午後おそくなると、血と生肉にひきつけられた猛禽《もうきん》が、荒野の上空にやってきた。そして注意深く旋回しながらしだいに低くおりてきた。やがて腹をすかせた鳥たちは地面に舞いおりようとした。しかしアブラムは鳥に走りより、声をあげ腕をふって威嚇《いかく》した。年老いたアブラムはその日、死肉をねらう大きな猛禽を追いはらい、神との契約の動物をまもることに疲れはてた。

しかし太陽がしずむと、単なる疲れ以上のものが彼をおそった。アブラムは深い眠りにおちた。おそろしい大いなる闇につつまれ、彼はなすすべもなく地にふした。

日もとっぷり暮れ、あたりがすっかり夜になったころ、闇のなかを煙をあげる火つぼがやってきた――それは煙をあげる炉と燃えさかる松明《たいまつ》だった。それらが半分に分けた動物たちの体のあいだをとおりすぎるとき、主なる神はアブラムと契約をむすんで言った。

〝あなたの子孫にこの土地をあたえよう。すなわち、エジプトの川から大河ユーフラテスまでの、カイン人、ケナズ人、カドモニ人、ヘト人、ペリジ人、レファイム人、アモリ人、カナン人、ギルガシ人、エブス人の土地を〟

翌日アブラムは天幕にもどってたんねんに身をきよめ、衣を土に埋めた。

しかし自分がどこへ行き、何をしたのか、どうして乾いた血をつけて帰ってきたのかはだれにも言わなかった。

サライは夫にもまして、神の約束を待ちのぞんでいた。アブラムはすでに八十五歳に、自分は七十五歳になっていた。

〔主よ、ごらんください。あなたがわたしと夫にはじめて約束された日と同じように、わたしたちには今も子どもがおりません〕

それは十年も前にもたらされた希望だった。サライは時の経過を痛いほど意識した。神がその約束をしてから、彼女は毎月のように妊娠していないことに落胆してきたのだ。なぜなら主はアブラムに、〝あなたから大いなる国民をつくる〟と言ったのだから。そして国民とは、一人の子の誕生をもってはじまるのだから。

〔しかしその子はどこにいるのか〕年老いたサライはしなびた腹に両手をあてては、〔わたしの子はどこにいるのか〕と考えた。

ⓘⓘ

十年前、二人のしずかな生活に神があらわれたとき、サライはくったくなく笑い、おどるようになった。サライのことは町のうわさになった。「あの年老いたサライが、自分はこれからみごもると思っている」と。もしアブラムが移住することを考えていなければ、このうわさは彼を悩ませたことだろう。

そのころ彼らは乾燥地帯のずっと北、バリク川のほとりにあるハランに住んでいた。天幕ではなく、家に。二人に子どもはなかったが、一族の者や友人にかこまれていた。アブラムは七十歳をすぎており、二人はその生活に満足していた。サライはもうずっと以前から子どものことは話さなくなっていた。自分は悲しい定めをうけいれたのだとすなおに思っていた。

そんなある夜、アブラムがやってきて彼女を起こした。彼は顔色をうしない、みひらかれた目はくもり、声は弱々しかった。

「サライ、サライ」と彼はささやいた。「旅支度をしてくれ」

「旅って、どこへ？　またお義父《と》さんが病気なのですか」

アブラムの父テラはそのころ健康を害し、しばしば息子を呼びよせていたからだ。

アブラムはサライの質問にも気づかなかった。彼は黒くなったロウソクの芯のようにかたく、もろそうにみえた。「主なる神のしめされる土地へ行くようにと、お告げがあったのだ、サライ」老人は、洞窟《どうくつ》から吹く風のような声で言った。「すばらしい約束だ。わたしを大いなる国民にしてくださる。そしてわたしを祝福し、わたしが祝福された者となるようにわたしの名を高めてくださるのだ。〝あなたを祝福する者をわたしは祝福しよう。そしてあなたを呪《のろ》う者をわたしは呪おう。あなたによって、地上のすべての氏族は祝福に入る〟と。だからサライ、支度をしてくれ。行かなければならないから――」

アブラムが天幕から夜のなかに出ていくと、サライは息を荒らげた。頭をたれ、両手で顔をおおって彼女は泣いた。〔大いなる国民は一人の子どもからはじまる〕

アブラムの妻サライは子を宿すのだ。

彼女は下腹にいとおしさを感じ、じっとしていることができなかった。赤ん坊。自分のおかしな行動や、とほうもない期待を近所の者にうわさされてもいい。サライはもう何も気にならなかった。

そんなことがあったので、彼女はハランから不平も言わずに旅をしてきたのだ――彼女とアブラムと甥のロト、そして彼らのしもべや家畜とともに。どこにむかっているのか、そんなことはわからなくてもかまわなかった。夫の神が自分たちをみちびいているのだから。胸が高なるほどの期待が老女を若々しくしていた。サライの顔はかがやくばかりに血色がよくなった。流浪の旅をして、天幕に住むようになったことも気にならなかった。アブラムと甥のロトが家畜と家族を分け、ロトはヨルダン川低地にある町の家に住み、自分の夫はそのまま放浪し、天幕での生活をつづけることになっても、まったく気にならなかった――神からの約束があたえられ、不妊だった自分が子どもをさずかるのだから。

しかしそれは十年前のことだった。

サライの顔に花ひらいた若々しさは、とうに消えうせていた。

彼女のなかの女らしさも革のように干からび、奇跡も消えてしまったようだった。

しかし神はサライの欲望を刺激したので、女らしさが枯れ、消えてしまうことはなかった。毎晩のように欲望が彼女の心をつかんだ。「どこにいるの。わたしの胎内に宿る子は」サライにはもう自分の定めに甘んじることはできなかった――笑い、おどり、信頼したあとでは、そしてあの約束が彼女の人生に多くの変化をもたらしたあとでは。

そこで彼女は自分の手で問題を解決することにした。

サライはハランで慣習となっていた、不妊に対処する方法を思い出した。たしかにアブラムにとっては、ハランにくらしていたことなど過去のことかもしれない。でも、神との約束は捨て去ることはできなかったし、サライも自分の子を産む最後のチャンスを捨てるわけにはいかないのだ。

「アブラム」サライは声をかけた。「わたしに考えがあるのだけれど」

それは、彼がひそやかな儀式から血だらけになって帰ってきてから数日後、二人が天幕のそとにすわり夕食をとっていたときのことだった。彼は衣についた血のことについて説明せず、彼女もそのことをきかなかった。食事は終わりかけていた。サライは彼のためにメロンを切りわけ、彼はそれをゆっくりと食べていた。

「どんな考えだ」彼は言った。

サライはよこをむいて、自分の食べるメロンを切っていた。「もしあなたがそのことを気に入って実行しても、わたしは文句を言いません。ほかの女なら文句を言うかもしれないけれど。わたしは言いません。むしろありがたいと思うでしょう」

アブラムはべとついた指を舌にあてた。「どんな考えだ」

「あなたはもちろんわたしの女奴隷を知っていますね」サライはメロンから注意深く皮を切りとりながら言った。

「ああ」

「ハガルといいます。エジプトから北へつれてきた丈夫な女。あれがハガルです。若いですし、いい奴隷です」

「ああ。あの女のことは知っている。それで、どうしようというのか」

「メロンはもういいですか。十分めしあがりましたか」

アブラムはすわって妻をみつめているだけだった。

サライは自分のメロンをわきへおき、手をぬぐってからひざの上で組み、目をあげて夫をみた。

「子どものできない女は子を得るために、自分につかえる女奴隷を夫のところへつれてゆくことがあるのです。自分の子を得るために、不妊の妻は夫を女奴隷と交わらせるのです。もし女奴隷がその女主人のひざの上で赤ん坊を産めば、その子は女主人のものになるからです。アブラム、もしあなたがわたしの女奴隷のハガルとそうしたいなら……わたしはそれに反対しません」

老人はそのまま長いことサライをみつめていた。彼女は目をふせた。

「そんなこともできるというだけのことですよ」

アブラムは「ハガルをわたしのところにつれてきなさい」と言って立ち上がり、天幕の自分の部屋へ入っていった。

エジプト女のハガルは美しくはなかった。しかしサライはいつも彼女のことをきれいだと言っていた。サライがまっさきにハガルをえらんだのは、彼女の手足が大きく、力があり、天幕の杭《くい》のような骨をしていたからだった。そしてつい最近になって、ハガルの腰が大きく張っていることにも気づいていた。子どもを楽に産むことのできる余裕のある体つきだった。大きな黒い瞳とひろい額をもち、むろん何も学んだことはなかった——しかし楽にはらむことのできる体つきをしていた。

ハガルがアブラムの部屋で休んだ翌朝、サライはハガルの髪が長く、カラスのように黒くつややかであることにはじめて気がついた。それを美しいと言うこともできるだろう。その朝サライはハガルに髪を切るように言いつけた。「いつもその髪がおまえの仕事の邪魔になっているから」と。

そして、サライは女奴隷ハガルが妊娠したことに気がついた。エジプト女の顔はあざやかな褐色であったので、目と歯ははっとするほど白くみえた。その白い歯をみせて笑うことが多くなったことからして、ハガル自身も胎内に子が宿ったことを知ったにちがいなかった。

ハガルが妊娠し、本人もそのことに気づいている証拠は、ほかにもすぐあらわれた。堂々と歩くようになったのだ。腰を左右に大きくふって。また女主人を直視するようになり、サライの命じたことにしたがわなくなった。髪も切ろうとしなかった。

「今朝は水をくんできておくれ、ハガル」とサライは命じた。しかしハガルはため息をつき、疲れているのだと言ってきびすをかえし、天幕のアブラムの部屋へ行き、すわってイチジクを食べた。

彼女の腹は大きくなっていった。

ある日サライと産婆は、ハガルに女主人のひざの上で赤ん坊を産む方法を教えていた。サライは敷物をまるめてそこによりかかり、脚をまっすぐ前になげだした。ハガルはサライのひざにすわって彼女の胸に背をもたせ、できるかぎり脚を高くひきあげた。産婆はサライのくるぶしの上にかがんでハガルと顔をみあわせ、彼女の脚のあいだに手をのばした。

「わかったでしょう？」サライは言った。「子どもはわたしのひざの上に産まれてくる。ハガル、わたしはおまえに腕をまわし、こうやっておまえの腹を下におして――」

するとハガルは声をあげてサライの手を打った。「そんなことをしたら痛い」とハガルは言った。彼女は立ち上がると、ふんぞりかえって天幕から出ていった。サライは呆然《ぼうぜん》とすわりこんだ。産婆はうつむき、何も言わなかった。

つぎの日サライは、ハガルがアブラムの天幕の陰でイチジクの入った鉢《はち》をかかえてすわっているのをみつけた。

サライはハガルの前に立ちはだかった。「おまえはわたしをたたいたね」

「ええ、でもご主人に申しわけなかったと謝りました。ほんとうにそう思っているのです。あなたがわたしを痛めつけるつもりではなかったことも伝えておきました。わたしの体はやわらかく、あなたは骨ばっているだけのことですから。ご主人にも違いがわかるでしょう。わたしは女の盛りをむかえているので感じやすく、あなたはそうではないからがさつなのでしょう」

サライは口をあけてそれに応えようとしたが、出てきたのはうめき声だった——それは屈辱的な響きだった。彼女は声を荒らげて言った。「仕事をしなさい……水をくんでくる仕事を——」

ハガルは言った。「すみません。あなたのご主人がわたしに休むように命じたのです。わたしはアブラムの言葉にしたがいます」

サライがまた自分のひざの上で子を産む練習をさせようとすると、ハガルは「そんなことはもう必要ないでしょう」と言った。

サライは即座に衣をたぐりよせ、海からわきおこる嵐のようないきおいでアブラムをさがしにいった。

そこは草におおわれた丘陵地《きゅうりょうち》で、何キロも先まで周囲をみわたすことができた。サライは木のはえていない小山にのぼり、目の上に手をかざして夫のいる羊の群れをみつけ、それから夫の衣の色をさがした。その日アブラムは羊飼いのなかにいて、町でつくられる贅沢品、赤ん坊のゆりかごと交換するための子羊をえらびだしていた。

いた。アブラムが。

群れがいる谷間につくまえからサライは声をはりあげていた。「おじいさん。おじいさん。わたしに起こったことが、あなたにふりかかればいいのに、このおじいさんに」

サライの肌は年齢ときびしい気候のために茶色のまだらになっていた。髪は張りをうしなって、うすく、白くなっていた。しかし怒りで体がはりつめ、目が燃えているときのサライは若返り、まるで戦士のようだった。

「あなたの抱いた女は」サライは声をはりあげた。「あなたの側女《そばめ》、わたしの召使、腹に子を宿しているあのエジプト女は、わたしをみくだすのです。わたしにはたえられない、アブラム。たえられないから、主にあなたとわたしのあいだを裁《さば》いていただかなければなりません」

アブラムは近づいてくるサライのほうをむいて立っていた。彼女が立ち止まって息をついていると彼は言った。「サライ、あの女のことはおまえにまかせてある。だから好きなようにすればいい。わたしは干渉しないから」そして彼は仕事にもどっていった。

サライはハガルのことをまかされることになった。彼女はそれを権力と自由としてうけとめ、容赦のない対応をした。

その日以来、ハガルが水をくむことを拒否すると、サライは二人の男のしもべにハガルの腋《わき》をかかえて泉へつれていかせ、水をいっぱいにした皮袋を彼女にかかえさせるとむりやりつれてこさせた。すぐにハガルは自分で水をくみにいくようになった。

イチジクもハガルにはあたえられなくなった。日中うたた寝をすることも禁じられた。またサライ自身がハガルの髪を切り、それもひどく短くしたので、やわらかい頭皮はじりじりと日に焼かれた。

それからサライは、ハガルから切りとったカラスのように黒い髪の束と、かたい亜麻の帽子をハガルのところへもってゆき、その長い髪でかつらをつくれと命じた。そしてサライが、そのかつらは夫アブラムとともにすごす特別なときにかぶるのだと言うと、エジプト女のハガルは姿を消した。

身重であったにもかかわらず、彼女はアブラムの天幕から遠くへと去っていった――自分の故郷エジプトの近くまで。数カ月後、彼女はやせほそり、疲れはててもどってきたが、まだ子は胎内にいた。

彼女はシュルへ行く街道の泉で神の使いに会ったと、アブラムに話した。神の使いは彼女に男の子をさずけると約束した。〝その子をイシュマエルと名づけよ〟と神の使いは言ったという。〝主があなたの苦しみをおききになったのだ。その子は野生のロバのような男になるが、その子孫は数えきれないほどふえるだろう〟と。

そしてハガルはアブラムの子を産んだ。彼は子どもをイシュマエルと名づけた。

しかしその子はサライのひざの上で産まれたのではなかった。

サライはそれらをすべてはなれたところでみていなければならなかった。

はなれたところからでも、腕に赤ん坊を抱く夫のやさしい表情はわかった。老人の目には光るものがうかんでいた。

ⅲ

主はアブラムにあらわれて言った。〝わたしはエル・シャダイ。全能の神だ。わたしにしたがって歩きなさい。まったき者となりなさい〟

すぐにアブラムはひれふした。

神は彼に言った。〝みよ、わたしはあなたと契約をむすぶ。あなたの名前はもうアブラムではない。これからはアブラハムとなる、なぜならわたしはあなたを多くの国民の父とし、またあなたの子孫とも契約をむすぶからだ——永遠の契約を。あなたとあなたの子孫に、カナンの全土を永遠にあたえる。アブラハム、あなたと一族の男たちの包皮に割礼《かつれい》をほどこしなさい。それがわたしとあなたがたとの契約のしるしになる。

あなたの妻サライは、サラという名前になる。わたしは彼女を祝福し、彼女によってあなたに男の子をさずける。そして彼女からは諸国民の王となる者たちが出るだろう〟

アブラハムは言った。「サラが子どもを産むのでしょうか。ああ主よ、イシュマエルがあなたにみまもられ、長らえてくれればいいのですが」

神は言った。〝そうではない。あなたの妻のサラがあなたとのあいだに男の子を産み、わたしはその子と永遠の契約をむすぶのだ〟

神はそこまで言うとアブラハムのもとからのぼっていった。

アブラハムは神に言われたとおり、その日のうちに息子のイシュマエルをはじめ、奴隷や家にいる男子をすべてあつめて彼らの包皮に割礼をほどこした。

ⅳ

アブラハムがよく天幕をはるマムレは高地にあり、夕方は涼しくなるものの、夏の日中の暑さはたえがたいものだった。アブラハムは天幕の三方のおおいを柱にのせて、自分の部屋のまわりに陰をつくり、乾いた風が吹き込むようにするのが常だった。彼はそこで、巻いたわらの敷物に背をあて、午睡をするのだった。

アブラハムは九十九歳になっていた。一日のいちばん暑い盛りを、彼はうとうとしてすごしていた。ときおり年老いた目をひらいては、カシの木がかげろうでゆれるのをながめ、また目をとじては夢をみ、またあるときは、吹く風に冷やされ水滴のついた水の皮袋に手をのばした。

ある日の午後、アブラハムがぼんやりと目をあけると、天幕のそばに人影がみえ、三人の人物が自分をみおろしていることに気がついた。見知らぬ者たちだった。

アブラハムはとび起き、ひれふして言った。「ここへお立ちよりください。しばらくお休みください」

見知らぬ者は客としてもてなさなければならない。アブラハムは言った。「水をもたせますからどうぞ足を洗ってください。そのあいだにわたしは食事の用意をしましょう」

男たちは「ありがとうございます。お言葉どおりにしましょう」と言った。

アブラハムは天幕のサラの部屋へいき、大麦粉で平たいパンをつくるように言った。自分は家畜の群れへいき、やわらかい子牛をえらんで料理させた。家の者たちを午睡から起こし、宿営地じゅうがあわただしくなった。

それから彼は客のところへもどり、カシの木の下にヤギ皮をしき、パンと肉、凝乳《ぎようにゆう》と乳をならべた。豪勢な食事だった。

アブラハムは客のかたわらに立ち、彼らが食べるのをみまもった。

食べおわると客たちは「あなたの妻は。サラはどこにいるのですか」と言った。

どうして見知らぬ者が妻の名を知っているのか。それも妻のあたらしい名を。「天幕におりますが」とアブラハムは答えた。

客の一人は指を水ですすぎ、カシの木にもたれて言った。「春になってまたわたしがここにもどってくるとき、あなたの妻サラは男の子に乳を飲ませているでしょう」

アブラハムは首の毛がさかだつのを感じた。話がとつぜん食事の席での会話ではなくったからだ。それは親密で危険な会話だった。

彼が答えようとしたそのとき、見知らぬ客は天幕のほうをむいて呼びかけた。「サラ。サラよ、あなたはどうして笑うのか」

なかの暗闇から小さな声がかえってきた。「わたしは笑っておりませんが」

見知らぬ客は言った。「いや、笑った。男の子を産むとわたしが言ったとき、あなたは心のなかで笑い、『年老いた自分に今でもよろこびがあるのか』とつぶやいた。女よ、主にとって難しすぎることがあるだろうか」

アブラハムは呆然とした。心臓がはげしく打ちつけはじめた。予想外の出来事に心が追いついてゆけなかった。〔主〕とこの男は言った。〔主にとって難しすぎることがあるだろうか」と。

もう一度、やはり天幕のアシの仕切りの陰から、前より大きい声でサラが言った。「わたしは笑いませんでした」

三人の男は立ち上がり、旅支度をはじめた。「あなたは知っているではないか、自分が笑ったことを」彼らのうちの一人、威光をたたえた者が言った。

そして彼らは去っていった。ソドムへくだってゆく長い道にむかって。

アブラハムは強く感ずるところがあって彼らのあとを追っていった。むろん、客をおくっていくのはあたたかい心づかいでもあったが、アブラハムは彼らの一人のもつ、ただの旅の者とは思えないほどの威厳に気づいたのだ。体がぞくぞくして、聖なる者の気配が感じられた。そこでだまって旅人のあとを追ったのだ。ふりむいて家へもどることなどできなかった。

夕暮れが大地を薄暗くするころ、二人を先に行かせて、威光をたたえた者は立ち止まり、アブラハムとともにとどまった。

するとその人物は、地上のものとは思えない、力づよい声で話した。それは実際に、主がアブラハムに話しかけているのだった。〝ソドムとゴモラを非難する声は大きい。彼らの罪は重いという。わたしは彼らへの非難が正当なものかどうか、みずから裁きたいと思う。そのためにこの道をとおっている。そのためにここにいるのだ〟

アブラハムは南南西の、はるか下方の谷にある町をながめた。町の住人たちは夜の明かりをともしていた。おびただしい小さな赤い火は大地の吹出物のようにみえた。ロトはそこに住んでいるのだ。

アブラハムは目をとじて歯をくいしばった。自分がつぎにとる行動には注意しなければならないと思ったが、抑えがきかなくなっていた。何も考えることができなかった。やってみるしかなかった。

アブラハムは言った。「あなたは正しい者と邪悪な者をいっしょにほろぼされるのでしょうか」

聖なる者は答えなかった。

アブラハムは口をぬぐい、ふたたび言った。「町に五十人の正しい者がいたらどうでしょう。五十人のためにあなたは町をゆるされますか。全世界を裁く方が、正しい者を邪悪な者のために殺されるはずはありません」

主は言った。〝もしソドムに五十人の正しい者がいれば、彼らのためにわたしは町をゆるそう。あなたが言うとおり〟

年老いたアブラハムは深々と頭をさげて目をとじ、深く息を吸ってから言った。「わたしはちりや灰のような者にすぎません。しかしわたしにはまだ言いたいことがあるのです」

彼は顔をあげた。「もし正しい者が五十人に五人足りなければどうでしょう。正しい者が五人足りないためにあなたは町をほろぼされるのでしょうか」

主は言った。〝四十五人のために、わたしは町をゆるそう〟

アブラハムは言った。「主よ、ただの四十人でしたらどうでしょう」

〝四十人のために、わたしは町をほろぼさない〟

「三十人では」

〝三十人の正しい者がいれば、わたしは町を罰しない〟

「二十人だけではどうでしょう」

〝二十人のために、わたしはソドムをゆるそう〟

アブラハムは息をきらし、ふるえ、汗をかいた。しかし彼にはまだきくことがあった。

「主よ、どうぞお怒りにならないでください。これきりにいたしますから。主よ、町にわずか十人の正しい者がいたら。そのときはどうなさるのでしょう」

主は言った。〝十人のためにほろぼさない〟

そして主は去っていった。アブラハムはおそろしい会話をかわした場所にとどまっていた。そして甥のロトをみまもるようにソドムの町をみおろした。じっと目をこらして。

同じ日の夕刻、神の使いである二人の旅人はソドムについた。伯父のアブラハムと同じように客をあたたかくもてなすロトは彼らを招き入れ、食事をさせて、寝るためのわら布団をあたえた。

しかしすぐに町の男たちが家をとりかこんでわめきたてた。「旅人を出せ、はずかしめてやるから」

ロトは自分自身が家のそとに出て扉をしめた。「兄弟たちよ、おねがいだからそんな罪深いことはやめてください。この人たちはわたしの客人です。わたしにはまだ処女の娘が二人いますから――」

ソドムの男たちはそれにたいしてますます声を荒らげた。「邪魔だてするな、このヘブライ人め」彼らは扉をこわそうとしてつめよった。

しかしすぐに客がロトを家のなかに入れて扉をしめた。すると不思議な力によってそとの男たちは目がみえなくなった。

神の使いは言った。「この町の罪はあまりに深いので、神が町をほろぼすようにわたしたちをつかわされたのだ。もしここにあなたの愛する者がいるなら、行って彼らにそのことをつげなさい」

ロトの娘たちは、彼が尊敬する男とそれぞれ婚約していた。ロトは彼らのところへかけつけ、神の計画をつげた。しかし彼らはロトの話を一笑にふし、逃げろという警告をあざけった。ロトは彼らがほろぼされることを思ってなげき悲しんだ。

夜明けに神の使いはロトと彼の妻、そして娘たちをひきずるようにして家からつれだした。神の使いは彼らを町の門までつれてゆき、言った。「命がけで走りなさい。うしろをみたり、谷のなかで立ち止まったりしてはいけない。山にかけあがっていかなければ、あなたたちはほろぼされてしまうだろう。だから走りなさい」

朝になって、アブラハムは高い丘の上に立ち、火とタールと、煙をあげる硫黄《いおう》がソドムとゴモラの町にふりそそぐのをみていた。黒煙が空高くまで舞いあがって谷全体をおおい、そこに生きていたすべての動物と植物を焼きつくしていた。

やがて炉の煙のようにソドムから煙があがってゆくのをみて、老人はすわりこみ、顔をおおって泣いた。「十人の正しい者もいなかったのだ。ロトよ、おまえがえらんだ町に、神はわずか十人の正しい者もみいだされなかったのだ。おまえはどこにいるのか。娘たちは。そして妻は」

ロトと娘たちはほら穴に入っていて無事だった。

しかし大火をのがれているとき、最後にひと目町をみようとしてふりかえった妻は、そのとたん塩の柱になってしまった。

ソドムがほろぼされるとアブラハムはすぐに宿営をひきはらい、南のネゲブへ旅していった。ゲラルの近くにくると家畜のためのあたらしい草地がみつかったので、彼はしばらくそこにとどまった。

ⓥ

秋になるとアブラハムとしもべたちが羊の毛を刈るため、一日じゅう、おびえた羊たちの鳴き声がきこえ、女たちはそんななかで刈られた毛からちりや脂《あぶら》を洗いだした。それから羊毛をすいて梱包《こんぽう》した。冬のあいだにアブラハムの一族はその羊毛をゲラルの町へはこび、銅や青銅の品、道具、家事用具、武器、陶器などと交換し、また子を産む妻がいれば何か美しい品などももとめた。

春になると羊たちは仔《こ》を産みおとした。

そして主はサラとの約束を果たした。

涼しい明け方、サラはアブラハムに男の子を産んだ。産婆は子どもを天幕のそとへつれていった。ほそく丈夫で賢そうな子であった。アブラハムはうれしさのあまり言葉も出なかった。彼は赤ん坊をうけとり、その花びらのようにみずみずしい肌をみた——しかし口から言葉は出なかった。

八日後、アブラハムは火打ち石でできたするどい刃物で息子に割礼をほどこした。それからふんだんに食べ物を用意し、一族の者たちすべてをあつめていっしょに飲み食いし、子の誕生を祝った。

その日の午後になるとサラのよろこびはさらにまし、だまっていることができなくなった。年老いたサラは笑った。顔をおおい、声がもれないように笑ったので、そこにいる者たちはサラが泣いているのだと思い、しずまりかえった。しかしそれから彼女は立ち上がり、手を打ち鳴らしてうたった。「神さまはわたしに笑いをあたえてくださった。だからいっしょに笑いましょう。わたしの話をきいた人はみんな笑ってください。姉妹たちよ、あなたたちは信じていなかった。今日サラが子に乳をふくませていると、だれが思っていたでしょう。それなのに、わたしは年老いた夫の跡取りを産んだ」

アブラハムはわきに立って妻をみていた。それから彼女のところへいってその手をとり、妻が立ち止まって彼をみかえすまで、ずっとその手をにぎっていた。青い大空の下に立つ二人は、小さくやせた夫婦だった。

アブラハムは骨と筋ばかりのサラの手をみた。手の甲の茶色のしみを、一つ一つさわった。「おばあさん、おばあさん、ルビーよりとうといおばあさんや」と彼はつぶやいた。

「子どもの名は笑いにちなんで名づけよう。名前はイサクだ」

サラは九十歳、アブラハムは百歳のときのことだった。

数年前にイシュマエルが生まれたとき、アブラハムはハガルが子どもをしつけ、そだてるための天幕をあたえていた。しかしハガルの天幕が重んじられたことはなかった。それはいつもアブラハムとサラの天幕からはなれたところにはられていた。ハガル自身もその年月のあいだに、一族の女主人とは距離をおくようになっていた。

アブラハムはそんな彼女の行動をみまもり、理解していた。

しかし彼は、イシュマエルが動物のような独立心と、ひめられた情熱をもつ若者に成長していくのをひそかに注目していた。アブラハムは自分の思いを口にしたことはなかったが、若者が自由ではげしい心をはぐくんでゆくのをみるのはうれしかった。一方、その同じ心がハガルを疲れさせているのが気がかりだった。彼女は今でも大きな手足をして体は骨ばっていた。しかしその心は疲れはて、気持ちはゆれうごいていた。

ⅵ

イサクが乳離れしてサラの乳房がしぼみ、もう永久に乳が出なくなったとき、家畜の群れについていたアブラハムのところへサラがやってきた。

「追い出して」と、サラはアブラハムに近づきながら声をはりあげた。「あの奴隷と子どもを追い出してください」

アブラハムは妻のほうをむいた。

彼女は夫の返事も待たず、しゃべりつづけながらやってきた。「あのエジプト人の荒々しいけもののような子が、イサクといっしょに遊んでいるのをみたのです。イサクをうやまおうともしないで。まったく。これでは将来が心配です、アブラハム、わたしはゆるせない。あの女奴隷の子は、わたしの子のイサクと同じように跡取りにしてはいけないのです」

アブラハムは言った。「あの子もわたしの息子なのだ」

サラはじっと立ったままアブラハムをみつめた。かすかな風が彼女の白髪をなびかせていた。サラが話すときの声はしゃがれていた。彼女は自分のやさしさと気づかいを言葉にこめた。「どちらの息子を主なる神はわたしたちに約束されたのでしょう。そしてどちらの息子を主なる神はおあたえになったのでしょうか」

そこで翌日の早朝、アブラハムはパンと皮袋に入れた水をもってハガルの天幕へ行った。彼はハガルに事情を話し、自分の所持品をいくつかその肩にのせてやり、彼女と子どもをおくりだした。

そしてハガルとイシュマエルは荒れ野をさまよっていった。

イサクは心から父をうやまい、父にしたがう、うるわしい若者にそだち、年老いた父の大きなよろこびとなった。アブラハムは少年に心をうばわれていた。

彼はときどきイサクを高い崖《がけ》へつれてゆき、天幕、しもべたち、家畜、そして四方にひろがる目のとどくかぎりの土地を若者にしめした。

そして言うのだった。「わたしが死んだらこれらの天幕をおまえにあたえよう。しかし土地は神がおまえにおあたえになる」

愛する息子は、老人の体内に燃える命も同然だった。

しかし神は言った。〝アブラハムよ〟

「わたしはここにおります」と彼は答えた。

すると神は言った。〝息子のイサクをモリヤの山へつれてゆき、わたしへの焼きつくすささげものとしなさい〟

夜になってアブラハムはわらの敷物をもって一人になれる場所にゆき、丘に敷物をしいた。彼は一晩じゅう星をみつめていた。

早朝、アブラハムは天幕にもどり、まきを割った。そしてロバに鞍《くら》をつけた。しもべ二人に同行するように言いつけてから天幕のサラの部屋に入り、息子にふれて彼を起こした。

「来なさい」彼は息子にささやいた。「お母さんを起こさないように。ついてきなさい」

彼らはいっしょに宿営地をあとにした。

北にむかって旅は三日つづいた。

三日めに老人が目をあげると、はるかかなたに、いけにえをささげる場所がみえた。

アブラハムはしもべたちに言った。「ここで待っていなさい。この子とわたしはこの先までゆき、主を礼拝してまたもどってくるから」

アブラハムはまきをうけとり、それを息子の背中に負わせた。自分は左手に火をもった。右手には刃物をもっていた。そして父子はつれだってモリヤの山へ歩いていった。

「お父さん」イサクが言った。

「わたしはここだ、息子よ」

「いけにえのための火とまきはありますが、子羊はどこにいるのでしょうか」

「ああ、子羊か」アブラハムはためらい、それから言った。「それは神が用意される」彼らはすすんでゆき、いっしょにモリヤの山腹をのぼっていった。

その場所へつくと、アブラハムはかがんで祭壇をつくった。やせた老人はだまったまま祭壇にまきをならべた。それから息子のイサクを縛ってもちあげ、祭壇のまきの上にのせた。

アブラハムは衣を腰に縛りつけて邪魔にならないようにした。そして左手で少年の胸骨にふれ、右手に銅の刃物をもつと、一撃で彼を殺せるようにそれを高くふりかざした。

〝アブラハム。アブラハム〟主なる神が呼んでいた。〝アブラハムよ〟

「ここにおります」老人はさけんだ。

神は言った。〝もう十分だ。少年を傷つけてはならない。あなたはたった一人の息子さえわたしのために差し出すことをおしまず、あなたが神をおそれる者であることがわかったから〟

アブラハムが目をあげると子羊が茂みに角をからませているのがみえた。彼はそこへ行って子羊をとらえ、それを息子のかわりに焼きつくすささげものとした。そしてその場所をヤーウェ・イルエ（主はあたえる）と呼んだ。

主は言った。〝わたしは心からあなたを祝福する。あなたの子孫を天の星のようにふやし、彼らによって地上のすべての国民を祝福しよう――あなたはわたしの声にしたがったからだ〟


そのあとサラは百二十七歳まで生きた。アブラハムはふたたびマムレのカシの木のところに宿営していた。年老いた妻はそこで死んだ。

妻の死を人につげるまえに、アブラハムは彼女の寝床のかたわらにすわり、泣きながら夜と朝をすごした。サラの手が冷たくなるまでにぎり、それから小さな体のわきへ手をそえた。

昼になってから彼は立ち上がり、なきがらを埋める場所をさがしに行った。マムレの東のマクペラに、エフロンという男がほら穴のある畑を所有していた。エフロンは銀四百シェケル（一シェケル＝約十一グラム）でその畑を売ることを承知した。多くの証人の前で銀が量《はか》られ、取引がおこなわれた。

こうして畑はアブラハムのものになった。

彼は妻をこの自分の小さな地所へはこび、ほら穴に入れてそこに埋葬した。

2 リベカ
Rebekah

ⓘ

かつてアブラハムの弟ナホルが死ぬまで住んでいた町のそとには、わき水の井戸があった。水はゆたかで涸《か》れることはなく、町の者にも、とおりすがりの旅人や贅沢品をもって東西を行き来する隊商にも利用されていた。

その井戸から水をくむために、女たちは、でこぼこした石の階段をおり、しゃがんでわき出している水に水がめをつけ、それからいっぱいになった水がめを肩にかつぎ、また階段をのぼらなければならなかった。荷物をはこぶ動物たちはむろん自分で井戸までおりてゆくことはできなかったので、家畜のために、かめにくんできた水が石のおけに入れられた。

リベカはいつもその井戸をつかい、そのやり方にもなれていた。毎日、夕暮れどきには友だちといっしょに家族のために水をくみにきた――みな賢く若い女たちで、水がめを肩にのせ、その笑い声は鳥の群れのようにさざめいた。リベカの動きはほかの女たちよりしずかだった。彼女は背が高かった。そのため歩幅が長く、優雅な歩き方をした。額は知性にかがやき、何事もたちどころに判断した。周囲にたくさん人がいても、彼女だけがきわだってみえた。

ある夕方、女たちが井戸から水をいっぱいにした水がめをかついであがってくると、一人の老人がすすみでて、まるであたりにリベカしかいないかのように彼女に話しかけた。

「すみませんが、かめから水を飲ませてもらえませんか」老人は言った。

老人は旅人らしく、道のちりをかぶり、疲れたようすで、ひどく年老いてもいた――彼女の祖父ほどの歳だろう。そこここには十頭ほどのラクダがひざまずき、頭を高くあげているのがみえた。

女たちはしばらく二人のようすをみていたが、そのうち行ってしまった。暗くなっていたし、リベカは何でも自分で対処することができる人間だったからである。

「どうぞ」と言って、彼女は肩にのせた水がめをおろした。「どうぞ飲んでください」

老人は一口水を飲んだだけで、彼女の顔から目をはなそうとしなかった。リベカは顔を赤らめた。

「ラクダにも水をくんできましょう」とリベカは言った。

そして水をくみにいった。石段をおり、またのぼって、彼女はくんできた水を家畜用の水おけに入れた。老人がみまもるなか、彼女は一頭のラクダをかるくたたくと、ラクダは立ち上がって水を飲むためにゆっくり歩いていった。ほかのラクダもそれにつづいた。リベカは十頭のラクダが満足するまでおけをみたしつづけた。

それがすむころ、あたりはすっかり暗くなっていた。

ふたたびリベカのそばにやってきた老人は、なめらかで美しい、光るものを手にしていた。金の指輪と二つの金の腕輪だった。

「あなたはどなたの娘さんですか」老人はたずねた。

「ナホルの息子、ベトエルの娘です」

「ナホル」と旅人はつぶやいた。「ナホルのことは知っています」彼は涙を流さんばかりに気持ちをたかぶらせてその名を口にした。そしてリベカの手をとり、彼女の指にそっと指輪をはめた。「ベトエルの家には、わたしと同行の者がしばらく休める場所があるでしょうか」

「ええ、わらや飼い葉もあります。休む場所も。だいじょうぶです」

すると老人はひざまずき、両腕をあげてそっととなえた。「わたしの主人アブラハムの神、主に祝福あれ。神はアブラハムの親族の家へわたしをみちびいてくださった」

老人は立ち上がらないまま、リベカの両腕に腕輪をはめて言った。「家へもどってください。そして今夜わたしが休める場所を分けてもらってください」

Rebekah

リベカの父はそのとき年老いて体が弱っていた。そのため、家のことをおもにとり仕切っていたのは、彼女の兄のラバンだった。ラバンは西からきた旅人の話にすぐには興味をしめさなかった。彼は夕食を食べつづけた。しかしリベカが衣をぬいだとき、彼女がはめていた金の腕輪を目にすると、すぐに家を出ていった。

ラバンが出かけているあいだに、リベカと母は食事を用意した。

やがてそとでラバンの声がした。彼は老人のラクダの手綱《たづな》をはずしてやっていた。また老人が足を洗うための水をもってくるようにしもべに命じた。そして、「主に祝福された方よ、どうぞお入りください。入って食事をしてください」と言った。

しかし老人は家へ入り、目の前に食事がならべられても食べることをこばんだ。

「まず言いつかったことをお伝えしなければ」と彼は言った。

「友よ、どうぞ話してください」ラバンは言った。

「わたしはアブラハムのしもべです。主はわたしの主人に羊や牛の群れ、金銀、男女のしもべ、ラクダやロバをゆたかにあたえられました。

しかしアブラハムには息子が一人いるきりです。イサクです。そこでアブラハムはわたしにこの地にもどり、親族の家をたずねてイサクの嫁をさがしてくるよう、カナンの地で誓わせたのです。

今日この町のそとにある井戸につき、わたしは自分のつとめをうまく果たすことができるように神に祈りました。『主よ、もしわたしが若い女に水を飲ませてくださいと言って、その女が「どうぞ飲んでください、ラクダの分も水をくんできますから」と言ったら、それが主人の息子のためにあなたがえらんだ女でありますように』と。

するとどうでしょう。祈りおわらないうちに、あなたの妹さんがやってきたのです。リベカが。この美しい人がやってきて、わたしが主にもとめたとおりのことをしてくれたのです。

そのようなわけですから、もしあなたがたが真心と誠意をもってわたしの主人のもとめに応じてくださるなら、そう言ってください。そうでないときも、そのことを教えてください。どうすればいいか、きめなければなりませんから」老人はラバンとベトエルに言った。

ラバンは言った。「これはきっと主のおみちびきです。妹をつれていってください。主の言われたとおり、妹をご主人の息子さんの嫁にしてください」

男たちが油のランプをかこんですわり話しあっているあいだ、リベカは同じ部屋の暗がりにまっすぐ立ち、だまってすべてをきいていた。

やがて目をあげてリベカをみつけたのはアブラハムのしもべだった。「ベトエルの娘リベカよ」彼は声をかけた。リベカが光のなかへ数歩すすみでると彼は言った。「これらをうけとってください」彼は金銀の装身具やきめこまかく織られた衣をリベカに手わたした。また彼女の兄や母親にも高価な装飾品をあたえた。

それからやっと彼は食事に口をつけた。

朝になってアブラハムのしもべは家の主人たちに言った。「もう主人のもとに帰ることをおゆるしください。主人は年老いていて、長くは生きられませんから」

「どうか――もう少し待ってもらいたい。妹が別れをつげるだけの時間をいただきたい。そのあいだゆっくりしていってください。少なくとも十日ほどは」とラバンは言った。

「どうかわかっていただきたい」しもべは言った。「長い道のりを旅しなければならないのです。すぐに雨の季節になりますし。おねがいいたします」

「それではリベカにきめさせましょう」とラバンは言った。

するとリベカは、「わたしは行きます」と即座に答えた。

判断がはやく、自信をもって話をする女リベカは、こうして一昼夜にして自分の人生を永遠に変えたのだ。

月が変わり、リベカと年老いたしもべは、パダン・アラムの彼女の家から、アブラハムが六十五年以上前にとったのと同じ道を、南へむかって延々とつづく道をすすんでいった。

スコトでヨルダン川をわたり、そこからさらに塩の海（死海）の先のネゲブ地方へと旅していった。

三十日めの夕刻、疲れたラクダたちがのろのろ動いているときリベカが目をあげると、頭をたれて黙想しながら平原を歩いている男がみえた。

「あれはどなたですか」とリベカはたずねた。

彼女はラクダからおりて、アブラハムの年老いたしもべのところへ行った。「遠くにいる男の人がみえますか。あれはどなたでしょう」

「ああ、あれは主人の息子です。あの方がイサクです」

そこでリベカはベールで顔をおおい、夫になる男が自分に目をとめるのを待った。

ネゲブへつくと、イサクはリベカを自分の天幕へ入れて妻とし、彼女を心から愛した。

彼は生涯ほかの女を愛することはなかった。

「白い野のわきに立つ背の高い女をみたときから、わたしは彼女に恋してしまった」とイサクは言った。

そのとき彼は四十歳だった。

百七十五歳という高齢でアブラハムは息をひきとった。二人の息子がやってきて、アブラハムが妻の埋葬のために買った畑にある、マクペラのほら穴に彼を葬った。

こうしてアブラハムとサラはふたたびいっしょになった。

しかしイサクとイシュマエルの兄弟はそれぞれちがう道をとり、ふたたび会うことはなかった。

ⓘⓘ

イシュマエルの子どもたちはパランの荒れ野に住んだ。彼らは荒々しい戦闘的な部族となり、一族の若者は弓を射るのがうまく、ほかのあらゆる部族と敵対した。

しかしアブラハムの死後、神はイサクを祝福した。

それからの二十年間、イサクはネゲブの荒れ野をまわり、ほかの者の土地に羊や牛の群れとともに宿営し、先代のアブラハムと同じように天幕でくらした。

そして先代のサラと同じように、リベカも子どもに恵まれなかった。

ⓘⓘⓘ

「イサク、どうして王はわたしたちに会いたがっているのでしょう」

「王のすることなど、だれにもわからない」

「ええ、それはわかりません、でもあなたは何か知っている。何かわたしに話していないことがあるのでしょう」

「じつはきのう、わたしたちが大麦畑で寝ているところをアビメレクがみていたのだ」

「だから？　どうしてだれかが愛しあうことにまで王が気をまわすのでしょう」それは問いというより彼女の考えだった。リベカはイサクが宿営をたたみ、その土地をはなれるべきではないかと考えるようになっていた――もし必要なら収穫期の前であっても。

リベカはりっぱなロバにのっていた。そよ風が彼女のベールをなびかせた。王との会見のためにベールをかぶれと夫に言われたのだ。イサク自身も身をきよめて身なりをととのえ、ゲラルというペリシテ人の町ののろを塗った壁にむかって、長い道をロバをひいてすすんだ。

思えば、彼らはこの地方でいくつかの季節をすごし、王とその民とのあいだに、まずまず平和な関係をたもってきていた。はじめのころは町の門のところで時をすごし、住民とうわさ話をすることさえあった。

しかし近ごろでは、イサクの羊や畑のほうがゲラルの者たちよりゆたかな収穫を得るようになっていた。そして、イサクのしもべが古い井戸から真水をくみあげると、ゲラルの男たちがやってきて、それは自分たちのものだと主張した。イサクは肩をすぼめて彼らに井戸をゆずり、しもべたちにほかの井戸を掘らせた。しかしその井戸からも真水が出ると、また同じ男たちがやってきて井戸を要求した。今度は武装しており、すぐにでも戦おうかと息巻いていた。イサクは争いをのぞまなかった。彼自身は有能な狩人だったが、人と争う男ではなかった。彼はその井戸も手放した。

そんなことがあったので、リベカは宿営をひきはらい、ほかの土地へ移動するときだと思っていたのだ。

リベカはとつぜんもの思いからさめ、もとの会話にもどった。「イサク」と彼女はするどく言った。「今の質問に答えてください」

「なんの質問かね」

「どうしてアビメレクがわたしたちがいっしょに寝ていたことを気にかけるのか。妻が子どもをほしがることに、王がどんなかかわりをもつというのでしょう」

「妻か」イサクは低くつぶやいた。「そうだったのか。妹ではなく妻だ」

「何です。何を言っているの」

「『妹ではない』と言ったのだ」

「イサク、こっちをむいて、わたしをみて。妹ではないとは、どういう意味ですか」

イサクはふりかえったが、妻のことはみなかった。彼は言った。「はじめてここへ来たとき、ゲラルの男たちはおまえがすばらしく美しいのをみて、おまえのことをわたしにたずねた。わたしは彼らが妻を手に入れるために夫を殺すのではないかと不安になった――

しかし妹ということなら、彼らはその兄をほうっておくだろう。そう考えて、わたしはおまえを妹だと言ったのだ」

リベカはロバの上に鉄の棒のようにまっすぐすわり、しばらくイサクをみつめた。それからベールをはずし、衣をきっちり体にひきよせると、夫の手から手綱をとりあげロバを反対方向にむけて一人で天幕へ帰っていった。イサクを王との会見にのぞませるために。彼が自分のおろかな行為を説明しなければならないように。そして今回は、リベカのことを自分の妻であると告白させ、彼女の名誉が回復されるように。

しかし彼女にははっきりわかっていた。移動するときが来ていることが。

ⅳ

イサクが六十歳になるころ、二人は、はじめてたがいに目をあわせた平原の近くにある、ベエル・ラハイ・ロイにふたたび宿営していた。

リベカは夫よりは若かったが、結婚してから二十年も子どもができず、子どもを切望していた。

ある晩、彼女は思いこがれて、大声ではげしく泣いた。

翌朝リベカの部屋へやってきたイサクは彼女の手をとった。そして高い岩山へ彼女をつれてゆき、そこで両手をあげて妻のために祈った。それから二人は天幕にもどって、その日をいっしょにすごした。すぐにリベカは子どもがいないとなげくことをやめた。身ごもったからだ。リベカはほほえみ、かがやくような美しさをとりもどし、妊娠していた。褐色のリベカよ。彼女が笑うとき、その瞳は黒い方鉛鉱《ほうえんこう》の空にあがるひそやかな月のようだった。歩き方はゆったりとして優雅で、男たちの目にはいつまでもその姿が焼きついた。

産み月の三カ月前になると、リベカは腹にひどい痛みを感じるようになった。とつぜん叫び声をあげては、声がもれないように手で口をふさいだ。

〔もしこんなことがつづくようなら、とても生きていくことはできない〕と彼女は思った。まえにイサクが祈った聖なる丘に、今度はリベカが一人で行った。彼女は両手をあげて言った。「主よ、これはどういうことでしょうか。いったい何がわたしに起こっているのでしょうか」

すると主なる神は答えて言った。

二つの国が
あなたの胎内で争っている。

リベカよ、
あなたの体から産まれる二国の民が
永遠に分かれる苦しみをあじわっている。

一つの民は他の民より強くなり、
兄が弟につかえるだろう。

そして出産のときがくると、リベカは双子の兄弟を産んだ。一人めの子は赤くてしわがより、またひどく毛深かったので上着を着ているようにみえた。そこではじめの赤ん坊はエサウと名づけられた。二人めはすぐそのあとから兄のかかと（アケブ）をつかんで出てきたのでヤコブと名づけられた。

ⓥ

エサウは成長すると野の人となった。父と同じように一人で何カ月も出かけては、行った先々で狩猟によって食物を得てくらした。エサウは正確な目をもち、生まれつき獲物に関する知識をもっていた。ガゼル、オリックス、アイベックス、そしてあらゆる野ヤギや山地の羊などで――それらは飼育して太らせた家畜より、くせのある味がした。エサウは胸板のあつい赤毛の男で、自分の腕力によって生きていた。天幕にすわっているときも、彼はあまり話をしなかった。

一方のヤコブは、いつも家族や家畜、畑や天幕のそばにいた。彼は巧妙な会話を根っから好んだ。顔は母に似てなめらかで、知性がその表情をゆたかにしていた。言葉はたくみで、腕力よりは知恵に自信があった。

二人の父イサクは、エサウが家へもちかえって料理する獲物を愛した。

しかし母はヤコブを愛した。

ある冬の明け方、エサウは長い猟から獲物を得られないまま帰ってきた。数日のあいだ食べておらず、一晩じゅう歩きつづけてきたところだった。彼は飢えていた。

父の天幕に近づいていくと、朝食のシチューのにおいがただよってきた。エサウの胃はちぢこまり、食べ物がほしくてたまらなくなった。においを追って、彼はまっすぐ弟の天幕へ行った。

そこにはヤコブがすわり、ふつふつと煮え立つシチューをかきまぜていた。

エサウはほとんど話もできなかった。「たのむ」とうなるように言い、土器のなべを指さした。「おねがいだ、ヤコブ、死にそうなんだ――」

ヤコブはしばらく何も言わなかった。それから兄をみあげてほほえんだ。「取引をしてはどうかな」と彼はもちかけた。

エサウは大きな手で口をぬぐった。「取引？」

ヤコブは笑顔をみせながらつぎの言葉をすばやく言ったので、エサウははじめはとまどい、それから怒り、やがて空腹を感じるばかりで、もうどうでもかまわなくなった。

「死んだ男は父親の遺産を相続できるだろうか。その男がたまたま二人だけの兄弟の兄だとしても。いや、もちろんそんなことはできないはずだ。死んだ男は何も相続できないのだから。兄さん、あなたが死んだら今、得られるものはないし、これから先も何も得られない。でもわたしが兄さんに食べ物をあたえれば、わたしは兄さんに今、命をあたえることになるのだ。だからその命とひきかえに、兄さんにとって生きていなければ何の意味もないものをもらいたい。つまり長子の権利を。エサウ、これが取引だ。兄さんに命をあげるから、兄さんはわたしに長子の権利をあたえる、それで貸し借りなしだ」

ヤコブはいつものように、ふつうの者には意味をのみこめないほど早口で話した。エサウは食べ物のことしか頭になかった。「よし」と、エサウはなべに手をのばしながら言った。

ヤコブはなべをひきもどし、急に兄をじっとみつめて言った。「誓ってほしい、エサウ」

エサウは「誓う」とどなり、ありったけの力でなべをつかむと、弟のうるさい声に邪魔されないで食べられるところへもちさった。

若いころ、たいていの者は将来自分が必要とするものより、目先の欲望のことを考えるものだ。血気さかんで腕力に自信があり、父親が健康でいるときなら若者にとって何の意味ももたないが、長子の権利をうしなうのは重大な損失だった。長子の権利は、ほかの兄弟のうけとる相続財産の二倍を約束するものだったからだ。

リベカはそのことを知っていた。

リベカはまた、夫のイサクが父アブラハムから変わった祝福をあたえられたことも知っていた。

主なる神はある夜イサクにもあらわれてこう言ったのだった。〝おそれるな、イサクよ。わたしはあなたとともにいる。わたしのしもべアブラハムのゆえに、わたしはあなたを祝福し、あなたの子孫を繁栄させよう〟

翌日イサクはその場所に祭壇をきずき、父の神を礼拝した。リベカは夫の不思議な行動を目にして、自分がとついだ一族の信仰と繁栄について知った。

ⅵ

イサクが年老いて目がみえなくなったとき、彼はエサウを部屋に呼び入れて言った。「いつとはわからないが、わたしが死ぬのはもう間近だ。だからエサウ、弓をとって獲物をしとめ、わたしの好物のうまい食事を用意しなさい。それを食べて、死ぬまえにおまえを祝福できるように」

エサウが天幕を出て野へ行ってからすぐ、リベカは自分の部屋にヤコブを呼んで小声で言った。「何も言わないでだまってききなさい。お父さんは今エサウに、とても大事な食事のために獲物を殺して料理するように言いつけました。主のまえで兄さんを祝福するつもりです」リベカは両手をヤコブの顔にあてがい、彼の目をするどくみすえた。「お父さんが兄さんにさずけようとしている祝福は特別なものです。それはあの人が父親からさずかったもので、この祝福をうけた者に子どもと土地を約束する、神の祝福です。

だからおまえはヤギの群れにいって子ヤギを二匹殺してきなさい。わたしはその一匹をお父さんが好むようにおいしく料理するから、おまえはその肉をもってゆき、兄さんより先に祝福してもらうのです」

ヤコブはささやいた。「しかしエサウは毛深くて、わたしの肌はなめらかです。お父さんには違いがわかってしまいますよ」

「でもヤギより毛深いものはないでしょう」リベカは言った。「だからヤギを二匹殺して、一匹の皮をはぐのです。そのふさふさした毛でおまえの首や腕をおおえばいい」

「でもお父さんにわたしだと知れてしまったらどうするのですか。祝福のかわりに呪いをうけてしまったら」

「声を低くしなさい」母は言った。そして彼をきつく抱いてから言った。「呪いはわたしがひきうけるからいい。おまえはわたしの言葉にしたがいなさい」

そこでヤコブは出ていって、自分の手で二匹の小さなヤギを殺した。リベカが一匹を料理しはじめると、ヤコブはもう一匹の皮をはぎ、長い刃物で内側の脂肪をそぎとった。そのあたらしい毛皮を二人はヤコブの手の甲や首や肩にゆわえつけた――そしてその上から、エサウが狩りにいくとき着る衣をまとった。

リベカは香ばしくあぶった肉をヤコブにもたせ、「行きなさい」とささやいた。

彼は父の部屋に食べ物をもって入っていった。

「お父さん」ヤコブは声をかけた。

わら布団にふせていたイサクは言った。「ここだ。おまえはどちらの息子か」

ヤコブは言った。「エサウです。あなたの長男の。言いつかったことをしてきました。起きあがって食事をして、わたしを祝福してください――」

イサクは盲目の顔をよこにむけた。「もうできたのか。どうしてこれほどはやく獲物がみつかったのか」

「神がわたしに速さをあたえてくださったのです」

「ここへ来なさい。おまえにふれさせてくれ」

ヤコブは父のそばへより、イサクはヤギの毛をなでた。「エサウの肌だ」と彼はつぶやいた。「だが声はヤコブだ。おまえはほんとうにエサウなのか」

「そうです」

イサクは「おまえに口づけをしよう」と言った。

狩猟用の衣のへりから出た首に父が口づけしているあいだ、ヤコブはかがんでじっとしていた。

やがてイサクは言った。「なるほど。エサウのにおいがする。さあ、おまえのとらえた獲物を食べさせてくれ、そしておまえを祝福しよう」

食べおわると老人は若者の上に両手をひろげ、リズムにあわせて体をゆらしながら言葉をとなえた。

地のかおりがする
主に祝福された野のかおりが。
どうか神が

豊穣《ほうじょう》をおまえにあたえてくださるように、
穀物とブドウ、
パンとブドウ酒をふんだんに。

国々の民がおまえにつかえるように
母の息子たちが、おまえの前にひれふすように。
おまえを呪う者は
呪われ
そして息子よ、おまえを祝福する者はみな祝福されるように
永遠に。

祝福は終わった。年老いたイサクは疲れてすわりこみ、ヤコブは天幕をはなれた。

それからすぐにエサウがりっぱな獲物をしとめて狩りから帰ってきた。彼は身なりをととのえ、肉を料理してイサクの部屋へもっていった。

「お父さん、起きてあなたの好きな肉を食べてください、そしておっしゃったとおり、わたしを祝福してください」

「食べる？」イサクは頭をあげ、目をしばたたきながら言った。「食べる。それはどうい

うことだ。それに『祝福する』とは。これはだれだ。おまえはだれなのか」

「わたしはあなたの息子です。あなたの長男の――」

「エサウ？」イサクはみえない目をみひらいた。

「そうです、エサウです。わたしはあなたの言葉どおり――」

「それではおまえのまえにここにいたのはだれなのか」イサクはさけんだ。「わたしはだれの肉を食べたのか――」

「何ですって」エサウはささやいた。

「――そしてわたしはだれを祝福したのか――」

「お父さん、何を言っているのです」

「――そうだったのか、そしてあの子が祝福された者になる――」

「わたしの代わりにほかの者を祝福したのですか。ああ、お父さん」

エサウは荒々しく、苦しげに声をあげた。「お父さん、お父さん」彼はなげき悲しんだ。

「どうかわたしのことも祝福してください、お父さん」

イサクはつらそうに言った。「おまえへの祝福は弟がもっていってしまった、エサウよ」

「ヤコブが。ほんとうにヤコブとはうまい名をつけたものだ。二度もしかるべき立場にいるわたしの足をひっぱる（アーカブ）のだから」

「そしてわたしは」イサクはつぶやいた。「あの子におまえの主人の地位をあたえてしまった」

エサウはひざをついて泣いた。「ああ、お父さん、わたしには何ものこされていないのでしょうか。たった一つの祝福もないのでしょうか」

老人はおしだまった。やがて年上の息子の上に両手をあげ、しずかに言った。

おまえは豊穣から遠いところに住む
穀物やブドウやブドウ酒から遠いところに、
そして剣によって生きながらえ
しばらくはヤコブにつかえなければならない。

しかし弟のくびきをはずしたとき
息子よ、おまえは永遠に解きはなたれる。

こうしてエサウには一つめのものより劣る、二つめの祝福があたえられることになった。

エサウは弟への脅しの言葉をはきながらイサクの天幕を出ていった。「お父さんが死ぬまでは待つ。それからヤコブを殺してやる」

翌朝まだ暗いころ、リベカはこっそりヤコブの天幕に入って彼を起こした。「起きなさい」ヤコブの頰とあごをなでながらリベカはささやいた。「ヤコブ、起きなさい。兄さんがおまえを殺すと誓いをたてているから。わたしの実家がある、むかしの土地ハランへ逃げなさい。おまえの伯父のラバンをたずねるのです。エサウの怒りがしずまったら呼びもどすから。とにかく今は行くのです。一度に二人も息子をうしなうことなどわたしにはできないから」

リベカは高い岩山に立ち、愛する者の影が遠のいてゆくのをながめていた。東の空があけそめるころ、ヤコブはひそかに去っていった。

リベカがヤコブに帰ってもいいと伝えることはなかった。ヤコブの身が安全だと思うまえに、リベカは死んだからだ。彼女はふたたび息子に会うことなく死に、アブラハムやサラなど、夫の一族といっしょにマクペラのほら穴に葬られた。

3 ヤコブ Jacob

ⓘ

ヤコブは尾根道を北北東へ走った。祖父がよく天幕を張っていたマムレのカシの木へとつづく山の背をたどっていった。石だらけの道をすすむ履物《はきもの》はやぶれ、足は傷ついたが、絶壁や、こえられそうもない岩間をとおることはなかった。兄の脅しの言葉が背後から追ってくるような気がした。ヤコブは死からのがれようと、ひたすら歩きつづけた。

昼になって、彼はアカシアの木の下で休んだ——しかしじっとしているのが不安になり、午後のあいだも休むことなくかけていった。夕方になり、太陽は左へかたむき、右手の塩の海への危険な下り道に暗い影をなげた。

夜になってもヤコブは走りつづけた。口のなかは血の味がして、息はかすれるようになった。

そして荒涼とした場所でとつぜん——両脚が動かなくなった。顔から地面にたおれこみ、彼はそのままじっとふせていた。頬の下で土と岩のにおいがした。頭上では無数の天の星が小さな光で闇をみたしていたので、自分が小さく孤独に感じられた。のどがひりついていた。筋肉は体のなかで鉄のたがをはめられたように動かなくなった。地面は冷たかった。しかしヤコブは動かなかった。頭はなめらかな岩にのっていた。そのなめらかな岩が枕になった。彼は眠りにおちていった。

眠っているあいだに彼は夢をみた。

夢のなかの夜空はまったくの虚無で、黒々として星はなかった。しかし近くでまぶしいものが上下していた。みるとそこには地上からはじまり天上の扉までつづくひろい階段があり、神の使いがそこをのぼりおりし、行ったり来たりして神の無数の意図を実行していた。

彼はもう一度そこをみた――すると、数えきれないほどいくつもの階段や神の使い、大地やすべてのものの上に――主なる神自身が立っているのがみえた。

神はヤコブに話しかけた。

〝わたしはアブラハムの神にしてイサクの神、主である。あなたがよこたわっている土地を、あなたとあなたの子孫にあたえよう。あなたの子孫はちりのようにふえるだろう。そしてあなたがたによって地上のすべての民は祝福に入る。

みよ、わたしはあなたとともにいる。あなたがどこをさまよっても、わたしはあなたをまもる。そしてあなたをこの土地につれもどす。わたしは約束を果たすまでは、けっしてあなたからははなれない――〟

とつぜんヤコブは夢から覚め、おそろしさにふるえた。

ふたたび夜空がみえた。小さな星々はもとの場所にもどり、冷たく、遠くにみえた。しかしすべてのものがちがっていた。神聖なものの刺すようなにおいが地上近くにのこっていた。

ヤコブはつぶやいた。「たしかに、主はここにおられるのに、それに気づかなかったのだ」彼はひざまずいた。「この場所こそ神の家にちがいない。そしてここは」と言って空をみあげた。「天国への門なのだ」

日の出が東の空を燃えるようにそめはじめるころ、ヤコブは枕にしていた岩をかかえ、地面からもちあげていた。彼は岩を立てて塚とし、そこに油をそそいで神聖な場所のしるしにした。

「主よ、もしわたしをまもり、平和のうちに父の家につれもどしてくださるなら、あなたをわたしの神とし、ここに立つ石をあなたの家にします」

ヤコブはその場所を神の家という意味のベテルと名づけた。そして旅をつづけたが、それからは前のように孤独ではなくなった。

ⓘⓘ

百年前にその道を旅したアブラハムは、羊や牛の群れやかなりの大所帯をつれていた。そして旅に要した日数は、少なくともヤコブの三倍かかった。十頭のラクダにのって、ハランへイサクの嫁をさがしにいったアブラハムのしもべの旅さえ、イサクの息子より多くの日数をついやした。

若く健康で敏捷なヤコブの足取りはかるかったからだ。

二十日がたち、はるかかなたまでさえぎるものなくみわたせるひろい平原へやってきた。そこには羊がいた。羊の三つの群れは、どれも日の盛りに休んでいた——もしそれらが自分の群れならあちこちで草を食《は》ませるだろうが、そうされてはいなかった。

そして羊飼いたちがみえた。彼らもまた両手を頭のうしろにそえてよこになっていた。彼らのそばの井戸には、上に重い石がおかれ、それがはずされないままになっていた。つまり羊の群れは草を食べていないばかりか、水がそこにありながら飲んでもいなかったのだ。

「兄弟たちよ」とヤコブは羊飼いに近よりながら呼びかけた。彼らはヤコブに目をむけたが、立ち上がってむかえる者はいなかった。

「ここはどこですか」とヤコブはたずねた。「あなたがたはどこから来たのですか」

やせた男が「ハランだ」と答えた。

「ハラン。ほんとうですか」ヤコブはにっこりした。自分の幸運が信じられなかった。

「どこですか。ハランはどちらの方角でしょうか」

同じ男が北を指さした。ヤコブがそちらをみると、四つめの群れが陽光のなかをゆっくりやってくるのがみえた。

「ラバンを知りませんか」ヤコブはたずねた。「どなたかベトエルの息子ラバンのことをご存じでしょうか」

ほかの男がうなずいた。「みんな彼を知っている」

「それならついたのだ」とヤコブは声をあげた。「わたしはまさにこの場所に来ようとしていたのです」数人の羊飼いたちはそんな若者を不快そうなまなざしでみた。ヤコブは言った。「ラバンはどうしています？ 元気でしょうか」

同じやせた羊飼いが言った。「もちろん。どうしてだ。あの人には息子も娘もたくさんいて、面倒をみてくれるのだから。ほら、その娘の一人がきた。ラケルだ」

「ラケル」とヤコブは衣をなびかせながらやってくる人影をみながら小声で言った。

それから威勢のいい声で言った。「どうしてあなたがたはみんなよこになっているのですか。昼だというのに。どうして群れに水をやって、草地につれていかないのですか」

やせた羊飼いは、この見知らぬ男をはじめてきちんとみるのだというように目をほそめ、それから腹ばいになった。「そういうきまりだ。すべての群れがここにあつまるまで、この井戸から群れに水を飲ませないことになっている。それに男が三人以上いなければあの石は動かせない」

ラケルがやって来た。群れの先頭に立ってラケルが近づいてくると、ヤコブは彼女をみつめずにはいられなかった。ラケルよ。その大きな目ははじらいをみせ、雌の子羊のようにうるんでやさしげだった。美しい黒髪がたれていた。体は小さく骨格は華奢《きやしや》だったが、動きにむだがないので力づよくみえた。

彼女は言葉を発する必要さえなかった。彼女がヤコブのほうをみただけで、彼はすぐにとんできて、彼女につかえたからだ。ヤコブは井戸の石の下に両手をさしいれて石をもちあげ、わきにころがしてしまった。そしてラケルのもとに走りより、彼女がはこんでいた水がめをとりあげると、すばやく水をはね散らしながら井戸への階段をくだり、またのぼり、彼女の群れのためだけにおけに水を入れてやった。

やる気のなかった羊飼いたちは自分たちの群れをつれ、水がめをもち、ののしりながらかけつけた。この若造はきまりをやぶって、いったい自分をだれだと思っているのかと。

しかし若者は、羊飼いたちのことにはまったく関心をうしなっていた。彼のそばにしずかに立ち、自分の羊たちが満足するまで水を飲むのを待っている、この女羊飼いのことしか目に入らなかった。やがて彼女はほほえみ、山バトのように響きのよい声で「ありがとうございます」と言った。

ヤコブはその声の響きに深いさびしさを抑えきれなくなり、目に涙をためて彼女のもとに歩みよった。

「ラバンの娘ラケルよ。わたしはヤコブといいます。わたしはあなたの父の妹リベカの息子です」

「ヤコブ。父の親戚のヤコブとおっしゃるのですね」

彼はうなずき、ほほえんで彼女に口づけした。「ヤコブです」

そこでラケルは北のハランへ走っていった。すぐにラバン自身が平原をよこぎってやってきた。彼は頭のはげかけた、背の低い丸々と太った男で、かけてきたために息をきらしていたが、さかんに甥に敬意をはらい、また関心をしめした。ラバンはヤコブを抱いて口づけし、彼の腕をとって自分の家までつれていった。

「わが血族よ」と彼は呼びかけた。「ひと月はここにとどまってもらいたい」

その月のあいだ、ヤコブはラバンのために、疲れもみせず、熱心に手際よくはたらいた。〔自分は怠惰な羊飼いにはなるまい〕と彼は考えた。〔なくてはならない人物になろう〕

そこで彼はハランのまわりの地形について学び、最上の放牧地、必要なときに野生のけものや悪天候から羊をまもるためのほら穴、荒れ野のあちこちに散らばる泉や井戸やため池などについて知った。羊飼いはどこへ群れをみちびこうと、水場から一日以内の距離にいなければならなかった。

ラバンの家族たちが住んでいたのは石造りのまるい家々で、中央の柱から放射状にはりだした木の梁《はり》に平らな石をのせて屋根がつくられていた。屋根にはしっくいが塗られていたので、雨漏りはしなかった。その月までヤコブが住んでいたのはいつも天幕だった。

ラバンはまた、低い石壁でいくつにも仕切られた、手のこんだ羊の囲い場をつくっていた。そのため、彼の所有する羊すべてが同じ夜に帰ってきても、それぞれの群れをたがいに分けておくことができた。

夕暮れになると、何百匹もの羊やヤギが帰ってくるのをヤコブはみていた。彼は少しでも脚をひきずっているとすぐにみつけ、先のまがった杖で簡単に病気の子ヤギをぬきだすことができた。彼はまた家畜の傷に包帯を巻き、化膿をいやす方法も知っていた。

ひと月の終わりになって、ラバンはあごをさすり、さも感心したように首をふりながらヤコブのところにやってきた。

「妹の息子よ」と言って彼は若者の背中をたたいた。「もうおまえなしではやっていけない。むろんわたしには息子たちがいる。おまえもよく知っているとおり、娘たちも。姉のレアと妹のラケルだ。みんないい子たちだ。よくはたらくし。しかしおまえは――」ラバンは笑いだした。ヤコブも笑った。ふたりはいっしょに笑った。

「ここにとどまってくれるかね。わたしのためにはたらいてくれるか。金ははらうから。いくらはらえばいいか言ってくれれば、それで手を打とう」

ヤコブには、自分がどんな報酬をもとめているのかはっきりわかっていた。

「ラケルをいただきたいのです」ヤコブは言った。

ラバンのほほえみは凍りついた。「何だと。だれを」

「あなたの下の娘ラケルのために七年間はたらきます」その名前を言うとき、ヤコブはうっとりとほほえんだ。しかし彼の目は無防備で、一瞬そこに恐怖の色もみえた。「彼女をわたしの妻にできるなら」

ラバンは言った。「あの娘はほかの男にやるより、おまえにやるほうがいいだろう。よし、きまりだ」


七年のあいだ、ヤコブは毎朝うたいながら出かけた。

ラバンの家のだれもが、ヤコブがいつ革のサンダルをはき、革のマントを身につけるのかを知っていた。彼はそれらのものについてうたったからだ。自分の巻く帯についても。羊飼いの袋に入れた食べ物一つずつについてもうたった。パン、チーズ、ナツメヤシの実、レーズン。彼にとって、水の皮袋に入っているのは気がとがめるほど甘いブドウ酒だった。そしてヤギの乳の凝乳は王者の食べる肉だった。

群れをひきいていくヤコブは、三つの武器をもっていた。投石器、木の根元から切った太いこん棒、それに自信にみちた饒舌《じょうぜつ》な声をもっていたので、彼が来ることをききつけるとどんな野生のけものも逃げていった。

「雌の子羊たちのまつげは、何と黒くて長いのか」とヤコブはため息をついた。「まるでラケルの目のようだ」

彼は羊の群れのなかで地面によこたわり、「おおぜいのラケルにかこまれているのだ」とつぶやいた。

時は急流のようにすみやかに流れていった。イサクの息子ヤコブは大いにしあわせだった。

七年間の終わりになったので、ヤコブは身をきよめて髪に香油を塗り、洗ったばかりの衣をまとい、新しい履物をはいて伯父のラバンの家へ行った。

「伯父さん、時が来ました。わたしのはたらく期間は終わりましたので、娘さんと結婚したいと思います」

「なるほど、おまえがわたしの娘と結婚する時が来た」ラバンは言った。

そこで花嫁の父親はその地方の者をすべて招いた。

結婚の日、女たちはラバンの妻や娘たちの部屋にあつまり、花嫁の支度をした。

午後になると男たちがラバンの家の庭を埋めつくし、食事をし、さまざまなもてなしをたのしんだ。ヤコブは栄誉ある席にすわり、言葉もなくほほえんでいた。

やがて夜中になると、高価な衣で顔と足をかくした娘を、ラバンは花むこヤコブのところへつれていった。それからラバンは二人をみちびいて笑顔の招待客のあいだをとおり、彫りものをしたまぐさ石をはめこんだ、新築の家へつれていった。

彼は花むこに言った。「おまえの生涯の妻をわたそう。たのしみなさい、息子よ」

花嫁にはこう言っていいました。「娘よ、沈黙をまもりなさい。いつもつつしみ深く口をとざし、夫にしたがいなさい」

そしてひときわ大きく、「今夜は明かりはいらない。大いにたのしみなさい、子どもたちよ」と言い、扉をしめた。

そのうち男も女も招待客は帰っていった。しもべたちは婚礼のあとをすべてかたづけた。

朝になると、ヤコブのあたらしい家からすさまじい怒号がきこえたので、ハランの住人の大半は目覚めてしまった。

　ヤコブは家からとびだし、庭をよこぎってラバンの家の戸口へ行った。扉をたたきもしなかった。すぐになかに入り、わら布団に寝ているラバンを指さしてさけんだ。「何ということをしたのです」ヤコブはラバンの額をにぎりこぶしで打った。「わたしはラケルのためにあなたにつかえたのです。わたしが愛しているのはラケルだ。一晩じゅうラケルといるのだと思っていたのです。ラケルと。そして今朝になってわたしがみたものといったら。レアです。あの魅力のない目をしたレアではありませんか。レアだったとは。どうしてあなたはわたしをだましたのですか、お父さん」

　ラバンは傷ついた表情をうかべて身を起こした。「どうしてわたしにむかってそんなことを言うのだ。おまえはわたしの甥ではなくて敵だと人が思うではないか」

「敵？」ヤコブは金切り声をあげた。「裏切りだ。あなたは父などではなく裏切り者だ」

「やめてくれ、ヤコブ。そんなふうに食ってかかるのはやめてくれ」ラバンは蜜のように甘い声で言った。「わたしはきつい言葉には傷つくのだ。これはみんな誤解だ」

　ラバンは立ち上がり、手をのばしてヤコブの肩をたたいた。「これはここの習慣なのだ。おまえは知っているのかと思っていた。この地方では、姉を先にとつがせ、妹はつぎにとつがせるのだ。それが自然の順序だからな。しかし」と、ラバンは義理の息子を抱こうとして両腕をひろげて言った。「もしおまえがあと七年のあいだはたらくなら、妹とも結婚させよう。それも一週間のうちに。おまえは一週間のうちに、きれいなラケルもあたらしい石の家につれていくことができるのだ」背の低いラバンはうしろへさがり、ほほえんだ。

「どうかね。この取引は」

ヤコブの顔は雷のように険悪だった。しかしその声は小さく、「そうします」とつぶやいた。

「何だって。何と言ったのかね」

「そうすると言ったのです。話はきまりです」

ⅲ

――レアの話

わたしが妹のラケルではないと知り、夫が怒ったのもむりはありません。とうぜん怒ると思っていました。わたしのことをなぐらなければいいと思っていましたが、さいわい、そんなことはありませんでした。夫はわたしのことをみようともしませんでした。このわたしのことは。レアなどみないのです。彼はラケルでないものをみただけなのです。

姉であるわたしの結婚式はむろん盛大なものでした。それはにぎやかでした。たくさんの食べ物が用意され、客もおおぜい来ました。

わずか一週間前にわたしをつれてきた部屋に、彼が妹をつれてきたときのことです。彼はわたしに、しばらくあたらしい家を出て、母の家へ帰っていてくれとたのみ、自分の妻の妹と知りながらラケルと交わり、またその名を呼びました。そのときになって、わたしは自分が悲しんでいることにおどろいたのです。

わたしは彼のことなど愛さないと思っていました。でもそうはいきませんでした。

それからというもの、わたしは上手に料理をするようになり、彼はわたしのつくったものをほめてくれました。でも彼はラケルのつくったものは、いつまでも時間をかけてたのしんでいるのです。

羊の毛を刈る季節になると、彼はわたしたちに羊毛の分け前をひとしく量ってくれました。どの束も同じ重さでした。しかし洗ってみると、ラケルの羊毛には白くない毛は一筋もないのです。

わたしは自分の悲しみをかくそうとしました。わたしはヤコブを愛するつもりなどなかったのです。そして彼を愛してしまったことは、彼のせいでもありませんでした。ですから彼にはわたしの心のうちはわかりませんでした。でも主がみておられたのです。

主はすぐにわたしの子宮をひらかれたのでわたしはみごもり、九カ月子どもをはらんで夫の長男を産みました。主はわたしの苦しみをかえりみて（ラア）くださったので、わたしは子どもをルベンと名づけ、これで夫もわたしに目をとめてくれるだろうと思いました。

しばらくして、わたしはふたたびみごもり、また息子を出産しました。主はわたしが夫に嫌われていることをおききに（シャマ）なって、またこの息子をさずけてくださったのだ、と思いました。それでこの子をシメオンと名づけました。

それからまたみごもって息子を産み、レビと名づけました。三人も息子を産んだのだから、夫はきっとわたしとむすびついて（ラベ）くれると思ったからです。

しかし、子どもには恵まれていたわたしも、ほかのことには恵まれていませんでした。もちろんヤコブは子どもたちを愛しました。そしてあの最初の夜以来、わたしを怒りの目でみることもなくなりました。思いも、言葉も、感情も何もこめずに、ただわたしをみるだけでした。わたしをみるとき、彼がみているのはレアではありません。ただラケルではないものをみているのです。

わたしが子をもうけていたこの年月のあいだ、妹はずっと子どもに恵まれませんでした。彼女はそれを不幸に思っていました。ヤコブもそうでした。

わたしは二人が夜中にささやいているのをききました。

「ヤコブ、レアのようにわたしにも子どもをあたえてくれないなら、わたしは死んでしまうわ」と彼女は言っていました。

すると彼は、「ラケル、わたしが神のような立場にいると思っているのか。おまえの子宮をとじているのはわたしではないのだ」と言いました。

わたしがふたたび妊娠して息子をもうけても、もう子どもによって夫の愛を得ようとは思いませんでした。わたしは大声で言いました。「今こそわたしは主をたたえ（ヤダ）ます」と。そして赤ん坊をユダと名づけました。

しかしこの四番めの子は、妹を苦しめました。彼女はわたしと口をきかなくなりました。わたしの四人の息子たちを無視しました。彼女がヤコブと何か話しているときに近づいていくと、ラケルは話をやめ、わたしをにらみつけました。

ヤコブの肩がおち、目に疲れの色があらわれるようになったのを、わたしはみていました。

それからラケルの側女《そばめ》のビルハが妊娠したので、わたしはそのわけを知りました。ビルハは妹のひざの上で子どもを産んだので、その子はラケルのものだと考えられました。それが男の子だと知るや、ラケルは声をはりあげました。「神さまはわたしのことを裁かれ、わたしの声をきいて息子をさずけてくださった」と。彼女は神の裁き（ディン）にちなんで子どもをダンと名づけました。

一年のうちにラケルの側女はまた息子を産みました。そのときわたしは部屋にいませんでしたが、子どもが産まれたとき、ラケルの声がひびきわたるのを家じゅうの者がきいていました。「姉さんとはげしい争いをして、わたしは勝ったのだ」と。彼女は「争いをして（ニフタル）」と言いました。それで子どもの名前をナフタリとしたのです。

妹がそうするなら、わたしも自分の側女を夫にあたえてもいいはずです。ジルパによって、わたしはさらに二人の息子をもうけました。それは幸運な（ガド）ことだったので、一人めはガドと、二人めはアシェル（しあわせなこと）と名づけました。六人もの息子をもったわたしがしあわせでないわけはありませんでしたから。

しかし妹はまだしあわせではありませんでした。

小麦の収穫期のある朝、わたしの長男はマンダラゲの根をみつけました。それは小さな人の体のような形をした根っこでした。それを食べた女は男の子を産むといわれています。ラケルはそれを知ったようでした。その日の午後、妹はわたしがはたらいていた脱穀場へ来て殻ざおをとりあげ、わたしのとなりで小麦を打ちはじめました。そしてわたしに話しかけてきたので、わたしはおどろいてしまいました。

「ルベンのみつけたマンダラゲを少し分けてほしいの」と妹は言いました。

それはここ十年以上のあいだにはじめて妹がわたしに話しかけた言葉でした。神よおゆるしください、わたしの答えはやさしいものではありませんでした。

「何を言うの」とわたしは言ってしまいました。「わたしの夫の愛を盗んだ女が、わたしの息子のみつけた根っこまでとりあげるつもりなの」

「ヤコブはあなたのところへ行っているでしょ」と妹は言いました。

「何年も来ていないわ、ラケル。ジルパのところへは行くけれど。わたしのところには来ていない」

「一晩も？」

「それなら、彼があなたのところに行かなかった晩を言ってみて。それがわたしとすごした晩になるから」

「では一晩も」

「ええ」

ラケルはだまりこみ、無言で二本のさおをふってかたい土をたたき、小麦の束から穀粒と殻をたたきだし――わたしはそのあいだ何も言いませんでした。わたしは衣で顔をおおいました。妹に泣いているところをみられたくなかったからです。

するど妹は脱穀をやめました。わたしは首のうしろに彼女の手がふれるのを感じました。

「レア、交換をしましょう。わたしはヤコブにあなたと夜をすごさせるわ。今夜、そしてこれからも。そしてわたしたちも、敵ではなく姉妹になりましょう。そうしたら姉さんは息子のみつけたマンダラゲの根を少し分けてくれるかしら」

この話のなかでわたしがいちばん言いたかったのは、そのときのことです。そのときわたしは妹を抱いたのです。わたしたちは涙を流して抱きあい、わたしはどんなに妹を愛しているかを知ったのです。わたしは美しいラケルを愛さなかったときはなかったのです。

マンダラゲは妹には効き目がありませんでした。しかし彼女はわたしを助けてくれました。わたしはさらに息子二人と娘を一人産み、そのたびに妹は産婆をつとめてくれました。

その一人めの息子をイサカル、二人めをゼブルン、女の子はディナと名づけました。それでわたしの出産は終わりました。もう子を産むことはなくなりました。

しかし妹は産んだのです。

神さまはついに、たえまなく彼女のために祈るわたしたちの言葉に耳をかたむけて彼女の子宮をひらかれたのです。家の者はラケルがみごもって息子を出産すると、こぞってよろこびました。

その日、ヤコブはまた笑いをとりもどしました。その顔は日の光の洪水のようにみえました。彼はしあわせでした。わたしもしあわせでした。

ラケルは自分のしあわせについて美しい声で話しました。「主なる神はわたしの恥辱をとりさってくださった」と。

ラケルは長男をヨセフと名づけました。

ⅳ

うれしいときのラバンは大きな笑顔をみせ、はげあがった額に玉の汗をうかべた。背の低いラバンはこのごろではいつも汗をかいて、いつもあたらしい孫をひざであやしていた。

妹リベカの息子ヤコブは、彼にとってはかりしれない宝だった。十九年前に彼がやってきたときからラバンの家畜はふえつづけていた。またこの甥は一族のしもべの地位に甘んじていたので、その土地の法によってラバンの権威はヤコブの妻たちに――つまり彼の娘たちに――そしてその子どもたちにまでおよんでいた。

ラバンはそのように恵まれた老年をすごそうと実際に計画していたわけではなかったが、それを自分にはすぎたことだと思うこともなかった。もとはといえば彼の狡猾《こうかつ》な知恵が生みだしたことなのだから。もし彼がもっと知恵のない男だったら、このようにのんびりと孫をあやしてすわっていることもなかっただろう。

しかしある朝そとに出ると、背中をまるめ、やつれ、考えにしずんだヤコブが戸口に立っているのに気づいた。

「息子よ、いったいどうしたというのか」ラバンは善意の心から、よくひびく声で言った。

ヤコブは言った。「わたしはハランを去らなければなりません」

「何と言ったのだ」

ヤコブはラバンをまっすぐにみた。「わたしを行かせてください」

「行く？　つまりどこかへ行くということか。いったいどこへ」

「家です」

「そうか。家をたずねるのだな」

「いいえ。ちがいます」ヤコブは言った。彼はゆたかなあごひげをたくわえるようになっており、仕事のためにそれは灰色になっていた。肩幅はひろく、重労働に背中をまげない日は一日としてなかった。そしてここ何年かは無口になっていた。おしゃべりな若者が、どうして自分の華々しい面をみせなくなったのか、その理由がだれにわかっただろう。一方のラバンはあいかわらずお世辞を言い、自分の当意即妙の話ぶりを自慢に思っていた。

「息子よ、話をつづけてくれ」彼は言った。

ヤコブは深いため息をついた。「わたしがあなたのためにはたらいているあいだに、どれほど家畜がふえたかは、あなたがよく知っているとおりです。それにわたしが誠実だったことも。だからおねがいです、あなたの娘たちを手放してください。子どもたちをつれて、わたしを先祖の土地へ帰らせてください。また遊牧の生活をしたいのです。こうやってひとところにいるのは——」ヤコブは首をふった。「こうやっていつも同じ場所で長いことはたらいているというのは……わたしは……ラバン、わたしは家族のために何のたくわえもできなかったのです」

「そうだった」とラバンは言った。彼はヤコブの腕をつかんだ。「まったくそのとおりだ。何よりもまず家族をやしなっていかなければならないからな。ここを去るなどと考えるまえに、おまえと家族のためにもっとよい報酬について相談しよう。何がほしいか言ってくれ、それをおまえにあたえるから」

ヤコブは伯父をしばらくみつめた。ふりむいて羊の囲い場をみてから、また伯父をふりかえった。「何も」とヤコブは言った。「何もくださらなくてけっこうです——」

「ヤコブ」ラバンは声をあげた。「甥よ。はやまるな。今日わたしは寛大な心になっている。とにかくほしいものを言いなさい」

ヤコブはそっと言った。「何もいりません。しかし生まれつきぶちやまだらや、点や縞《しま》がある子羊と子ヤギを何匹かとらせてください。白い羊はすべてあなたのものです。そして全身が黒か茶色で産まれてきた子ヤギはすべて——あなたのものですから」

ラバンの額は汗ばんだが、にやりとしそうになるのを何とかこらえた。彼は眉をひそめてつぶやいた。「まじり毛の家畜はおまえに、そして残りはわたしにか。ふん」しかし子羊はほとんどが白く、子ヤギもほとんど茶色か黒だった。交渉の緊張がほぐれたラバンは言った。「ではそうしよう。生まれつきまだらのものをとりなさい」そして手を打ちあわせ、大声で言った。「それでは、ここにとどまるのだな。自分の群れをそだてて。わたしのためにはたらいて」

「はい」

「よし。いい日だ。さあ仕事に行こう」

ヤコブの姿がみえなくなると、ラバンはすぐに自分の息子たちを呼び、少しでもまじり毛のある羊や、少しでも白斑のあるヤギをよりわけ、たっぷり三日の道のりの場所まで追っていかせた。

その夜ヤコブが野からもどってくると、そこにいた家畜はすべて同じ色をしていた。額に星のあるヤギや、一筋でも茶色の毛がある雌羊は一匹もいなかった。

一年後――春になって、ラバンと息子たち、そしてすべての羊飼いたちが羊の毛を刈るのにいそがしい時期――ヤコブのしもべが、羊毛を洗っている女たちのなかからレアとラケルをさがしだした。

しもべはひそかに彼女たちに話しかけた。「ベールで顔をおおってください、そしてわたしについてきてください。ヤコブさまのところにおつれしますから」

それは奇妙なことだった。二人の妻たちはどちらも、夫は家族といっしょにいると思っていたからだ。ところが彼女たちは西へむかうけわしい道へみちびかれ、一日じゅう歩きつづけると、とつぜん眼下に谷がひろがった。そこには羊とヤギの大きな群れと、それをまもる見知らぬ者たちがみえた――それにいくつもの天幕が。

あごひげをたくわえ、腰布だけの軽装のヤコブが谷の斜面をのぼって彼女たちのところへきた。彼はまずラケルの肩に、それからレアの肩に両手をのせ、彼女たちをじっとみつめた。ふたりは何事かと不安になった。

ヤコブはしもべを去らせ、女たちをそばのどっしりした岩のところへつれていった。彼はすわらなかった。

「ヤコブ、ここにいるのは、わたしのみたことのない家畜だと思うけれど」レアは言った。

「そうだ」

「あなたのものですか」

「そうだ」

「お父さんはそのことを知っているのですか」

みひらかれた夫の目は、レアがかつてみたことのない動揺をみせていた。「いや」ヤコブはそっと言った。「ラバンは知らない」

レアはラケルをふりかえった。「全身が同じ毛色のものは一匹もいないわ。みた？　どれもみんな斑点やぶちがある。でも丈夫そう。ヤコブ、みんな大きくて強そうだわ」

ヤコブは言った。「おまえたちに言うことがある。まず話をきいて、それからどう思うか言ってくれ」

彼はしずかに話しはじめた。その声には切々とうったえるものがあり、彼女たちがどう思うかを気にするようすだったので、二人は自分たちが何か力を得たような、また一方ではおそろしい気持ちになった。

ヤコブは言った。「近ごろラバンの息子たちが、わたしがここにいることについて不満を言っているのをきく。わたしが彼らの父親の財産をうばったというのだ。きっと自分たちの相続のことを心配しているのだろう。一方、おまえたちの父親がわたしのことをもう何とも思っていないのはたしかだ。今わたしたちはハランのずっと西にいるが、同じようにハランのずっと東には、これとまったく同じようにまだらの羊とヤギの群れがいる。ただ一つの違いは、それらがわたしの群れより弱いということだ。それらはおまえたちの父親のものだ。あるとき彼はわたしにまじり毛の家畜をあたえると約束しておいて、それらのヤギや羊を一匹のこらず分けてしまい、東に追っていったのだ。おまえたちも知っているように、わたしはこの二十年間、全力でラバンにつかえてきた。それなのに彼はわたしをだましたのだ。彼はわたしの報酬を十回も変えた。そんな立場にいるわたしは、いったいどうすればいいのか。

わたしはここを去らなければならないと思う。

だまって。ラケル、しばらくだまっていてくれ。まだ話は終わっていないから」

ヤコブはひざをつき、岩の下から羊飼いの袋をひきずりだした。彼はそれをあけ、女たちにパンを少しずつわたした。ラケルはそれをひと口ふた口かじった。レアはそれを手にしているだけだった。彼女はのどが渇いていたのだ。しかし飲み物がほしいとは言わなかった。

ヤコブは言った。「しかし神はわたしとともにおられた。わたしはある夢をみて、そのとおりにした。

わたしはポプラとアーモンドの新しい若枝をとり、白い木肌が模様のようにのぞくようにその皮をはいだ。強い動物が交尾するとき、わたしはいつも動物たちの目の前に、白い縞やぶちやまだらをつけた枝をおいた。しかし弱い動物が交尾するときは枝をかくした。だから、まだらの子ヤギと斑点のある子羊は強くなった——そして今みているように、それらはわたしのものになったのだ。

同じ夢のなかで、神の使いがわたしに『ヤコブ』と声をかけられた。『ここにおります』とわたしは答えた。すると神が言われた。『わたしは、あなたが石の塚に油をそそぎ、誓いをたてたベテルの神だ。さあ立ってここをはなれ、あなたの生まれた土地へもどりなさい』と。そう神が言われたのだ、ラケル」

ヤコブはふたたび彼女の目を哀願するようにじっとみつめてささやいた。

「レア、主なる神は〝行きなさい〟と言われたのだ。おまえたちはどう思うか」

ラケルは言った。「レアの話をききましょう。姉さんなのだから」

レアは「のどが渇いているの」と言った。

すぐにヤコブは羊飼いの袋から皮袋をとりだした。レアが唇をよせて皮袋のものを飲むと、ありがたいことにそれはブドウ酒だった。それから皮袋をラケルにわたした。

「ほんとうのことを言いましょう」とレアは言った。「わたしたちは父の家で見知らぬ者のようにあつかわれています。わたしたちはあなたと結婚したので、わたしたちや子どもたちには将来父の財産を分けてもらえる保証はまったくありません。だから、神さまが何とおっしゃったのであれ、そのとおりにするのがいいでしょう」

ヤコブもこのときばかりは、もう一人の妻がいる前で、二人に口づけした。話はきまった。彼らはみな心に力とおそれを感じた。もうだれも自分が若いとは思っていなかったからだ。

ヤコブは言った。「子どもたちの支度をしなさい。明日、おまえたちの父と兄弟たちは、ハランから東へ三日のところに飼っている羊の毛を刈りにいく。彼らがそこにいるあいだにそっと西へむかおう」

そしてヤコブは立って家族をラクダにのせ、自分の家畜を西へ追っていった――それらはパダン・アラムで彼が得たすべてのものだった。

祖父のアブラハムと同じように、彼はユーフラテス川を、ふくらませたヤギ皮のいかだでわたり、父イサクがいるカナンの地へと南にむかった。

ハランへ戻り、大きな損失に気がついたラバンは親族をあつめ、ヤコブのあとを追った。しかし夜になって、神は夢のなかでラバンにあらわれて言った。〝ヤコブに邪悪な言葉をつかわないように気をつけなさい〟

そのうえラバンが近づいてゆくと、ヤコブはすさまじい怒りをしめしながら、彼にむかってやってきた。ヤコブがはげしい言葉で攻撃したので、老人はふるえはじめた。

ラバンは言った。「おまえがつれているのはわたしの娘たちなのだ。娘の子どもたちはわたしのものだし、家畜もわたしのものだ。しかし今となっては娘やその子どもたちに何ができよう。もうおまえの手のなかにいるのだから。さあ、おまえとわたしとで契約をむすぼう」

ヤコブは石を立てて塚にした。

それは彼らのあいだの見張り所となるのでミツパと呼んだ。そしてそれぞれが言った。

「たがいにはなれているときでも、主はわたしたちのあいだを見張っておられる。だからたがいを害することのないように、わたしはあなたを侵さず、あなたもわたしを侵さない」

ⓥ

ヤコブの一行は長い列になってゆっくり南へむかっていった。その年の春は牧草がゆたかだった。しかし低地では豪雨が滝のようにとどろき、小川はみな増水して大きな川となっていた。

南にむかってダマスコの町のへりをめぐり、バシャン高原をこえ、白い石灰岩の土地をくだってギレアドへ入った。南の美しい地方をとおるうちにヤコブは考えにふけり、自分のなかにとじこもるようになった。そこには彼が半生のあいだみることがなかった景色がひろがっていた。丘陵の西側の斜面には、オリーブの果樹園とブドウ畑と、生育中のみどりの穀物畑がいたるところにみられ、山そのものは濃い森林でおおわれていた。ヤコブはヨルダン川東岸のカナンのすばらしさを思い出し、圧倒されていた。

しかしヨルダン川にむかって山あいをごうごうと流れるヤボク川に来ると、またヤコブの気分は変わり、おしだまってしまった。

彼は兄のエサウに使いをおくり、自分は故郷に帰るが、兄弟が会ったり、たがいの生活に干渉する必要はまったくないと知らせていた。すると使いはラクダを大いそぎで駆り、さけびながら帰ってきた。「やってきます。エサウはとどまっていません。ヨルダン川をエリコでわたり、四百人の男をひきいてあなたに会うために北にむかっています」

兄は彼を殺すためにやってくるのだ。ヤコブは不安になった。彼は一族に、ヤボク谷へおりる危険な道をくだらせ、川の北側の土手に沿うせまい土地へみちびいた。その土地で彼は家畜を分け、自分より先に大きな集団を何度にもわたって兄のもとへおくった。一つの集団には二百二十四のヤギと二百二十四の羊、ラクダ三十頭、牛五十頭とロバ三十頭がいた――ヤコブはそれらを数人のしもべたちにまかせ、またエサウをさがして、こう言えと命じた。「この家畜の群れはあなたの弟ヤコブのものです。それをヤコブのご主人のエサウさまに贈り物としてさしあげるのです――そしてヤコブ自身もあとからまいります」

最初の集団のあとからは、同じ大きさで、同じように「これは贈り物で、弟はあとからまいります」という伝言をたくした二番めの集団をおくった。

さらに三番め四番めと、ヤコブは兄のもとに圧倒的な富をおくりつけた。兄の心をやわらげ、あるいはおしよせる力でおどそうという策略だった。

家畜や、その世話をする者たちがみな行ってしまうと、彼はもっとも信頼をおくしもべらを妻とその召使、そして十一人の子どもたちにつけ、ヤボク川を安全にわたらせた。

そしてヤコブはヤボク川の北の土手に一人で立った。目の前には川がとうとうと流れていた。うしろにはヌビア砂岩の壁が直立し、壁のてっぺんは三角形の黒い密林でおおわれていた。右側には石の多い、しめった平原があるばかりで、左側にはまったく何もなかった。

夜になるところだった。峡谷は暗くなって頭上にほそく空がみえるだけになり、その暗闇を星が小さな光でみたしていたので、自分が卑小な者に、また孤独な存在に思われた。

一人でヤボク川をわたるのは、ヤコブの計画だった。しかし、泳ぐための強い腕力も、夜よりは昼間のほうが信頼にたるものであったろうし、また岩壁にかこまれた谷のなかで、夜は思ったよりはやくおとずれたのだろう。理由はどうあれ、彼は水に入って川をわたらなかった。動きもしなかった。川音にかこまれて立ちつくすうち、すぐに真の闇につつまれた――まるで巨大なけものにのみこまれたように、小さな星々までもがこつぜんと姿を消した。

ヤコブは風を感じ、それから寒けをおぼえた。

だれかが川の土手に舞いおりた。そのみえないものを感じることができた。するとそのだれかは彼をおそい、彼を石だらけの地面に打ちつけ、彼と格闘しはじめた。彼らは川のそばでとっくみあった。ぐるぐる回り、たがいを切り立った岩の壁になげあった。しんとした静寂のなかで一晩じゅう格闘するうち、やがて空高くに夜明けの灰色のすじがはしった。

ヤコブの敵は、彼の腿《もも》のくぼみにふれて関節をはずした。

ヤコブは相手の太い腰に腕をまわして、しがみついた。

がっしりした敵は、「はなしてくれ、夜があけるから」と言った。

しかしヤコブは、「わたしを祝福しなければはなさない」とさけんだ。

「おまえの名は？」

「ヤコブ」

「おまえの名前はもうヤコブではなく、イスラエルとなる。おまえは神や人と戦い、勝ったからだ」戦う者は言った。

「あなたはだれなのか」とヤコブは声をあげた。「あなたの名前を教えてくれ」

しかしその者は「どうしてわたしの名をたずねるのか」と言った。そしてヤコブを祝福して消え、もうそこにいなかった。

Jacob

すぐ朝になった。

ヤコブは夜のはげしい戦いから立ち上がろうとした——するとそのとき、とつぜん自分が一晩じゅう、そして生涯のあいだずっとだれと戦っていたのかに気がついた。彼はふるえはじめた。

「わたしは神と、顔と顔をあわせたのに生きている」ヤコブはつぶやいた。

彼はその場所をペヌエル（神の顔）と名づけた。

ペヌエルを去るときには日がのぼり、彼は傷めた脚をひきずっていった。

ⓥⓘ

神が彼の名前をイスラエルと変えた朝、ヤコブが目をあげるとエサウが四百人の男たちとともにやってくるのがみえた。

ヤコブはためらったり、立ち去ったりしなかった。兄にむかって歩きつづけた。脚をひきずりながら。そのうえ、心からへりくだって、くりかえし地に額をつけた。

遠くからヤコブをみたエサウは、ロバからとびおりて弟に会うために全力でかけだし、ヤコブの首にとびついて彼を抱き、口づけをした。

ヤコブは兄の思いやりに涙を流した。

二人ともあごひげをたくわえていた。そして二人のひげには、同じように白いものがまじっていた。しかしエサウのものは赤みがかって濃く、ヤコブのものはうすくて黒かった。エサウは伯父のラバンのようにずんぐりした体格だった。ヤコブはリベカゆずりの優美な体つきだった。

ヤコブは両手をエサウの肩にのせてほほえんだ。「兄さんがこんなにあたたかくむかえてくれるから、あなたの顔をみるのは神の顔をみるような気がする」

エサウはヤコブの腕の筋肉とあざをさすった。「おまえはたくましくなった」と彼は言った。「しかし弟よ、おまえははげしく戦ったようだな」

ヤコブは笑った。彼は前日とどけた贈り物をおさめてくれとエサウを説得した。こうして兄弟はよき再会を果たした。その日はいっしょにすごし、それから二人は平和のうちに、永遠に別れていった。

エサウはカナンの南東のセイルにもどり、そこで彼の一族は何世紀ものあいだくらした。

ヤコブはヨルダン川をスコトでわたり、シケムへ行った。彼はそこで神からあたえられた名前を人々に知らせた。またわずかな土地を買ってそこに祭壇を建てた。その祭壇を、彼はエル・エロヘ・イスラエル（神よ、イスラエルの神よ）と呼んだ。

4　ヨセフ　Joseph

ⓘ

母ラケルの一人息子ヨセフは賢い少年で、その心は生まれつき奥深かった。父のヤコブは彼のこめかみをたたいては言った。「利発な子だ。それにひきかえレビ、おまえはどうしてこれほどはやくから数えることができなかったのか」

ヨセフは乳ばなれをするまえから、眉をつりあげ、目玉をむいてみせれば兄たちのだれでもからかえることをおぼえた。兄は「そんなことはよせ」とわめく。「よせ、這い這いしている赤ん坊のくせに――」と。

もちろんヨセフがそんなことをしてみせるのは父がいるときだけだった――すると威厳にみちた父ヤコブはふきだし、からかわれた兄の名を「ユダ、ユダ」と呼び、涙で鼻をつまらせるほど大笑いし、赤ん坊の知恵におどろくのだった。「ユダよ、この子はおまえをロバのようにかりたてるではないか。きっといつかひとかどの人物になるだろう」

証拠はなかったが、兄たちはルベンのおかした罪を父に告げ口したのはヨセフだと信じていた。証拠など必要なかった。そんなことをするのはヨセフにきまっていたから。いつも彼はそっとぬけだしては言いつけるのだ。

ある朝ヨセフは、兄弟たちが羊の群れをつれていった草地から姿を消した。やがて兄たちが予期したように、その午後になると父のヤコブがあらわれた。

「ああ、どうしよう」とルベンは言った。

兄弟たちが目をあげると、怒りで顔を蒼白にした父が、神のつむじ風のような勢いで野をよこぎってくるのがみえた。父は羊の群れをとおりこし、ルベンをおさえつけて彼の牧《ぼく》杖《じょう》をつかむと、それで彼を打ちはじめた。体の大きな父は手の甲をむけて息子の尻を打ちつづけ、打っていた杖が折れるとルベンは山へのがれた。

父親がひとことも発しないまま行ってしまうと、兄弟たちはぼうぜんとたがいをみつめあった。ルベンが何をしたというのか。

シメオンはそれを知っていた。シメオンとルベンは母親の天幕で同じ部屋にいたからだ。三日前の夜、ルベンはおそれと誇りと、心からの不安から、自分のはじめての性体験をシメオンにきかせたのだ。

「ルベンは女を抱いたのか」兄弟たちは言った。

「ああ」とシメオンは答えた。

「だからお父さんはあんなにひどくルベンを打ったのか」

「そうであるとも、ないとも言える。もっとひどいことがある」

「あれよりひどくなりようがないじゃないか」

シメオンは声をひそめて言った。「ルベンが抱いたのは、お父さんの側女《そばめ》で、ラケルの召使のビルハだ――ダン、ナフタリ、おまえたちの産みの母だ」

兄弟たちは話の最後をきいてふるえあがった。あのちびのご主人、ヨセフめだ――あいつがお父さんに言いつけたんだな。そうだ、そしてあいつのために、家族全員がこうして苦しむのだ。秘密をもらせばダンとナフタリがどんな思いをするかなど考えもしなかったのだろう。

こうなったからには、ヨセフをどうこらしめてやろうか。あいつをどうしてやればいいだろうか。

ルベンは杖で打ちのめされた――そしてヨセフは長い外套をもらった。それは晴れ着だった。たっぷりとすその長い外套だったので、はたらくときに着ることはできなかった。もっとも、ちびのご主人が肉体労働をすることはなかったが。

その外套は、ヨセフがルベンのことを話した報酬だという証拠はなかったが、だれもがそう思っていた。なぜなら、父は自分の気に入りの息子のために、高貴な者だけがまとうような袖のついた外套をえらんだからだ。

すぐにヨセフは夢をみるようになった。

しかも彼は夢のことをだまっていなかった。ヨセフは王族のような外套を着て、話を強調するために腕をあげながら、自分のみた夢を家族みんなにきかせるのだった。

「わたしと兄さんたちが畑で穀物をたばねている夢をみました。するとどうでしょう」ここで彼は両腕をあげ、袖をふった。「わたしの束《たば》は立ち上がり、兄さんたちの束はその前でおじぎをするのです」

おじぎをするとあいつは言ったのか。束が人のようにおじぎをするなどという話をきいたことがあるか。それにこのちびの王様は、生まれてからこのかた、一度でも穀物を刈ったことなどあるのか。

「わたしは太陽と月と十一の星の夢をみました。そしてそれらはみなわたしの前でおじぎをするのです」ヨセフは言った。

ヤコブは咳払《せきばら》いをした。「この夢は変わっているな」と言って眉をしかめた。「太陽と月とは、おまえの父と母のことか」

ヤコブがこの少年の尊大さをもっと追及すればいいのにと、だれもが思っただろう。しかしそうはならなかった。そして父が何もしないのをみた兄たちはますますあからさまに、〔あの夢みる者をどうしてやろうか〕と考えるのだった。

(ii)

ヨセフが十七歳になったとき、母のラケルは二度めの妊娠をした。期待にみちたうれしい一年をむかえるはずだった。しかしラケルの体は華奢《きゃしゃ》で、ヤコブが愛したほっそりした骨は、今ではもろく、たよりないものになっていた。大きく美しい目は、さらに大きく、黒みをましていた。

妊娠のためにラケルは病弱になった。

胎内の子をまもるためにふくよかな体つきになるかわりに、ある月から彼女はやせていった。また胎児のために骨盤がひどく痛み、寝ていなければならなかった。産み月までの三カ月のあいだ、彼女はずっとあおむけに寝たままだった。そんなラケルの姿をみて、ヨセフは胸がはりさける思いだった。

そっと母の天幕に行けば、彼女はいつもほほえみ、手をのばして彼の頬をさわるのだった。「いい子になりなさい」と彼女は言った。「ヨセフ、兄さんたちを助けていますか。お父さんの言葉にしたがっていますか」

「はい。そうしています」と彼は答えた。

しかし赤ん坊が動くと彼女は苦痛に息をのみ、ヨセフは母が苦しむのをみて自分も苦しくなった。それに母は彼のためにかくそうとするので、彼はうしろめたい気持ちになった。自分がいることが母の苦痛を大きくしているのだから。

「いい子になりなさい」と母は言った。

彼は「はい」と言い、暗闇のなかに母をのこしていった。

ヤコブの一族がエフラタ（今日のベツレヘム）へむかって旅をしていたある夜、ヨセフは長く、すさまじい悲鳴をきいて目をさました。それは悲しみの声ではなかった。動物の叫びそのものだった。

ヨセフがそとに出ると、ちょうどそのとき伯母のレアが母の天幕にかがんで入るところだった。

ヨセフは暗闇のなかをすすみ、天幕のうしろ側へまわった。すわって自分の脚をひきよせ、両腕でかかえた。唇をかんだ。頭をたれ、体をゆすったのは、母のうめき声がきこえたからだった——野生のけものが獲物を引き裂くときにもらすような、低いうなり声だった。

ヨセフは泣きはじめたが、声は出さなかった。涙が流れ、衣の胸をぬらした。

朝が近づくころ、レアの声がはっきりきこえた。「心配しないで、ラケル」と彼女は言った。「もう一人男の子が生まれるわ」

一瞬ヨセフはめまいのようなものを感じた。すぐにすべては終わるだろう。

しかしそれから、そっと息をはきだすような母のささやき声がきこえた。「ベン・オニ

（わたしの苦しみの子）」と母は消えいるような声で言った。それが母が赤ん坊につけた名前だった。「ベン・オニ」

そして彼女は息をしなくなった。

ヨセフは自分の意志の力で母の息をふきかえさせようとした。彼は自分の息を止めた。するとだれかが首すじにふれたのでびくっとすると、それはレアだった。「ヨセフ、しばらく寝床にもどっていなさい。あなたのお父さんと話をしなければならないから」

ヤコブはラケルをエフラタへの道中で埋葬した。彼は彼女の墓の上に碑を建てた。それはラケルの墓碑で、今でもベツレヘムの村の近くに建っている。

妻を埋葬してからちょうど八日めに、ヤコブは息子に割礼《かつれい》をほどこした。その夜、ヤコブはラケルの天幕の暗がりのなかへそっと入り、彼女の敷物のとなりにうずくまった。

彼は大きなため息をついた。すると急にラケルのにおいがしてきた。

ラケルがいることをしめすようなものが、そこにあるとは思ってもいなかった。何か甘く、乳のようにはぐくみそだてる彼女のにおいがただよっていた。まるでラケルの魂が部屋に立ちよっているようだった。

するとと声がした。「でもお母さんはあの子を『ベン・オニ』と名づけました」

ああ、それはラケルではなかったのだ。ラケルの声と同じような、はずむような抑揚《よくよう》と口調だったが、それはヨセフだった。ヨセフはヤコブより先にきて、暗がりにしいた自分の寝床によこになっていたのだ。たぶんもう八日間もそこで寝ていたのだろう。

ヤコブは息子のほうをむいて言った。「何だ。おまえは何と言ったのだ」

ヨセフはわずかに感情をたかぶらせて言った。「お母さんはあの子を『ベン・オニ』と名づけました。そう言うのをきいたのです。でも今日あなたは、ほかの名であの子に割礼をほどこしました。『ベニヤミン』という名で」

「ああ、そうだ」

「どうしてお母さんの願いを変えてしまうのですか」

「おまえは人がどのくらいのあいだ、悲しみとともに生きなければならないと思うのか、ヨセフ」

「わかりません」

「いつまでもか。ラケルはわたしたちが永遠に悲しむことをねがうだろうか」

「いいえ」

「そしておまえの弟は、いつまでなげいていればいいのか。あの子は自分の母親や自分の誕生のことを思い出すこともできないのだ。あの子の母は、あの子がこの先、一生暗い気持ちですごしてほしいとねがうだろうか」

「いいえ」

「そうだ、そんなことはのぞまないだろう。そしてベン・オニというのは、わたしの苦しみの子という意味だ。しかしベニヤミンは、さいわいの子という意味だ。ヨセフよ、おまえの母はしばらくは悲しんだが、今ではもう悲しむことはない。おまえの母が名づけたのは誕生のことだった。産みの苦しみのことを名づけたのだ。誕生の瞬間、息子の出産のことを名づけ、わたしとおまえはその名前を記憶にとどめるだろう。これはわたしたちのあいだの契約だ。これによって『ベン・オニ』という名と、それが意味するものをわたしたちはいっしょに記憶するのだ。ラケルが名づけたのは誕生のことだ。わたしたちは息子を名づけようではないか。母親のいつまでも変わらない快活な心を、おまえの弟にもたせるのもいいではないか。あの子が人生を歩み、世のなかに出ていくとき、母親のような自信をもたせてやるのもいいではないか。彼女のさいわいの子。わたしのさいわいの子。わたしたちの……

いいから、ヨセフ、だまっていなさい」ヤコブは言った。「息子よ、すべてはこれでいいのだ。主はわたしたちとともにおられる。だから、だまっていればいいのだ」

ヨセフは父の手をとり、その手のひらを自分の顔にあてたので、父は息子のあごがぬれているのに気づいた。ヨセフは泣いていたのだ。

　ふたりは、ラケルのにおいをかぎながら抱きあった。

　それからヤコブは夜おそくまで息子にむかしのことを話してきかせた。ラケルへの愛、神と戦ったこと、主なる神への信頼、主が愛されるおこない――そしてそのあいだずっと彼らをまもってきた契約について。


　ヤコブとその一族がヘブロンの谷に宿営していたある朝、ヤコブはヨセフを呼んで言った。「息子よ、おまえの弟の赤ん坊でさえ、今日は笑っている。もう悲しみを忘れる時だ。いそがしくはたらくのがいい。ほかの者と話をしなさい。彼らの話をきくのだ。関心を分かちあうことだ。さあ、行きなさい」と彼は元気づけるように言った。「兄さんたちはここから数日の距離にあるシケムで羊を放牧している。そこへ行って兄さんたちや群れがうまくやっているかどうかみてきて、わたしに伝えてくれ」

　実際、それは雨期が終わり、夏の暑さがくるまえの快適な季節だった。そしてヤコブは自分の経験から、北へむかうゆったりした旅がどんなにたのしいかを知っていた。

　彼は息子の魂をなぐさめたいと切にねがっていた。そしてヨセフが豪華な外套を着て出発のあいさつに来たとき、ヤコブはそれがうまくいったと思った。息子がその外套を着てくれるのはありがたかった。外套は高価なものではあったが、それで若者をしあわせにできれば、十分にその価値はあった。

「気をつけてな」ヤコブはヨセフに口づけし、今では二人が同じ背丈になっていることに気がついた。息子は父と同じ背丈に成長していた。

「わかりました」とヨセフは言った。それから「ベニヤミン坊ずはどこだ」と声をかけた。レアはベニヤミンをそとにつれだした。ヨセフが赤ん坊に口づけをくりかえしているのをヤコブはやさしいまなざしでみまもり、しわがれた声で笑いだした。そしてヨセフも、ベニヤミンも、レアも、一同が笑った。

悲しみの終わるときが来たのだ。

「元気でな、ヨセフ。神がおまえとともにおられるように。行っておいで」

「お父さんもお元気で。行ってまいります」

❦

七日後、ヤコブの成人した息子たちがシケムからもどったとき、彼らのなかにヨセフはいなかった。彼らはヨセフをみなかったという。一カ月以上前にヘブロンを出たときから、ヨセフの姿はどこにもみかけなかったと彼らは誓って言った。

しかし外套をみつけたという。ヨセフのものとよく似た、袖の長い外套だった。乾いた血でこわばっていた。そして三カ所で無残に引き裂かれていた。

「お父さん、これはヨセフの外套でしょうか」

老人は裂かれた布を一目みるなり号泣した。「息子が。息子が」と彼はなげいた。ヤコブは手のひらで外套のしわをのばそうとした。それから外套をたたんで、そこに顔をうずめた。「息子はライオンに食われてしまった」ヤコブは泣いた。「ヨセフは引き裂かれてしまったのだ」

ヤコブは自分の衣を引き裂き、粗布を腰に巻いて何日も喪に服した。

ルベン、シメオン、レビ、ダン――彼の子どもたちが一人ずつヤコブの天幕へ行って、なぐさめようとした。しかしヤコブはなぐさめられることを拒否した。彼は言った。「いや――ヨセフを悼《いた》みながら、愛するヨセフを悼みながらわたしは墓へ行くのだ」

(iii)

しかし老人が息子の死を悼みはじめたのと同じ日、ヨセフはラクダにまじって歩いていた。大海（地中海）の沿岸を南西にむかってガザをこえ、それから西へむかってシナイ半島の北部をよこぎり、ゴシェンを通ってエジプトへ入る、古代からの交易路をゆく隊商のなかに彼はいた。

ヨセフは首とくるぶしに枷《かせ》をはめられていた。いくつかのちがった言葉を話す、さまざまな国から来た二十人ほどの男たちといっしょに鎖《くさり》につながれていた。足からは血が流れていた。

彼らをとらえていた者たちは邪険ではなかった。だが情けをしめすこともなかった。彼らは商人だった。それで、樹脂、乳香《にゅうこう》（香料にする樹脂）、没薬《もつやく》（香料や薬にする樹脂）などの物品といっしょに、姿のよい若者を売ってもうけるつもりだった。健康な男の値段としては妥当な二十シェケルで、彼らはヨセフを買っていた。それをエジプトの硬貨にかえれば、出資した以上のものになる。もしそこまで健康な状態でつれていくことができれば。そのため、彼らはヨセフにパンをあたえることをしぶらなかった。とらわれていたほかの男たちも、旅のあいだに健康を向上させていた。商人たちは商品の質に誇りをもっていたからだ。

ヨセフはあのとき、眼下の谷に兄たちと羊の群れがひろがっているのをみて、心の底からうれしかった。草のはえた丘の上に出た彼は、そのながめにおどろいた——そしてそのながめをみて自分の魂がかるくなっていることにもおどろいた。彼はいつまでも母を悼みつづけ、あまりにも長いあいだ孤独だったのだ。

「兄さん」と、彼は笑顔で手をふりながら呼びかけた。「兄さん、来ましたよ」

斜面を小走りにおりてゆくと、兄たちはあつまって彼のほうをみていた。

しかし彼らの顔に笑みはなかった。

ナフタリは言った。「夢みる小僧だ」

かなり距離があったのではっきりとはわからなかったが、ナフタリはそうはきすてるように言ったようだった。口もとがゆがんでいた。それからダンがひどく残酷な言葉をさけんだ。「夢みる小僧がどうなるかみてやろうではないか」ヨセフは足取りをおそくした。

兄たちのうちのまず二人が、そして三人、さらに五人が集団からはなれ、全速力でヨセフのほうに走ってきた。兄たちは十人ともさけんでいた。ヨセフはのどがつまった。まるで夢のなかにいるようだった。まったく動くことができないまま、起こっていることを理解しようとした。

すると兄たちはヨセフにのしかかり、彼をひきまわし、体から長い外套をひきはがした。だれかが頭のよこを強くなぐった。ヨセフはおどろきながらその痛みと衝撃をあじわった。なぐるからには意味があるのだ。だれかが腰のくびれのうしろを打つと、彼はたおれこんだ。それから兄たちは彼の脚をもって土や石の上をひきずってゆき、やがて体の下で大地がぱっくり割れ、彼はおちていった。音が反響する場所の底におちた。妙なうめき声が口から出た。息が止まった。呼吸することができなかった。みあげると小さな穴があり、兄たちの頭が日光をさえぎっていた。それから意識をうしなった。彼は水をためるための穴におとされたのだ。漆黒《しっこく》の闇のなかで思いがうかんだ。「わたしは穴のなかにいる。しかし死んではいない。わたしは穴にいる。ああ、主よ、わたしとともにいらしてください」

ヨセフは死ななかった。そのかわり彼は奴隷商人に売られ、二カ月後、彼はのろを塗った台に立たされ、まわりで話される外国の言葉をきいていた。油を塗って房のようにととのえたあごひげの男たちが、その台をとりかこんでいた。ある者は耳からあごまで長いひげをたくわえていたが、ヨセフがみなれていたような、頰にひげをはやしている者はいなかった。男たちはひげをぬいていたのだろう。そしてみんな体を洗っているようだった。汗のにおいがしなかった。その国の人々がまとっていたのは白い亜麻で、それは人の肌のようにしなやかでなめらかな織物だった。彼の知っている粗い羊毛とはまるでちがう、すばらしい布だった。

彼がいるのはあきらかに市場のようだった。

そして台にのっている者は商品なのだ。

ヨセフは台の左のほうでおこなわれていたささやかな動きに目をとめ、胸をときめかせた。エジプト人たちは椅子にすわっており、一人の男がすわっている椅子は、平らな板のうしろにおかれていた。テーブルだ。そしてテーブルの上には、亜麻より丈夫で、それとはまったくちがう種類の織物がしかれていた。男はおどろくような速さで織物にしるしをつけていた。奴隷が一人売られるたびに、彼は手にもっている道具を黒い水につけてからすばやく、美しい形を布の上につけていった。ヨセフはさらに目をこらした。男のもっている道具はイグサをななめに切ったもので、端はすりへっていた。黒いインクのための筆だ。

ヨセフは書くという行為についてはきいたことがあった。粘土や古い石にきざまれている意味のわからないしるしについて、父は話してくれたことがあった。しかし彼が今みているものにはおどろくべき速さと単純さがあり、ヨセフはすっかりうれしくなった。

ヨセフのせりがはじまるまえに、彼はイグサで書いている男について、もう一つすばらしいことに気がついた。その男もまた奴隷だったのだ。

そこで、競売人にどんな特技をもっているかときかれたとき、ヨセフは左にいる書記を指さしてそれに答えた。「わたしにはあれができる」と彼は言った。そして心のなかでは〔できなければおぼえることができる〕とつぶやいていた。

どうして書記が奴隷であることを知っているのか、また自分は才能ある者の技を身につけていると言ってのける度胸はどこからきているのかとだれかがいぶかしみ、彼を問いつめたならば、ヨセフはためらうことなく、「主がわたしとともにおられるから」と答えただろう。

ヨセフを買ったのは、エジプトでは要職にある人物だった。名はポティファルといい、それはラー（エジプトの太陽神）があたえたものという意味だった。

ポティファルはファラオ（古代エジプトの王の称号）の侍従長だった。ただの尊称なのか、あるいは事実であったのか、彼は「宦官《かんがん》」という称号をもっていたが、宮廷のうわさによれば、彼は若くて元気な女と結婚しているということだった。

権力者とはいえ、ポティファルは風采のあがらない男だった。しかしその小さい目はすばしこく確信にあふれ、投げ矢のように正確で危険だった。香油をたっぷり塗った彼が甘いにおいをただよわせ、宝石で身をかざって町にのりだすと、その先々で人々は彼をあがめた。

彼のもどっていく家は、川上に建てられた宮殿を思わせる大きくりっぱな建物で、大理石のように白い壁、中庭、多くの部屋、庭の噴水、家のなかの風呂、光を調節する格子づくりの窓などがあり、床は華やかなモザイクでかざられていた。しかし家の美しさとはうらはらに、その下には残酷な施設がかくされていた。ファラオの侍従長は監獄の長もかねており、ファラオの囚人たちは侍従長の家の地下室に入れられていた。

ポティファルは家の奴隷やしもべたちにも、自分と同じように贅沢な亜麻をまとわせた。

家にいる者のようすから、自分の高い地位や、いかにも自分が寛大であることを印象づけようとしたのだ。そのためヨセフはしばしばあたたかい湯で全身を洗い、二つの部分からなる衣服をまとった。一つは、腰のところをひもで縛るやわらかく長い衣で、もう一つはおおやけの場所でその上にはおる、優雅でぴったりしたケープだった。

しかし実際のところ、ヨセフにはほとんどケープは必要なかった。ポティファルは心からこのヘブライ人を気に入っていたので、彼をいつも家におくようにしていたからだ。

この奴隷はいつもほほえんでいた。彼には人にこびへつらうようなところはまるでなく、健康ではれやかな性質で、主人をまっすぐにみつめ、ほほえむのだった。高官ポティファルの世話をする立場にありながら、これほどおだやかでいられる奴隷がほかにいるだろうか。いはしない。それにくわえて、この奴隷のほほえみはうるわしく、男らしかった。

ヨセフはエジプト語を話し、書くことができるようになった。そのどちらも、彼はすぐに身につけてしまった。そしてすぐ――ポティファルにつかえるようになった年の終わりには――このヘブライ人はただ有能であるばかりではないことを証明した。有能な会計係は多いが、有能であると同時に信頼にたる会計係はめったにいなかった。あるときポティファルはほんの思いつきから、ヨセフに家にある物資の目録をつくらせた。できたものをみると、袋から指先ほどの小麦もうしなわれていなかった。しかし以前につくられた目録では、計量にいつわりがあったことが明らかになった。ヘブライ人の奴隷はその盗みを、批判することなく、また自分だけが正しいという態度をとることもなく明らかにした。適切な、私情をまじえない報告をしただけだった。

そこでポティファルはヨセフを家全体の監督係にした。すると財産、収穫、投資、家の運営までがうまくいき、彼は大いによろこんだ。

「どうしておまえはこれほどうまく仕事をこなすことができるのか」とポティファルはヨセフにきいた。「そして、どうしてわたしの繁栄にこれほど心をくだいてくれるのか」

ヨセフはほほえんで答えた。「神がともにいらしてくださるからです」

神はヨセフとともにいた。異国で異国人としてくらしていても、毎日の生活をたのしむことができるようになったのは、彼にとってその証拠だった。

彼は朝はやく部屋に入り、そこで主人の仕事を処理した。その部屋で東の空をのぞみながら、父がしていたのをみていたとおり、彼も神に感謝をささげた。それからケープをぬぎ、エジプト式テーブルの前においたエジプトの椅子にすわり、書き物のためにインクをまぜ、イグサを切った。

一時間のうちにポティファルがやってきて、その日の予定を話しあい、ヨセフの報告をきき、助言をあたえ、またヨセフの助言をもとめた。二人の会合が終わると、主人はファラオの宮廷へいき、奴隷は家で仕事をした。そのようにしてヨセフは日々をすごした。雨期と乾期がすぎていった。

すぐにポティファルの妻もヨセフの部屋へきて、さまざまなこまかい用を言いつけるようになった。ヨセフはいつも立って彼女をむかえた。彼女はいつも彼をじっとみすえ、口もとにかすかな笑みをうかべていた。ポティファルは背が低かったが、妻はちょうどヨセフと同じくらいの背丈だった。彼女は指の先を一瞬彼ににぎらせ、そして言った。「いいから、そんなにかしこまることはないわ」

しかしヨセフはいつも礼儀正しかった。それは彼の生まれつきの態度というより、意識的にしていることだった。ヨセフはよく主人の家のための買い物にでかけた。「おまえにわたしの印章をあずけよう」とポティファルは彼に言った。「必要だと思うものがあれば買いなさい。わたしはおまえの判断を信じるから」と。主人の名のもとに行動しているのだから、自分はひかえめに礼儀正しく行動するべきだと彼は思っていた。

そのためヨセフはひかえめな礼儀として、いつも主人の妻が腰をおろすのを待ってから自分もすわって書き物をした。

しかし彼女は人を当惑させる女だった。その目は知性にかがやいていた。彼女は堂々と、威厳をもってふるまうことができた。しかしときどき子どものようなまねをして、ヨセフがすわったとたんに立ち上がるので、彼は困惑しながらまた立たざるをえなくなることがあった。ヨセフの礼儀正しさが真実のものであるかどうか、ためしているようでもあった。もちろん女主人の気まぐれなど辛抱することができたが、それによって仕事は中断された。

ある日、ポティファルの妻がヨセフのテーブルから少しはなれたところにすわっているとき、彼女はほとんどどききとれないくらい小さな声でささやきはじめた。ヨセフは彼女が一人で歌をうたっているのだと思った。

しかしとつぜん、「ヘブライ人、わたしと寝なさい」という言葉がきこえたので、ヨセフの耳は燃えるようにまっ赤になった。彼は顔をあげなかった。きっと自分の想像だったのだろう。彼がその言葉をきいたと思うと、すぐに彼女はだまりこんでしまったからだ。そしてすぐに部屋から出ていった。

ヨセフはふるえながら長いため息をついた。

三日後に、彼らはまた部屋で二人きりになった。

ポティファルの妻は言った。「ヨセフ？」

彼は顔をあげた。

彼女はクジャク石でまぶたをみどり色にそめた目を、まっすぐ彼にむけた。「ヨセフ、わたしと寝なさい」と彼女は言った。

ヨセフはおどろいた。彼女の首はきわめて長く、のどはむきだしだった。

彼女はそっと言った。「きこえたのか。言ったことがわかったのか」

ヨセフはひとことも言わずに立ち上がり、ケープをまとうと部屋から出て、庭をとおりすぎ、家からも出ていった。

つぎの日、いつもとまったく同じ時間に彼女が部屋に入ってくると、彼はいつものように彼女をむかえるために立ち上がったが、目は下にむけたまま、彼女の手もとらなかった。彼女も手をのばしてこなかった。彼女はすわりもしなかった。扉のところにはしもべが立っていた。彼女はしもべを去らせた。

彼らは二人きりになると、ヨセフは目をふせ、彼女の燃えるような視線を額にあびていた。

「ヨセフ、おまえはわたしが何をのぞんでいるかわかっているのか」彼女は言った。

「はい」ヨセフは言った。

「それでは、どうしてきのう、わたしから去っていったのか」

ヨセフは彼女をみた。子どものようにあえいでいる自分がなさけなかったが、彼女に話さなければならなかった。「ご主人は」と、そこまで言うと、息をつぐために言葉を切った。「ご主人はわたしを信頼して所有物の管理をすべてまかせてくださいます――しかし奥様、妻であるあなただけはべつです。それに、神にたいするそのようによこしまな行為や罪を、どうしておかすことができるでしょう」

ポティファルの妻は何も言わなかった。歯の上で唇をうすくかたくむすんでいた。彼女がだまるとおそろしいことになりかねない。きっと彼女は出ていってしまうだろう。しかしそうではなく、彼女はとつぜんすわった。ヨセフもすわった。彼は書き物をしようとした。しかし目をあげるたびに、冷たく口をとざした彼女が自分をみすえているのがみえた。

そして彼女は出ていった。それから十日間、彼は自分の部屋で一人で仕事をした。

しかし十一日めの午後、髪を乱し、化粧をしていない目をらんらんと光らせた彼女が扉のところにあらわれた。「奴隷になど、神々や罪のことがわかるものか。わたしよりえらそうにしないで」と彼女はあざけるように言った。彼女は部屋に入ってきた。ヨセフは立とうとした。すると彼女はヨセフのところにかけより、彼の衣の肩をつかんだ。「わたしと寝なさい」と彼女はさけんだ。「ヘブライ人、わたしと寝るのよ」

ヨセフは立ち上がり、彼女をおしもどした。彼女はたおれて巻物が入った戸棚にぶつかった。しかし彼の衣にしがみついていた。そのため衣は縫い目から裂けて、はらりとおちた。ヨセフは一瞬、まっ裸で立ちつくした。それから恥ずかしさにわれを忘れ、部屋からとびだし、庭にかけていった。

「はなして。はなして」と彼女は家のなかでさけんでいた。「助けて。だれか。奴隷がわたしを犯す。助けて」

ヨセフはふりかえった。ポティファルの妻が戸口を出ながら、口をひらいて、大きな叫び声をあげていた。手には彼の衣をもち、冷たく、感情のない、氷のような目をしていた。

とつぜん、彼女のうしろの扉から、憤慨した四人の大きなエジプト人がとびだした。ヨセフは逃げようとしなかった。裸でどこへ行けるだろう。抵抗しようともしなかった。彼は地面にたたきつけられた。頭のうしろをだれかに剣の腹でたたかれた。そして意識をうしなった。

ヨセフはポティファルの家の地下で気がついた――ファラオの侍従長の監獄だった。壁はあつかった。房はどれもせまくて暗く、なかにはほとんど何もなかった。そのような房がたくさんあり、あらゆる階級の者がつながれて、さながら迷路のようになっていた。ヨセフはそこに、不幸な者たちの秘密の社会があることに気づいた。定められた刑期はなかったので、そこにいるだれもが、自分がいつ解放されるのかわからないでいた。すべては階上の権力者の気まぐれにまかされていた。

しかしこの地下の世界にも、光のとどく世界と同じような秩序があった。地上の世界で位をもたなかった囚人は、高い位にいた囚人につかえるのだ。

ファラオの宮廷にいた二人の役人が、それぞれ何をしたのか、その主人もすぐに忘れてしまうようなささいな罪によって監獄に入れられると、ヨセフは彼らにつかえさせられた。一人はファラオの給仕役の長だった。もう一人は料理役の長だった。ヨセフがヘブライ人だったため、彼らは当然のことのようにヨセフに自分たちの世話をさせ、彼を無視していた。

時はたったが、二人の釈放について権力者からは何の言葉もなかった。彼らは絶望した。ひどい不安にかられるようになった。そして奴隷はとるにたりない者だったため、彼らは自分たちの気持ちをヘブライ人にうちあけた。

「ここで生きのびていくにはどうすればいいのか」と彼らはたずねた。「教えてくれ、おまえはどうやってこの不幸にたえているのか」彼らはせがんだ。

しかし奴隷は、「主がともにおられるからです」と言うだけだった。

❦

ある朝、ヨセフが主人たちの体をふこうとして、水と布をもって彼らの房に近づくと、奇妙な、息をつまらせるようなうめき声がきこえた。房に入ると、エジプト人たちは二人とも部屋のすみにうずくまり、骨の髄まで冷えきったようにひじをかかえてふるえていた。二人とも憔悴《しょうすい》しきった目で床をみていた。

「どうしたのですか」とヨセフは言った。

給仕役の長は立ち上がり、両手でこめかみをおさえた。「ヘブライ人よ、おまえにわたしたちの何がわかるだろう」と彼はさけんだ。そして壁をふりかえった。「わたしたちはきのうの夜、夢をみたのだ。二人とも。しかしこの監獄には、その夢の意味を解ける者がいないのだ。この苦しさは、おまえにはわからないだろう。おまえのせいではないが。おまえはわたしたちのようには生きていないからな。体をふいて出ていってくれ」

繊細すぎるところのある給仕役の長はすわり、頭を上へむけて目をとじた。

ヨセフは布をぬらし、給仕役の耳をふきはじめた。「わたしもよく夢をみました」と彼はしずかに言った。「そしてわたしの夢は意味をもっていました。それはとてもいい意味だと思っていました。しかしわたしの夢はだれかに解いてもらう必要はありませんでした」

「どういうことだ」給仕役の長は片方の目をあけた。

「目覚めたとたんに、わたしにはその夢の意味がわかったからです」

給仕役の長は両目をあけた。「どうやって。おまえは魔術師か」

「夢の判断はすべて神のなさるわざではありませんか。そして神がいらっしゃらないところなど、どこにあるでしょう。神はどこにでもいらっしゃるのですから」

給仕役の長よりずっと小柄で、職業がら人とあまり話すことのない料理役の長が這ってきて、ヨセフの肩にふれた。「ここにもいるのか」料理役の長はささやいた。「神はいるのか……ここに」

「あらゆるところに」ヨセフは言った。

「神はわれわれの夢を解いてくれるだろうか」料理役の長はおそれ、ためらいながらささやいた。

給仕役の長は突然ヨセフの両腕をつかんだ。「きいてくれ、この話を」と彼はしぼりだすような声で言い、一気に話しはじめた。「わたしはつぼみをつけた三本のつるがブドウの木から出ているのをみたのだ。つぼみはたちまち花ひらいて、すぐに熟したブドウの房になった。わたしはそのブドウをつぶし、手にした杯に入れてファラオに献上した。おまえの神はこの夢をどう解くのか」

ヨセフは自分の手首にまわされていた給仕役の長の指をはなし、布をぬらして料理役の長のほうをむいた。

「三本のつるとは三日のことです」とヨセフは言い、料理役の長の顔をぬぐいはじめた。「三日のうちにファラオはあなたの頭をここからあげて、あなたを自分のもとに呼びよせます。ファラオはあなたをもとの給仕役の仕事にもどすでしょう」ヨセフは給仕役の長のほうをむいた。「これがほんとうの意味です。このことがあなたの身に起きたときは、わたしのことを思い出してください。あなたがまたファラオに会うようになったら、わたしの身の上について話してください。そしてわたしに慈悲をたれてくださるよう、おねがいしてください」

するとと自分から積極的に話すことの少ない料理役の長も、じっとすわっていることができなくなった。彼はヨセフの手の下で体をくねらせたので、ヨセフは布で彼の眉にふれながら言った。「あなたの夢はどんなものですか」

料理役の長は目をつむった。「わたしは頭に三つのかごをのせている夢をみた。いちばん上のかごにはファラオのためのパンが入っていたが、鳥がそれをつついていた。それだけだ」

彼はだまった。ヨセフも長いあいだ何も言わなかった。彼は料理役の長の腕をそのままふきつづけ、手のところまでくるとそこで止めた。

「三つのかごとは三日のことです。三日のうちにファラオはあなたの頭を――」ヨセフは男の手を自分の両手でつつんだ。「――頭をあなたの肩からあげるでしょう。ファラオはあなたを木に吊るすのです。鳥たちがあなたの肉をついばむでしょう」

三日のうちにファラオは自分の誕生日を祝うため、臣下の者すべてを祝宴に招くことにした。そのとき、彼は自分が監獄へおくった給仕役の長と料理役の長のことを思い出した。ファラオは給仕役の長を宮殿にもどし、彼をそばにおいた。料理役の長は絞首刑にした。

しかし給仕役の長は、自分に幸運がおとずれることを知ったいきさつを忘れてしまった。

そのためヨセフは監獄に入れられたままだった。暗い穴のような監獄で、腐ったアシの上によこになるうち、日々はすぎ、何カ月も何年もがたっていった。

ⅳ

ファラオは長椅子で寝た。長椅子は昼のあいだはすわるための腰掛けになり、夜は寝台になった。

数人の寝ずの番をする家来をはべらせ、ファラオはヒマラヤスギと金銀でつくられた長椅子で寝た。そこには何重もの亜麻布がかけられていた。長椅子そのものは斑岩や大理石、真珠貝や宝石を埋めこんだすばらしいモザイクになっていて、それが浮き彫りをほどこした敷石の上にすえられていた。

そしてエジプトの王は明かりのなかで寝た。

ファラオが寝ているあいだじゅう、油のランプがともされていた。部屋のそばには水がひそやかな音をたてて流れ、すぐにも王がのどの渇きをいやし、体を洗い、体を冷やすことができるようにされていた。

暗い色の不思議な織物の幕は、宮殿に入るどんな風もやわらげ、敷物は足音を消した。

必要なときはすぐに音楽で悪夢をはらえるように、ハープやリュートが少女たちの指ではじかれる時を待っていた。祭司もつねにそばにいた。ファラオは神々の血族だった。彼は世話をする者にとりまかれて寝た。多くの聖職者たちがひかえるなかで。しかしこの高貴な権力者は、美しい長椅子の上で、だれよりも深い孤独のなかで寝た。

それは彼の意志というより、彼の地位のためだった。

それは変えることのできない定めだった。

ある夜、ファラオは声をあげてとび起き、突然目がみえなくなったとでもいうかのように自分自身をながめまわしはじめた。夜具はかたわらにずりおちた。

すぐに二人のしもべがぬれた布をもってかけつけた。少女たちは楽器をとりあげ、ようすをさぐりながらひかえめに和音をつまびいた。女が部屋を歩きまわり、すべてのランプをさらに明るくした。ほかの者たちは王の体にかける亜麻の夜具をあらたにもってきた。

すぐにファラオはよこになり、とぎれがちな眠りにおちた。

王はつぶやき、汗をかき、腕をあちこちになげだしたので、そっとそばにより、団扇《うちわ》であおごうとしたしもべたちは王の腕に打たれた。

ふたたび王はとび起き、あえいで宙をみつめた。

「祭司はどこだ」彼は声をあげた。「祭司を呼べ」

祭司はすでにブドウ酒の皮袋と銀の杯をもって彼のそばにいた。

ファラオは彼の腕をつかんだ。杯のブドウ酒は祭司の衣にはねかかった。

ファラオは言った。「夢をみた。おそろしい夢だ。二つの夢で、どちらもよく似ていて、とても重要で、とても――」

祭司の腕をはなさないまま、ファラオは畏敬《いけい》にうたれながらくわしく夢の話をした。

「これはどういう意味か」ファラオは言った。

あわれな祭司は話をききながら青ざめた。なるほど夢は深い意味にみちているようであった。それだけに、それが何を意味するのかまったくわからない祭司は当惑した。

「では学者を呼べ」王は命令した。「科学の探究をなりわいとしている者が必要だ。彼らにこの夢を研究させ、意味を解かせるのだ」

ファラオは、いかめしく考え深げな表情をした宇宙の学徒らに自分の夢をくわしく話した。礼儀正しい彼らは夢を解くふりをして王を怒らせた。「わたしをおろか者だと思っているのか」王は声を荒らげた。ほまれ高い学者らは頭をさげて、自分たちの失敗をみとめた。家臣たちは、口をあけ無言のまま立っているファラオをおそれ、彼の足もとに近づくこともできなかった。

「これだけか。この王国にいる賢者はこれだけなのか。わたしに夢を解きあかしてくれる者はいないのか」

　給仕役の長が記憶を呼びもどしたのはそのときだった。「ファラオさま」と彼は言った。「監獄にいたヘブライ人の奴隷は、わたしの夢を解きあかしてくれました。わたしのみた夢は、あなたのことを意味しているのだとその奴隷は申しました——あなたがまたわたしをとりたててくださるだろうと。そしてそのとおりになったのです」

「そのヘブライ人の名は」

「知りません。きいたこともありません」


　侍従長ポティファルがファラオのもとにつれてきたのは三十歳のヘブライ人の男で、ひげは剃《そ》りたてで、監獄にいたため顔色は青白かったが、その物腰は自信にあふれ、人とまっすぐに目をあわせた。

　ファラオが奴隷をみると、奴隷はうなずき、ほほえんだ。

「ヘブライ人よ、おまえは夢を解きあかすのか」

「いいえ」奴隷は困惑することなく言った。「わたしにはその力はありません。しかし神が解きあかされるのです。神こそが、ファラオさまの夢を解きあかすことができるのです」

「ヘブライ人よ」ファラオは彼の足もとから顔まで、ゆっくりおしはかるようにみながら言った。「おまえの名前は」
「ヨセフと申します。イスラエルと呼ばれるヤコブの息子です」
「それではヨセフよ、わたしの夢はこういうものだ」ファラオは言った。
「わたしがナイル川のほとりに立っていると、七頭の太って毛並みのいい牛が川からあがってきて、アシを食べはじめた。するとすぐにべつの七頭の牛があがってきた。こちらは病弱でやせていた。やせた牛は太った牛をのみこんでしまったが、それでも牛たちはやせたままだった。わたしはその夢から覚め、ふたたび寝ると、また夢をみた。

その夢でわたしは、一本の穀物の茎から、肥えてよく実った七つの穂が出ているのをみた。するとさらに、成長が悪く、東の風で枯らされた七つの穂が出てきた。一つめの夢とまったく同じように、やせた穂はゆたかな穂をのみこんでしまった。

ヤコブの子ヨセフよ、いったいこれはどういう意味なのか」

ヘブライ人は厳粛な表情になっていた。へりくだったしずかな声は、絶対の自信にみちていた。「神はこれから多くの土地でなさることを、ファラオさまにおしめしになったのです。七頭の太った牛と七つのゆたかな穂とは、七年間を意味しています。ファラオさまのみられた二つの夢は一つのものです。エジプトは七年間の大豊作をむかえるでしょう。しかしやせた牛と枯れた穂は、豊作の年につづく七年間の飢饉《ききん》を意味しています。飢饉は豊作の年を忘れさせるほど、王国をはげしくおとろえさせます。そしてファラオさまが二

Joseph

つの夢をみたのは、そのことが神によって定められていることを意味しています。かならずそうなるのです」

ファラオの大広間はしばらくのあいだしずまりかえった。祭司も給仕役も、学者、宦官、奴隷、だれ一人として口をひらく者はいなかった。王とヘブライ人はみつめあった。

沈黙をやぶったのはヨセフだった。

「もしファラオさまがおのぞみでしたら、わたしに提案がございますが」

「言いなさい」

「ファラオさまはだれか分別があって、私欲のない賢い者を監督にえらび、豊作の七年のあいだに穀物をあつめさせるのです。そして穀倉《こくそう》を建て、それにつづく七年の飢饉の年にそなえて、食料を貯蔵させるのです」

二つの提言。ヘブライ人の話した二つの提言には明快な判断がしめされていたので、ファラオは立ち上がり、王座からおりて彼の目をみつめた。

「どうだろう、ヨセフ。監督になる者は、神の心もしめすべきではないだろうか。そして、勇敢にして高潔な人物であるべきではなかろうか」

ヘブライ人は「そのとおりです」と言った。

「そうだ。そうであるべきだ、そしておまえには神がともにいて、夢を解きあかし、すみやかに申し分のない助言をきかせてくれた。だからわたしはおまえを監督にえらぶ」

エジプトの王は使者をふりかえり、王国じゅうに発布する命令をのべた。

「みよ、フィロパテル。わたしが印章のついた指輪をこの男の指にはめるのをみたか」

使者はうなずいた。

「おまえはそれを確認した。ヤコブの息子ヨセフは、王の名において命令する権限と、王の名において認証する指輪をあたえられた。彼はもはや奴隷ではない。囚人でもない。彼はわたし以外のだれにつかえる者でもなく、すべての者は彼につかえるのだ。彼はわたしの宰相《さいしょう》であることを心にとめなさい。

みよ、フィロパテル。わたしがこの男を、わたしと同じ王族の衣で盛装させるのを。その首に金の首飾りをかけるのを。彼が王国を行くときは、わたしのものに匹敵する威光をはなつ馬車を用意せよ。そしてフィロパテル、彼の前には先導の者をつかわし、『アブレク（敬礼）。アブレク。宰相のおとおりのためにひざまずけ』とふれさせよ」

そしてすべてそのとおりになった。

ファラオはあたらしい宰相に、ツァフェナト・パネアというあたらしい名前をあたえた。その名によって彼の名声はあまねくエジプトじゅう、そして王国の北や東にもひろまった。神の言葉とともに生きる者、ツァフェナト・パネアの名が。

こうして神はヨセフとともにいた。

彼はオンの祭司の娘アセナトと結婚し、人との交わりに心をなぐさめた。また神が彼にあたえた知恵により、ヨセフは王に提言した仕事をなしとげることができた。彼はひろい穀倉の建設を監督した。そして豊作の年のあいだに多くの食料をあつめ、最後には量りきれないほどになった。

そのころ彼の妻は息子を二人産んだ。

ヨセフは一人めの息子をマナセと名づけた。それは、忘れさせるという意味だった。「神はわたしに苦難を忘れさせてくださったからだ」と彼は言った。

二人めはふやすという意味のエフライムと名づけた。ヨセフは夕方になると自分の家の高窓へ行き、川のまわりの低地や、畑や、自分が住むようになった国の穀物の実り具合をみおろし、それが彼の生活となっていた。そして、神の手にかかった土地が、実りゆたかでないはずはなかった。

しかしすぐに主なる神がファラオに伝えたように、大地は涸《か》れてかたまり、ひび割れた。豊穣の年は終わったのだ。雄大なナイル川さえほそくなり、土地をうるおすことができなくなった。飢饉がはじまった。

何カ月もの干ばつが何年もの干ばつへと拡大し、人々は雨と収穫をあきらめた。だれもみな歯ぎしりするばかりだった。ほんとうの飢饉がやってきたのだ。

宰相ヨセフは穀倉をゆっくりと、ひかえめにあけた。たくわえは、七年間にわたって少しずつあたえなければならなかったからだ。それゆえエジプト人たちは十分に食べることはできなかった。しかしともかく食べることはできた。そして餓死することはなかった。

ⓥ

年老いたヤコブはヘブロン近くの丘に立って目をほそめ、岩がちな峡谷のむこうにある、その地域の南北にはしる尾根道をみた。

「みたか」とヤコブは言った。彼は手をあげ、難儀をしながら尾根をすすんでいく旅人の列をしめした。彼らの影は、北にむかってゆっくりとおどっていた。消えてゆく陽のなかで、ヤコブの目はうるんでいた。

「あの旅人たちがみえるだろう。彼らは疲れているが、はこんでいる袋のなかはいっぱいだ。貧しい者たちだが、これから三カ月は食べていけるだろう」

ヤコブは杖に重くよりかかった。そばにいた、肉づきのよい、力のある四番めの息子ユダに話しかけていた。ユダは母親のレアのようにおとなしかった。かつてヤコブは、口数の少ないこの息子を誤解していた。しかし今では、ユダが無口なのは人をだまそうとしているのではなく、彼の確信からきているのだと考えるようになっていた。

「わたしたちも同じことをする時がきた」ヤコブは言った。「乳を出すヤギはあと何匹いるのか。もう乳もチーズものこっていない。雄羊は生きていても、雌羊が死ねば、母をうしなった子羊は死ぬしかない。ユダ」

「ここにいます、お父さん」

「このまえ隊商がこの道をとおったのはいつのことだったか」

「三年以上前です」

「このような不毛の地を旅するのはどんな者か」

「泥棒。悪漢。飢えた者たちです」

「そうだ、そしてエジプトへ行って穀物を買いつけるよう町からつかわされた者たちだ。こうして旅人がとおるのは、うわさがほんとうだという証拠だ。エジプトには食料がある、そしてわたしたちも食料をもとめてエジプトへ行く時だ」老人はふりむいて、まっすぐ息子の顔をみた。「身の安全のために兄弟たちをつれていきなさい。妻や子どもは、わたしのところにのこして。エジプトへ行って、できるだけうまく取引をしなさい。穀物を買いつけて、袋をいっぱいにしてもどってくるのだ」

ユダは日没をみつづけていた。顔は赤銅色にそまっていた。彼は額がひろく、鼻が大きかった。ヤコブは息子のりっぱな鼻には感心していたが、表情がもっとゆたかであればいいと思っていた。ユダの表情はたいてい、つつしみと実直さをしめしているばかりだったから。

「お父さん」

「何だ」

「兄弟すべてですか」

「ちがう」ヤコブはどなった。彼の胃はちぢまった。身をささえるために彼は杖をにぎった。それから自分をおさえながら言った。「いや、ベニヤミンはいい。ベニヤミンをのぞいてみんなだ。ベニヤミンはわたしとのこる」

すぐにユダと兄弟たちはロバにのり、食料と武器と財産をもって自分たちも尾根道へ入り、南にむかってゆっくり遠ざかっていった。ヤコブと末息子は去ってゆく者たちを立ってみおくった。

老人は少年に腕をまわした。ベニヤミンは十四歳。美しい髪がもつれていた。彼はまだほんの子どもだった。


雨期がきても雨は降らなかった。飢える民をあざけるように、わずかな雨が何度か降ったきりだった。

ヤコブは毎日のように息子が帰ってくるのをそとで待った。毎日のように晴れて暑い日がつづいた。彼の年老いた目は、はるかかなたまでみることができた。

そしてある日の午後、遠くに彼らの黒い影がみえたので、彼はいそいで天幕にもどり、もどってきた息子たちのために食事を用意した。

彼らはおごそかに食事をした。何を話すよりも食べることが先だった。ヤコブはたびたび立ち上がっては南の方角をみた。十人の息子がエジプトへ行った。帰ってきたのは九人だけだった。シメオンが帰ってこなかった。ユダはきびしい表情で父の視線をさけていた――そしてヤコブはとてもその沈黙にたえられなかった。

ついに彼は息子たちの儀式ばった食事の最中に声をあげた。「シメオンはどこにいる。シメオンに何があったのだ。どうして二番めの息子は帰ってこないのか」

兄弟たちは食べるのをやめ、重苦しくだまりこんだ。

ユダは言った。「エジプトの宰相はファラオにつぐ地位にあるもっとも権力をもつ役人で、食料貯蔵の管理もしているのですが、その宰相ツァフェナト・パネア自身が、シメオンを監獄にのこしていくようにもとめたのです」

ヤコブは両手で杖にすがった。そうしなければたおれてしまっただろう。彼だけが立っていた。息子たちは頭をたれてすわっていた。彼らの髪には白いものがまじり、悲しみが顔をおおっていた。

「どうしてだ、ユダ。どうして。どうして宰相はシメオンをもとめたのだ。どんな罪をおかしたというのか」

「宰相はわたしたちみなをとがめました。全員です。わたしたちを回し者だというのです」

「何だと。回し者？　おまえたちは何をしたのだ」

「わかりません」がっしりしたユダは顔をあげ、とほうにくれたように父をみた。「宰相がわたしたちに会おうとしたことさえ意外でした」

「お父さん」ユダは言った。「エジプトには多くの者が食料を買いにきていますし、取引を担当する役人もたくさんいます。それなのに宰相みずからがわたしたちをしらべにきたのです。彼はわたしたちにどこから来たのかとたずねました。それで『カナン』と答えました。またわたしたちの父はだれかとたずねました。『イスラエルと呼ばれているヤコブ』と答えました。すると宰相は『そうか、それではおまえたちは回し者だ』と言うのです。わたしたちがこっそりさぐりまわっていると責めるのです。わたしたちは『いいえ、わたしたちは兄弟で、ただの羊飼いです』と釈明しました。カナンには父とほかに弟が一人いるだけです、と。

『おまえの弟の名前は？』と宰相はたずねました。

『ベニヤミン』とわたしたちは答えました。

するとと宰相はひどく怒りました。どうして怒るのか、その理由がわからないのです。お父さん、あのエジプト人のことはとても理解できません。『ベニヤミンか』と宰相は言いました。『はい、ベニヤミンです』と答えました。

すると『ベニヤミンをここへつれてこい、そうすれば、おまえたちが回し者でないことがわかる』と言うのです」

その言葉をきくとヤコブは地面にくずれおちた。ルベンが走りよって父をささえた。ルベンとレビが彼をかかえ、ベニヤミンが水の皮袋をとりにいった。ユダは動かずにそれをみまもっていた。ユダは心底からの苦悩のためにかたい表情をしていた。

「それから?」ヤコブは息子たちのひざの上でささやいた。

ユダは小声で言った。「ベニヤミンはつれてこられないとわたしたちは言いました。そんなことをすれば父は死んでしまうからと。父はすでに息子を一人うしなっており、またうしなうわけにはいかないからと。そう話すと、宰相はさらに腹を立てたようでした。顔はまっ青でした。声はかすれていました。宰相はエジプト語で話をし、それから通訳が、おまえたちのうちの一人がカナンに行ってベニヤミンをつれてくるまで、残りの者は監獄に入れると言うのです。

それでわたしたちは三日のあいだ監獄に入っていました。すると宰相がやってきて、『気が変わった』と言うのです。宰相はシメオンを指さしました。『この者をのこしてゆけ。残りの者は行ってベニヤミンをつれてこい。おまえたちの食料は、すでにロバの背の袋に入っている。行け』と言うのです。

それでわたしたちはもどってきたのです」

旅の成果がいくらかあったことをしめすため、兄弟たちは穀物の袋をもちだしてひらいた。

するど、えもいわれぬ悲痛な叫びが夜空にこだました。息子たちがもちかえった袋の一つ一つに、支払いのためにもたせた金が入っているのをヤコブはみたからだ。「おまえたちはわたしに何ということをしたのだ」彼はなげいた。「おまえたちはエジプトの宰相から盗んだのだ。だめだ、ぜったいにだめだ、わたしのだいじな息子ベニヤミンをそんな危険にさらすことができようか。シメオンのことはかわいそうだが――おまえたちは白髪頭のこのわたしを、悲しみのうちに死なせることはできない」

つぎの年、家畜のための青草はそだたなかった。ユダは父の羊や牛の群れが病気になり、死んでいくのをみていた。人々はその死体をかたづける気力もうしなっていた。

ユダは兄がエジプトの監獄で弱っていくことをよく考えた。シメオンよ。たぶん食事はあたえられているだろうが、ここにいるわけではない。罪の意識は重くユダの心にのしかかっていた。そして苦痛が、父の口をとざしていた。父は口をひらこうとしなかった。

しかしエジプトからもちかえった穀物が底をついてしまい、ヤコブの子どもたちや孫たちがやせおとろえ、飢えで腹がふくれてくると、ヤコブはユダの天幕へ入ってきて言った。

「ユダ、また行ってもらいたい。またエジプトで少しばかり食料を買ってくるのだ」

ユダは言った。「お父さん、すわって話をきいてください」

彼はヤコブがため息をついてすわるまで、話をするのを待った。たぶん老人はどんな話かわかっていたのだろう。

それからユダは言った。「エジプトの宰相は、『弟をつれてこなければ、おまえたちには会わない』と、わたしたちにきびしく警告しました。ですから、ベニヤミンをつれていくことができるなら、わたしたちは行きましょう。しかしあなたがそれをゆるさないなら、わたしたちはエジプトに行くことはできません」

ヤコブは言った。「わたしにもう一人息子があるなどと、どうしてわたしが苦しむようなことを言ったのか」

「宰相がわたしたちにこまごまと質問をしたのです。わたしたちはそれに答えただけです」

ユダはしばらくだまって待っていた。それから言った。「お父さん、今なんとかしなければ、わたしたちはみな死にます。みんなが死んでしまうのです。あなたも、あなたの子どもたちも、そしてわたしたちの子どももすべて。もしベニヤミンをつれてゆけるなら、わたしが彼の保証人になります。そしてもしベニヤミンをつれてもどれなかったら、わたしはその咎《とが》を永遠に負いましょう」

ヤコブはいつまでもだまってすわっていた。

やがて彼は「香油を少し。蜜を少し」と言い、杖にすがって立ち上がった。天幕の入口のおおいのところまでよろよろとすすみ、ふりかえった。「樹脂と没薬《もつやく》、ピスタチオとアーモンドを宰相にもっていきなさい。食料の代金は、この前の分もふくめて二倍もって」老人はそとにむきなおった。入口にたたずんでながめる夕暮れは太古そのままの影をおとし、大いなる悲しみにつつまれていた。「そして、弟のベニヤミンをつれていきなさい」ヤコブはつぶやいた。


かがやかしい青空のひろがる日の昼どき、宰相の執事は、昨年カナンから来た男たちがもどってきたとつげた。

「お知らせするようにとのことでしたので」と執事は言った。

「そうだ」とヨセフは言った。彼はファラオの宮殿の執務室にいた。「何人きているのか」

「十人。十人だと思います」

ヨセフは胸が高鳴るのを感じた。「彼らがやってくるのを市場で待ちなさい」彼は執事に言った。「やってきたら、そのままわたしの家へつれてくるのだ。そして家畜をほふりなさい。もてなしの用意をするのだ。夕食は彼らといっしょにするから」

ヨセフはきびしく自分を律し、いつもどおり仕事をしてすごした。

しかし彼は、ヤコブの息子たちをのぞくことのできる格子窓のそばにすわっていた。窓からは、執事が彼らに会うためにすすんでゆくのがみえた。あいさつがかわされた――するといた、招待に困惑した兄弟たちはうなだれた。丘の上にある宰相の家につくまでのあいだに、執事は二度も彼らをみちびき、二度もふりかえって彼らについてくるようにもとめなければならなかった。そのうちに兄弟たちはとつぜんみすぼらしい袋をひらき、多額の金をとりだして地面にひろげ、身ぶりで何かを熱心に説明した。執事は金を袋にもどし、後についてこさせるためにみずから彼らの袋をつかんだ。

つぎにヨセフはシメオンを釈放するように命じた。そしてシメオンもまた自宅へつれていかせた。

その日おそくなってから、ヨセフも歩いて家へもどった。

庭に近づいていくと、ヘブライ語のつぶやきがきこえた。「シメオン。シメオン、おまえか、どうしていた。ああ、シメオン、どんな扱いをうけていたのだ」

そしてシメオンの声がした。「お父さんはどうしている。ああ、何ということをしたのだ。ルベン、ベニヤミンをつれてきたのか――」

ヨセフはのどが締めつけられ、話すことができないのではないかと思った。「ベニヤミンが来ているのだ」

ヨセフは庭へ歩いてゆき、きびしい調子で言った。「おまえたちの父はどうしている。

まだ健在か」

兄弟たちはすぐに彼の前にひれふした。通訳が質問をヘブライ語でくりかえしたが、兄弟たちは動かなかった。

ヨセフは大声で言った。「立て」通訳がくりかえす必要はなかった。兄弟たちは心からおそれるようにヨセフをみながらゆっくりと立ち上がった。無言のまま、彼らは鉢やつぼに入れた乳香《にゅうこう》、蜜、樹脂、アーモンドをさしだした。

ヨセフは言った。「おまえたちが話したイスラエルと呼ばれているヤコブは――元気なのか」

兄弟たちはヘブライ語でつぶやいた。「あなたのしもべであるわたしたちの父は生きています。そして元気にしております」

ヨセフは安堵の息をついた。するとふいに十四歳になったベニヤミンの姿が目にとまり、そこに二人の母ラケルの面影と、ひときわ目立つ黒髪をみて、ヨセフは息をすることができなくなった。感情の高まりのために、顔は火のように燃えた。鼻孔がひらいた。唇をゆがめ、激怒しているように顔をしかめた。兄弟たちはちぢみあがり、あとずさりした。ヨセフはささやいた。「これがおまえたちの末の弟か」

ユダは宰相をみた。「はい。ベニヤミンともうします」

ヨセフは言った。「ベニヤミン――」

しかし唇にのぼったその名がヨセフをまた動揺させた。彼は顔をおおい、庭からとびだして部屋へ入り、泣きふした。「ベニヤミン」

食事のあいだ、ヨセフは兄たちがひどく遠慮がちに食べるのをみていた。十一人の兄弟たち。彼らはひどく腹をすかせているはずなのに、おそれが飢えをうわまわっているのだ。彼らはほんのわずかずつ食べ物を口にした。ヨセフは兄弟たちのところに大盛りの料理をもっていかせた。ベニヤミンにはほかの者の五倍もあたえた。それでも彼らの食はすすまなかった。

ヨセフは執事にささやいた。「またヘブライ人たちの袋に、食料と、彼らのもってきた金を入れておきなさい。全額を」ヨセフはベニヤミンを指さした。「そしてあの少年の袋にはわたしの銀の杯を入れておくのだ。さあ行きなさい」

通訳をとおし、ヨセフは羊飼いたちに自分の家に泊まっていくことをもとめ、自分はそこをしりぞいた。

彼はその晩、一睡もしなかった。

翌朝、日の出とともに出発の用意をする男たちのざわめきがきこえた。ヨセフは家の高窓へ行き、兄弟たちがおそれとよろこびに心をたかぶらせながら、道をいそいでゆくのをみていた。十一人の兄弟たち。ヨセフはふりかえることもなく、うしろにひかえていた執事に言いつけた。「彼らを追いなさい。行く手をはばむのだ。そして、どうして宰相への悪をもって善にむくいるのかときさなさい。わたしの銀の杯はどこかとたずねなさい。そして袋をあけさせるのだ。杯をもっていた者を盗人と呼び、わたしのところへつれてきなさい」

ヨセフは華麗な馬車にのった執事が兄弟たちに近づき、彼らをとどめ、袋をあけさせるのをみていた。袋から穀物より先に金がおちてきたとき、兄弟たちの顔に恐怖の色が深まるのがみえた。そしてベニヤミンの袋から銀の杯がころがりおちると、十人の兄たちは自分の衣をつかんで引き裂いた。彼らは悲痛な声で泣きさけんだ。丘の上に立つヨセフの家の、格子をはめた窓の内側からもそれがきこえた。彼らがゆっくりと道をひきかえし、彼の家へもどってくるのがみえた。

兄弟たちがつれてこられたとき、彼は壇にすえた高貴な者の椅子にすわっていた。「今度はわたしに何をしたのか」ヨセフはエジプト語でたずねた。

悲嘆にくれたユダが口をひらいた。「ご主人さま、いったい何を申しあげればいいのでしょう。神があなたのしもべたちをとがめるなら、わたしたちはあなたの奴隷になりましょう。わたしたち全員が」

「いや」とヨセフは言った。「全員ではない。わたしの銀の杯を袋に入れていた者だけだ。その者だけだ。あとの者は父のもとに帰るのだ」

ユダの顔は悲しみでゆがんだ。ヨセフは口をかたくむすんだ。ユダは彼のもとににじりより、床に頭をこすりつけた。「どうかご主人さま、あなたのしもべが話をするのに腹を立てないでください」

ヨセフは身をこわばらせた。涙が出そうになるのを必死でこらえた。

ユダはおそれのためにたじろいでいた。それでも気をひきしめて話した。「はじめてここへ来たとき、あなたはわたしたちの父についておたずねになりました。父は年老いていると、わたしたちは真実を申しあげました。その父はすでに息子を一人うしなっているのです。ふたたび息子をうしなえば父は死んでしまいます。ことに末息子のベニヤミンをうしなったら。そしてあなたがもとめているのは、その末息子なのです」

ヨセフは顔をあげてかたく目をとじた。

ユダは言った。「父はその末息子を、あなたのもとへつれていかないでくれとせがみました。ベニヤミンにもしものことがあれば、年老いた自分は死んでしまうというのです。ベニヤミンの母には二人の息子があり、そのうちの一人はすでに亡くなっているからです。しかしご主人さまはそれをもとめられました。そのためわたしはベニヤミンをつれてくることを強く主張しました。ベニヤミンの身に何かあれば、わたしがその咎《とが》を負うと誓いました。父に誓ったのです。ですからどうぞ弟のかわりにわたしをのこしてください。弟ではなくこのわたしを。どうしてわたしが末の弟をつれないで父のもとへ帰れるでしょう。父に何と言うことができるでしょう。そんなことはできません。とてもできません」

ヨセフはもう自分を抑えることができなかった。エジプト語で低く言った。「部屋から出よ。ヘブライ人だけのこして、みな部屋から去れ」

ほかの者たちが行ってしまうと、ヨセフは兄弟たちをみて号泣した。ユダの前にひざまずき、彼を抱いた。ヘブライ語で、「兄さん、わからないのですか」と言った。

立ち上がってベニヤミンのところへ行き、彼に口づけした。「わたしはヨセフだ」と彼は言った。

「ルベン」ヨセフはすすり泣いた。「ルベン、わたしをみてください。シメオン、あなたの弟ですよ。ほら、レビ、わたしは死んでいないのです。死ななかったのです。生きているのです。わたしです、ダン。ガド。ナフタリ——わたしです、ヨセフです」

彼は兄弟一人ずつの首にしがみつき、彼らをしっかりと抱き、一同が泣いた。

「お父さんのもとからひきはなされてから、わたしはずっと神の加護のもとにあったのです。ああ、お父さん。おねがいです。お父さんのところへ行ってください。わたしがだれであるかをつげてください。エジプトはお父さんを最高の栄誉をもってむかえるからと。イサカル、ゼブルン、いそいで行ってお父さんをここへつれてきてください。わたしや、兄弟たちや、家族みんながいつもお父さんの天幕をかこみ、お父さんが残りの人生を平和のうちにくらせるように」

こうしてヤコブとその子や孫たち、そして彼らの所有物は、南、それから西に移動してゴシェンの地に入った。ヨセフはそこへみごとな馬車でのりつけて父と再会した。

ヨセフは馬車からとびおりた。

よろよろと彼に近づいたヤコブは、うすくて白いあごひげをはやした老人になっていた。ふたりはたがいの首に抱きついた。

年老いたヤコブは言った。「おまえの顔をみて、おまえが生きていることがわかったのだから、もう死んでもいい」

しかし彼はそれからさらに十二年間生きた。ヤコブは死ぬまえに子どもたちと、ヨセフの二人の子どもエフライムとマナセにも祝福をあたえた。

それから寝台へ足をのせ、息をひきとった。

いく時代ものち、神が約束を果たし、アブラハムとイサクとヤコブの一族をおびただしい数にふやして強めたとき、またさらに何世紀もくだって、主がイスラエルの民をエジプトからみちびき出し、彼らにあたえると約束した土地へつれもどしたとき、彼らは収穫のたびに信条をとなえて父祖をしのび、また誠実なる神に感謝をささげた。

彼らはこうとなえた。

わたしの父はさまよえるアラム人だった。
父はエジプトへゆき、そこに寄留《きりゆう》した、
その数はわずかだったが
やがて偉大で、強大で、おびただしい数の
一国民となった。
そしてエジプト人にしいたげられ……

第二部

契約

The Covenant

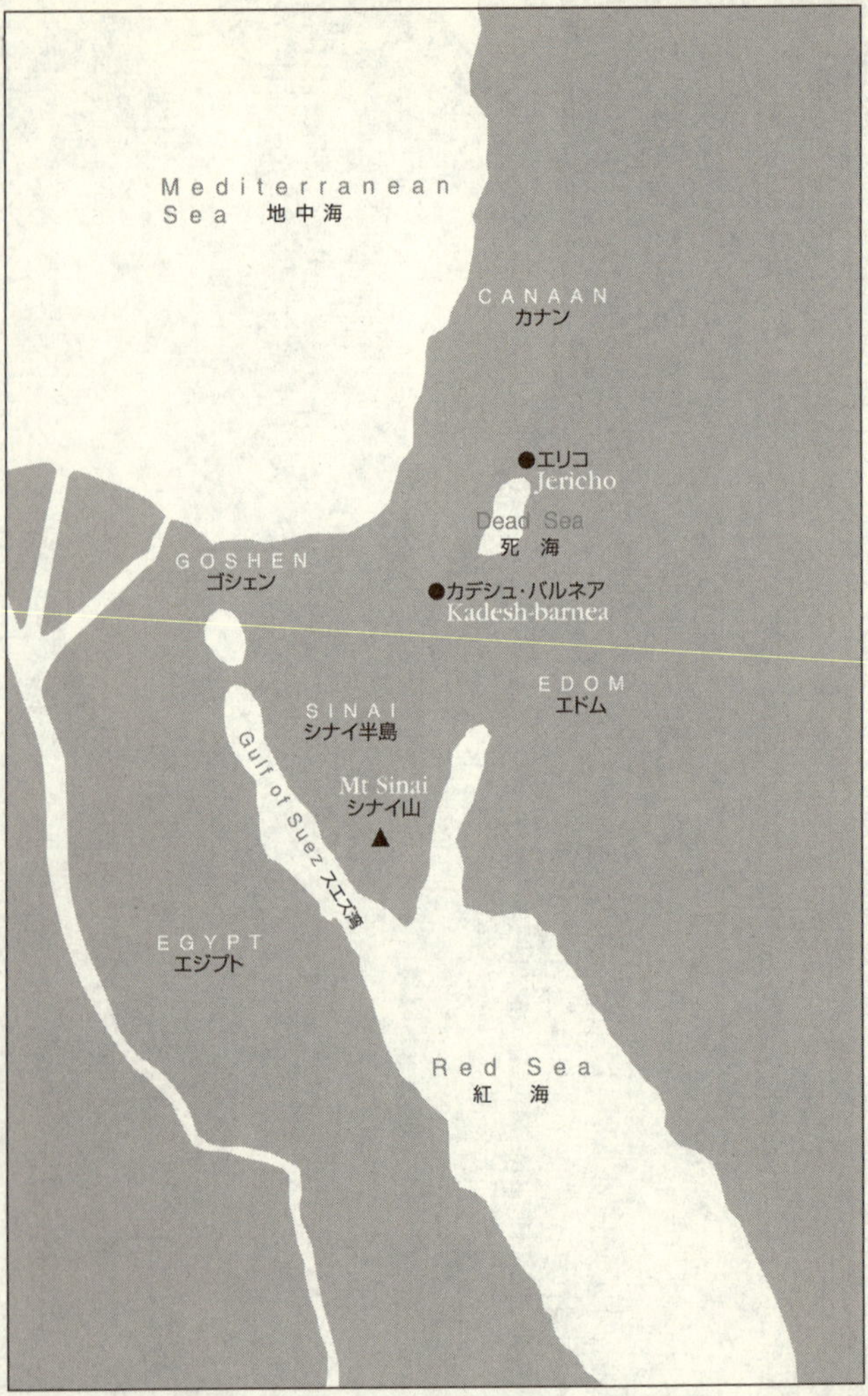
Mediterranean Sea 地中海
CANAAN
カナン
●エリコ
Jericho
Dead Sea
死 海
GOSHEN
ゴシェン
●カデシュ・バルネア
Kadesh-barnea
EDOM
エドム
SINAI
シナイ半島
Gulf of Suez スエズ湾
Mt Sinai
シナイ山
EGYPT
エジプト
Red Sea
紅 海

5　モーセ　*Moses*

ⓘ

エジプトの王は故国から遠くはなれ、ナイル川の北東、カナンの北をこえ、ティルスやシドンよりさらに北にすすみ、オロンテス川をわたっていた。行軍していたのはヘト人と相まみえるためで、彼はヘト人の王を「ヘトのいやしい堕落した者」と呼んでいた。ファラオの軍勢は巨大なものだったため、川をわたるのにも数日を要した。

軍隊は四つの部隊からなり、それぞれにエジプトで崇拝されている神々の名がつけられていた。アメン、ラー、プタハ、セトだ。ファラオの軍隊が神々の名をつけるのも当然だった。ファラオ自身が神々の子なのだから。そしてファラオは神々の力によって進軍して戦い、国を治め、太陽によって日ごとにあたらしい力を得ているのだから。

王が直接指揮をとるアメンという部隊が川をわたりおえたとき、二人の遊牧民が謁見《えっけん》をもとめているとファラオに知らせがあった。二番めをすすむラーの部隊は渡河のとちゅうで、プタハの部隊は川が空くまで対岸で待機していた。四番めのセトの部隊は、川までまだ数日の距離にいた。

「遊牧の民？」ファラオは言った。

「シャスでございます」伝令は、放浪するという意味のエジプト語で答えた。彼らは定住文明の周辺でくらす土地をもたない放浪の民で、荒れ野をさまよい天幕で生活していた。洗練されたエジプト社会からみれば、かぎりなく下層の者たちだった。

「何をのぞんでいるのか」

「エジプトにつかえて、ヘトの勢力からのがれたいというのです」

「ああ」しばらく間をおいてから彼は言った。「わたしの椅子をひろい場所におきなさい。わたしは真実にたいしてはほほえみをもって、うそにたいしては笞《むち》をもって話をきくとその二人に伝え、つれてきなさい」

立っていてもすわっていてもファラオはかがやかしい姿をしていた。腕輪をはめた腕にはたくましい筋肉がもりあがるのがみえた。まなざしはゆるぎなく、まっすぐにむけられた。王の腰布はほかの者たちのものとはちがい、ひだがつけられ、太い帯と自分の名前を彫りこんだ留め金でとめられていた。うしろからは雄牛の尾が、前には前垂れがさがっていた。そしてシャスとの謁見にのぞむため、前に聖なるコブラ、うしろに二本の帯をさげた青い頭飾りをつけた。

王は黄金の椅子にすわった。

足をつながれた王のライオンがやってきて、彼のそばで休み、青くけむるかなたをながめた。

つれてこられた遊牧の民はきびしい目つきをしてにおいをはなち、灰色のあごひげをたくわえ、毛織りの衣をまとっていた。髪は切られていなかった。王は彼らがどんな身分の者であるかを理解した。エジプトにさえ彼らは出没していたからだ。

二人は王の前で深々と頭をさげた。

王は言った。「どんな用件だ」

身を起こした遊牧の民はおもねるような声で、家族の者がヘトの王の手中におちたと言った――そして、王であるヘトの堕落した者は、やってくるエジプト軍との戦いをおそれてアレッポにかくれている、と。

「シャスよ」ファラオは彼らを投げ槍のようにするどい目でみつめて言った。「おまえたちはシャスなのだ」

「わたしたちはそう言われております」

ファラオはひざにのっている短い笞にふれて言った。「どうしておまえたちの言うことが信じられようか」

二人は王の前で顔を地にふせ、あわれな声で言った。「おねがいに来たのは、わたししたちの子どものためでございます」

そのようないやしむべき保身の身ぶりは、このような人間たちの特徴だ。それゆえファラオは彼らを信じた。

彼はアメンの部隊にその安全な場所で野営して、ほかの三部隊が川をわたって合流するまで待つように命じた。二番めのラーの部隊でさえ一日かかって浅瀬のある下流へむかい、渡河にいそがしいところだったから。

そこで兵士たちは平原に盾《たて》で四角く壁を建てた。王の天幕はその中央に張られた。物資を満載した牛車が入れられた。将校のための小屋が建てられた。かまど、腰掛け、敷物、水盤などがそなえられ、多少なりとも小屋は快適になった。兵士たちは自分の所持品や武器をおき、そこを自分の場所にきめた。

つぎの日、御者たちが戦車のなかでぐっすりと眠り、ロバが後肢をけったり砂塵《さじん》のなかをころがったりしているころ、南から男が全速力で馬を駆ってやってきた。馬は一飛びで盾の壁をこえ、ファラオの天幕へつきすすんだ。

「ラーが」と男はさけび、馬からとびおりて前にすすみでた。「ラーの兵士たちが討ち死にしました」

伝令にあゆみよるとき、ファラオは足もとに敵の地響きを感じた。「くわしく話すのだ」王は命じた。

伝令は泣いた。「あの呪われたヘトの堕落した者が、夜のあいだに第二部隊をとりかこんだのです。夜明けとともにわれわれを撃ち、わたしを追ってきました。王よ、敵の来襲です。お逃げください」

シャスはうそをついていた。回し者だったのだ。

しかしファラオは逃げなかった。

ヘトの軍勢がすさまじい勢いでやってくるのがみえ、兵士たちは恐怖におののいて混乱し、戦闘体制もととのっていなかったが、王はすばやく武具をつかむと、胸当てと兜《かぶと》をつけ、肩に矢筒をかけて自分の戦車にとびのった。黄色い砂煙をまきあげて王はヘトにむかってまっすぐすすみ、背後には精鋭の近衛兵をひきつれていた。

全速力で馬を駆りながら、ファラオは戦車の手綱《たづな》を帯にむすびつけると、ヘトの堕落した者に、雨あられと矢をあびせかけた。戦車のわきの物入れには多くの投げ槍が用意されていた。それらは猛禽《もうきん》のようにヘト人のなかにとんでゆき、落下しながら二、三人を殺した。ファラオは強かった。おそれを知らぬファラオが、猛然とすすむ戦車のまわりに死をふりまきながら道をひらくと、そこに後続の近衛兵たちがつづき、あらゆる方向にさらに死者の数をふやしていった。

ヘト人はエジプト王の豪胆さの前に退却した。ワニが腹ばいでそそくさと川へもどっていくように。王はさらに五回にわたり彼らを追撃し、父アメン・ラーのような威光にかがやいた。彼は野に火をはなった。

勝利の知らせはファラオの凱旋よりもはやく本国に伝わった。〔王は勝利をおさめた。偉大で勇猛なる戦士がかの地を制圧し、ヘトを打ち負かしたのだ〕

そのため、捕虜にした敵の高官や、はかりしれない富をたずさえて王がエジプトの国境に入ってくると、祭司たちはあふれるばかりの花をもって彼を出むかえた。そしてすぐに、凱旋と神に感謝をささげるよろこびの祝いがはじまった。

要職にあった捕虜たちは、広場にあつまったエジプト民衆のまえで降伏のしるしをしめすよう命じられた。彼らは両手のひらをファラオにむかってさしだした。ファラオは無感動にその屈伏の姿勢をみつめてうなずき、それから小さい笏《しゃく》をもちあげて彼らの処刑を命じた。

つぎに杯、つぼ、角杯《つのさかずき》、金銀に宝石を埋めこんだ酒杯など、さまざまなヘトの財宝が神殿にはこびこまれ、神々の前にならべて奉献《ほうけん》された。

専用の扉から神殿にあらわれたファラオは、身のすくむような威厳をたたえていた。頭には、北の王領と南の王領の二つの冠をのせていた。あごをかざる儀式用のつけひげは仰々しく長く編まれていた。首にかけた重い金の首飾りからは、鎖や小さな銀の花がさがっていた。椅子に歩いてゆくと、上腕と腕と足首にはめている三組の輪が光をはなった。腰のうしろには透けるようなかるい衣をつけていた。

　王のうしろからは、両手を縛られ、首に縄をかけられた捕虜たちがつづいて神殿に入った。彼らもまた、言葉も出ないほどおびえ、自分たちの敗北をみとめていた。しかしファラオは彼らの処刑は命じなかった。そのかわり神々の像にむかい、声をはりあげ、調子をつけて賛美した。「天と地と海の支配者、いく百万年をわたる舟にのりたもう偉大なる神々と女神たちにささげる。

　アメン・ラーよ。金銀、瑠璃《るり》、トルコ玉をおそなえします。わたしはあなたの二本の腕によって生まれた息子です。あなたはわたしをあらゆる土地の支配者にしてくださいました。わたしのために地上に完全なるものをおつくりになりました。わたしは平和のうちにみずからのつとめを果たします」

　こうしてファラオは、すべての勝利は神からの賜物《たまもの》であり、またそこにささげる財宝は、神からさずかったものをかえしているにすぎないと宣言した。

　儀式が終わり、まばゆいばかりに華麗なファラオが祭司ら一同の先頭に立って神殿の扉を出ると、そこには二人の男がいて、彼にするどい視線をなげかけていた。その顔は日に焼け、しわがきざまれていた。一人はエジプトの腰布をつけていたが、もう一人は毛織りの衣をまとって濃いあごひげをたくわえ、髪は乱れほうだいで、けもののようなにおいをはなっていた。

シャスだ。

ファラオは一瞬ためらった。

すると間髪をいれず背の低いほうの男が口をひらいた。

「イスラエルの神、主はこう言われた」それは内陸の奴隷がつかう、鼻にかかった耳ざわりな話し方だった。ヘブライ人の奴隷ならそれも当然ではあった。「神は言われた。〝荒れ野でわたしのための祝宴をひらけるよう、わたしの民を行かせなさい〟と」

ⅱ

そのはじめての出会いで、何かがファラオの関心をひいた。そのシャスには妙に洗練されたところがあり、すさんだ外見がただのみせかけのように思えたからだ。そこでファラオは、翌日謁見したいという二人の申し出をみとめた。

「おまえの言う『主』とはだれのことか」ファラオはたずねた。

白髪まじりのシャスが話した。おどろくほどの早口で彼は言った。「ヘブライ人の神はわたしとむかいあわれました。神が命じられたように、わたしたちが荒れ野にある先祖の道へわずか三日の道のりを行き、わたしたちの神、主に犠牲をささげることをおゆるしねがいたい——さもないと、神は悪疫や剣をもってわたしたちにむかわれます」

放浪者の目にはげしい炎がきらめいた。彼の話をきいてファラオは関心をつのらせた。王は前に身をのりだした。それは男の話し方のせいだった。彼のつかう語法と言葉だった。ただのシャスでありながら、その口から出てくるのは、ファラオが何年もきいたことのないような明快なエジプト語だった。

そこで王はシャスに二つめの質問をした。「おまえの名前は」

するともう一人の奴隷が答えた。「この者はモーセ。わたしはアロンと申します。わたしたちは兄弟でございます」

「おまえに話しているのではない」王は言った。

「しかし弟はわたしが話をするようのぞんでおります」

王はシャスに言った。「おまえの親族はだれか。おまえはどこから来たのか」

ふたたびもう一人の男が言った。「イスラエルの一族の者です。親族はこのゴシェンの地に住んでおります。男たちは国王陛下の建物のためにレンガをつくり――」

「奴隷よ、だまれ」

モーセという名の男は熱情をくすぶらせたまなざしでファラオの目をのぞきこみ、何かをかむように口を動かしていたが、何も言わなかった。それはおどろくほど尊大な態度だった。その大胆さは王国にとって危険なものであった。なぜなら多くの奴隷がよろこびそうなことだったから。

そこでファラオはとつぜん会見を終わらせた。
「なまけ者だ」と彼は言いはなった。「おまえたち奴隷はなまけ者だ。なまけ者の民だ。そしてくだらない神のために長旅をすることを、怠惰のいいわけにしている。けっしてゆるさない。仕事にもどれ」

同じ日、王は部屋に宰相を呼び、奴隷の監督をしている者に命令を出した。「命令は三つある。一、これからはレンガをつくる者にわらをあたえてはならない。自分たちで畑の切り株をあつめさせよ。二、ヘブライ人の職長に、つくるレンガの数量は以前と同じだとつげよ。三、もしその数量をみたすことができなければ職長らを笞打《むちう》つこと」
ファラオは宰相だけに言った。「この民は前にも問題を起こしている。八十年も前、わたしの先祖はさまざまな血なまぐさい手段で彼らに身のほどをわきまえさせようとした。しかしわたしのばあいは、それを仕事で思い知らせるのだ。指導者の言うこともきけないほど疲れさせてやる。もちろんわたしの言うことをのぞいて」

エジプトの町はどれも幅四・五メートル、高さ四・八メートルのレンガの壁でかこまれていた。門柱だけが石だった。同じように、町の建物は石よりレンガでつくられたもののほうが多かった。そしてそのころ、王はナイルの三角州で大規模な建設をはじめ、西の砂漠の民や、北の海の民からまもられた、美しい町々をつくろうとしていた。

それには膨大な量のレンガが必要だった。

そしてレンガはヘブライ人の奴隷がつくり焼いていたので、彼らもまたファラオの計画になくてはならないものだった。

〔疲れさせてやる〕

奴隷たちは大きな容器でナイル川の泥と砂とわらをまぜ、それをちょうどよいかたさになるまで練った。彼らはそれを足でこねた。また鍬《くわ》でかきまぜた。それをレンガの型に流しこみ、こすってなめらかにして型をとりさり、一つのレンガにしてからまる八日かけて天日で乾かした。こうして一つ一つレンガをつくっていくのだ。

〔疲れさせてやる〕

すぐにつかえるように切ってつまれたわらが用意されなくなったため、仕事全体がおそくなった。奴隷たちは畑へかけていき、乾いた地面から切り株をひきぬいてこなければならなかった。

職長たちも仕事にくわわるようになったとはいえ、ファラオの町々の建設につかわれる莫大な割当量をつくりつづけることはできなくなった。

そのため職長たちや、その親族は公衆の面前で笞打たれた。ヘブライ人の骨を打つエジプト人のにぶい笞の音は、たえまなくきこえるおそろしい音楽となった。だれもがますます精を出してはたらくようになり、奴隷の家では夜も笑い声ひとつきこえなくなった。ついに職長たちは王のところへ行った。彼らの運命はそれ以上悪くなりようがなかったからだ。

ファラオは王冠と羽毛をまとって黄金の玉座にすわり、その威厳あるたたずまいの前に、ヘブライ人は地に這いつくばり、目をそらした。

彼らは言った。「ご存じないとは思いますが、陛下の監督たちは、あなたのしもべであるわたしども奴隷にわらをあたえなくなったのです。それなのに監督たちは、前と同じ数量のレンガを要求し、その数をみたせないわたしたちを笞打つのですが、これは監督たちの落ち度で――」

「監督の落ち度？」ファラオはなめらかで力にみちた腕をあげた。ヘトの軍勢を自分の近衛隊だけで撃退することのできるファラオが「監督の落ち度だと」とささやくと、職長たちはふるえあがった。

「おまえたちの落ち度だ、奴隷たちよ。その落ち度とは何かを教えてやろう。おまえたちはなまけ者なのだ。おまえたちは怠惰な民だ。怠惰でそのうえ臆病だ。だから見知らぬシャスをつかわして、どこかのとるにたりない、きいたこともない神を砂漠で礼拝するために、荒れ野へ行ってもよいかときかせたのだ――神々の子であるわたしならどんな神でも知っているはずなのだ。立ち去れ。行ってレンガをつくるのだ」

あわれな職長たちはよろめきながらさがると、そこからつれさられた。口を封じられるために。

彼らが宮殿のそとに出ると、今回の災難の大もとであるアロンとモーセがいた。職長たちはもうおそれていなかった。彼らは怒りに燃えていた。

「おまえたちは自分をだれだと思っているのか」と職長たちはどなりつけた。「われわれの代弁者だと。おまえたちのためにわたしたちは王の機嫌をそこね、王の家来に剣で殺されようとしているのだ。どこかへ行ってくれ。わたしたちにかまわないでくれ」

モーセという名の男はその話をきいていた。ひるむことはなかった。しかし彼らの話に答えることもなく、その沈黙は職長たちをいらだたせるばかりだった。彼らの一人はこの邪魔者の首を折ろうとしたため、三人がかりでおしとどめなければならなかった。

かたいエジプトの土の上にたたずむモーセをのこして、職長たちは去っていった。彼らが去ってゆくのをモーセがさびしそうにみていたことに、彼らは気づいていなかった。


翌朝、エジプトの王は目覚めると寝台をかねた長椅子にすわり、とどいたばかりの書状に目をとおした。つぎにおしゃべりな召使たちにつきそわれて沐浴《もくよく》し、衣をまとって王者のしるしを身につけた。しかし、王宮のなかでさえ王は神聖な権威のもとにあるのであって、彼はアメンの高位の祭司にともなわれ、その前でアメンへの犠牲をささげ、またその祈りや説教に耳をかたむけた。

それがいつもきまっている毎日の儀式だった。

しかしその日はいつもとちがい、王は祭司や魔術師たちとともに川の土手へおりようと思いたった。乳房がたれさがり、帯の上に腹がおおいかぶさるほど太った男の姿をしたナイルの神ハピに、敬意をしめそうと思ったのだ。

それは朝のほんの気まぐれだった。計画していたわけではなかった。そんなことが起こるとはだれにもわからなかった。しかし王が川岸に近づくと、眼光するどいモーセが自分の背丈ほどの杖を右手にもち、彼の目の前に立っていた。

だがファラオはだれのためにも、ましてや遊牧民のために歩みを止めることはなかった。自分の冷たい表情と威厳によってシャスは退散するものと思い、そのまま側近たちにかこまれて川にむかって歩いていった。

ところが男は地面に立ったまま、ファラオをみつめていた――そしてとつぜん大きな声で明瞭なエジプト語を話したので、王はべつにしてもほかの者たちはとまどった。

「ヘブライ人の神、主は、あなたにこうつげるようにわたしをつかわされた。〝わたしの民を行かせなさい、荒れ野でわたしにつかえることができるように——そして、みよ、もしそれにしたがわなければ〟」

ファラオは歩みを止めた。「わたしが何をしなければだと」

しかし荒々しい男は何も答えなかった。ただ自分の神の命令をつげるだけだった。「だからこのことによって、わたしの神が主であることを知るだろう。わたしが杖でナイル川の水を打てば、川は血の流れとなってなかの魚は死に、また川は悪臭をはなってだれもその水を飲めなくなるだろう」

すぐにモーセは水にむかって長い杖をかかげ、それを音をたててふりおろしてナイル川の面《おもて》をたたいた。

この男のすることを興味をもってみていた者たちは川の水をみておどろいた。彼がたたいたところから、まるで生き物のように川は血を流しはじめたのだ。まっ赤な血がリボンのように下流に流れていた。血はひろがっていった。血は流れにさからって、上流にものぼっていった。

ファラオは憤慨した。

「魔術だ」王はどなった。

彼は一人の魔術師のほうをむき、彼に笏をなげつけて命令した。「同じことをするのだ。今すぐに。川から血を流すのだ」

魔術師は命令にしたがった。彼は土手をかけおり、王の笏を澄んだ水のなかでまわすと、そこの水も血の色に泡立った――ファラオは口をとじてモーセという男を一度にらみつけ、それからそこをしりぞき宮殿へ帰っていった。ハピをあがめるのは、川の傷が癒《い》え、やっかい者がいないときにすることにした。

ⅲ

その夜ふたたびイスラエルの家々をつつんだ沈黙は疲労のためではなく、おどろきによるものだった。

彼らは川が血で赤くそまるのをみた。「アロン」と彼らはそっと呼びかけた。「アロン、この男はいったいだれなのか」

「わたしの弟です。モーセといいます」

「同胞か」

「そうです」

「しかし彼はエジプト人のような話し方をするではないか」

「ええ、でも弟はわたしや姉のミリアムと同じようにレビ族の者です」

「しかし彼の妻は異国人だ。ミディアン地方の者ではないか」

「弟は四十年のあいだ異国にいました。住んでいたところにイスラエルの女は一人もいなかったのです。しかしそだったのはエジプトです。エジプトをはなれたとき、弟は四十歳でした」

「いったいどうしてエジプトをはなれたのか」

「生きのびるためです。弟はエジプト人を殺したのです」

「アロン。おまえの弟は何ともむこうみずな男ではないか」

「実際のところ、そのとおりです。弟はエジプト人がわたしたちの同胞をなぐっているのをみたのです。だれもそばにいなかったので、弟はエジプト人にとびかかってその首を折り、死体を砂に埋めました。

つぎの日、弟は二人の同胞が争っているのをみました。大きなイスラエルの者が小さなイスラエルの者をなぐっていたのです。モーセにはそれをみのがすことはできませんでした。彼は大きな男をつかんで地面になげつけ、『どうしておまえは自分の兄弟を打つことができるのか』と言いました。しかし男はただ笑ってこうさけぶだけでした。『だからどうなのだ。きのうエジプト人を殺したように、このおれも殺すのか』と。それで弟は自分の罪が知られたことをさとったのです。弟はわたしやミリアムや母に別れをつげることもありませんでした。そのまま逃げてゆきました。それが四十年前のことです」

「そのときからミディアン人の土地に住むようになったのか」

「そうです。だからミディアンの女と結婚したのです」

「しかし四十年もたったあとでも彼は同胞と言えるのだろうか」

「どうしてそんなことばかり言うのですか。もちろん弟は同胞です。割礼《かつれい》もうけています。弟の息子も割礼をうけていますが――それはとくにミディアン人の妻のおかげだったのです。モーセがぐずぐずしていたので、ある夜、主があらわれて弟を殺そうとされたのです。しかし弟の妻が石刀《せきとう》をとって赤ん坊の包皮を切りとり、それをモーセの両足につけ、『たしかにあなたはわたしにとって血の花むこです』と言いました。それで主は彼を殺されなかったのです。だから弟は同胞なのです」

「しかしどうして四十年もたってからとつぜん帰る気になったのか」

アロンはつぎの言葉をとても小さい声で言ったので、人々は前にのりだし、しばらく息を止めていなければならなかった。

「神はわたしたちが苦しむ声をきかれたと弟は言うのです。神はわたしたちの先祖アブラハム、イサク、ヤコブとの契約をおぼえておられるのです。神はわたしたちをとらわれの身から解きはなち、ひろげた腕と、大いなる裁きをもってわたしたちを救いだそうとされています。そして神はそれらをなしとげるためのしもべとして、弟をつかわされたというのです」

打たれたナイル川が血を流すようになってから七日め、王が一般民のために黄金の玉座にのぼろうとしたとき、モーセという男が扉のところにあらわれた。今回は謁見《えっけん》をねがいでることもなかった。彼は堂々と入ってきて両わきにひかえる護衛たちを困惑させ、早口のエジプト語をまくしたてた。

「主はこう言われる。〝わたしにつかえることができるように、わたしの民を行かせなさい。もし行かせないならあなたの国じゅうをカエルだらけにしよう。カエルはナイル川をみたし、そこからあふれるだろう。カエルは国じゅうに這いまわる。アロンが杖をさしだすと、無数のカエルで水はわきかえるだろう〟と」

ファラオは頭をふって何も言わなかった。わずかに左手をあげて合図をしただけで、衛兵たちは男をつれだすためにすすみでた。しかしモーセは彼らにふれられる前に目つきもするどくむきなおった。彼は衣の袖をひるがえして部屋から出ていった——そして宮殿をあとにすると、長い道を歩いて王の波止場へ行った。そこでアロンとおちあった。二人はいっしょに波止場のへりを歩き、アロンは杖の先を川につけながらすすんでいった。杖は小さな波を起こしたが、じつはそれはカエルで、杖の跡からは金色の目をしたこの生き物が一匹ずつわきあがり、泳いでいった。そして川の土手へとはねていった。カエルはあらゆる土地へおしよせ、家々へとびこみ、こね鉢やかまど、寝室や寝台のなかへ入っていった。

ファラオが魔術師たちに同じことをするように命じると、彼らは同じことをしたので低い声で鳴きつづけるみどり色のカエルはさらにふえ、宮殿は王自身がつくらせたカエルでいっぱいになった。

宮殿の屋根からはカエルが雨のように降りそそいだ。王の部屋はしめったカエルの体で埋めつくされた。それをふみつぶさなければ歩けないほどだった。王が洗面所に入り、下に穴を掘った石灰岩の腰掛けにすわると、下にまいてある砂から始末におえないほどのカエルがとびあがってきた。

王はモーセをつれてこさせた。

モーセがやってきた。

王は「やめるのだ」と言った。

「あなたの魔術師たちにやめさせればいいではありませんか」モーセは言った。

「魔術師たちにはできない。おまえがやめさせるのだ。おまえの主にカエルをとりさるようにたのみなさい。そうすればおまえたちが荒れ野に行って、その神に犠牲をささげるのをゆるそう」

「それでは、わたしたちの神、主がたぐいのない方であることをしめすことができるように、いつカエルをほろぼしてほしいかをはっきりと言ってください」

「明日だ。明日の日の出だ」王は言った。

つぎの日のちょうど夜明け、どこにむらがっているカエルものこらず死んだ。家も庭も畑も、死んだカエルで埋めつくされた。人々がカエルをかきあつめて山をつくると、あらゆる場所が悪臭につつまれた。

しかし事態がおさまったとみるやファラオは心をかたくなにし、困惑していたときの約束をすべて反故《ほご》にしてしまった。

イスラエルの家々では、人々が夜おそくひそかに語りあっていた。

「これはどうしたことか。何が起こっているのか。何か偉大で聖なることが起きようとしている」

「モーセはそれを知っている」

「これは、天地をつくられた先祖の神がなさっていることだとモーセは言う。神はわたしたちの苦しみの声をきき、わたしたちをご自分の民としてうけいれてくださるのだと。神ご自身の民として」

「モーセか。それではあの男はやはり同胞だったのか」

「だが、もし彼が同胞なら、どうしてわれわれは彼のことをおぼえていないのか」

「モーセはここにいたのです」アロンの姉のミリアムが言った。「エジプトにいたのです。

わたしたちといっしょではありませんでしたが。わたしたちの苦難がはじまったときのことはおぼえていますね」

「おぼえているとも」人々は言った。

「イスラエル人の数が多くなったことをおそれ、わたしたちを最初に奴隷にした王のことを」

「もちろん。どうして忘れることができよう」

「その王はわたしたちを疲れさせるために監督をつけました。わたしたちはモルタルとレンガをつくる仕事に追われ、悲惨な生活をおくるようになりました。でも彼らがおさえつけようとするほど、わたしたちはふえていったのです」

ミリアムのそばにいた人々は、自分たちのたくましさと、エジプト人の憤懣《ふんまん》を思い出してにやりとした。

「そこで王は策略を思いつきました。ヘブライ人の子どもをとりあげる産婆たちに、男の赤ん坊を殺すように言いつけたのです。しかし産婆たちは神をおそれていました。そして男の子も女の子も同じように生かしていたのです。『王様、ヘブライ人の女はとても丈夫で、わたしたちがつくまえに子どもを産みおとしてしまうのです』と言って」

人々は産婆たちにだまされたおろかなエジプト人たちの話に、どっと苦い笑い声をあげた。

ミリアムはしばらく間をおいた。それからしずかで真剣な調子で言った。「そこで王は策略をつかうのをやめ、手っとりばやく子どもを殺すことにしたのです。王はわたしたちの家々に兵士をつかわし、男の赤ん坊をすべてさがしだして、ナイル川でおぼれさせるように命じました。

ちょうどそのころ、わたしの母は美しい男の子を産みました。三カ月のあいだ母は子どもを家にかくし、兵士にもみつからずにすみました。しかし子どもは成長して声も大きくなったので、母はもってきたかごにタールを塗り、なかに子どもを入れて川のアシの茂みに流しました。そしてわたしに、遠くからそれをみまもるように言いつけました。同じ日、わたしは王の娘が侍女たちをつれて川へ水浴びに行くのをみました。弟の入ったかごがうかんでいる小さな入江に王女たちがとどまったのがみえました。王女は衣をぬぎ、水に入っていきました。そしてアシの茂みに消えました。するととつぜん王女は『みて、こんなものがある』と声をあげました。王女はアシの茂みから出て、かごを岸へおしてゆきました。

侍女たちはあつまってきてそれをみました。王女が母のかけた毛布をひらくと――小さなこぶしをふるわせた弟がいました。弟は泣いていました。わたしは我慢できませんでした。そこにむかって土手をかけてゆきました。王女は『ヘブライ人の子どもだわ』と言い、赤ん坊をやさしく抱きあげました――とてもやさしく。そのやさしさがはっきりとみえました。わたしは、『子どもに乳をあたえるヘブライ人の乳母をつれてまいりましょうか』と呼びかけました。王女はわたしをみあげて『ええ』と答えました。そこでわたしは走って母を呼びにゆき、母といっしょに川にもどってくると、王女は弟に名前をつけていました。モーセと。『わたしはこの子を水からひきあげた（マーシャー）から』と王女は言いました。エジプト国王の娘はわたしの弟を養子にしたのです。弟はファラオの宮廷でそだちました。それであなたがたは彼のことをおぼえていないのです。でも弟はヘブライ人の乳を飲んだのです。わたしたちの母の乳を飲み、母の祈りをきき、わたしたちのやり方を学んだのですから、はじめからわたしたちの同胞なのです。どうぞ信じてください。モーセの心も魂も力も、いつも同胞のものなのです」

翌日、モーセとアロンは人けのない場所にでかけ、二人で立っていた。モーセの声で、アロンが杖を脱穀用の殻さおのようにふりまわして地のちりをたたくと、ちりはブヨになった。エジプトの大気はたちのぼるちりで充満した。しかしそれはちりではなく、ブヨであった。ブヨは人々やけものにたかった。

あたらしいわざわいの雲が襲来するのを宮殿でみていた王は、魔術師たちに同じことをするように命じた。しかし彼らにはできなかった。同じことをすることも、それをやめさ

Moses

せることもできなかった。

魔術師たちはファラオに言った。「これは神の指によってなされたことです」

ファラオは唇をゆがめ、彼らを役立たずのおろか者だと言ってしりぞけた。

ⅳ

ファラオは年老いてはいなかった。若くて力があった。その栄華と、なめらかな美しい腕の力で、いやしむべきヘトの堕落した者を退却させたのだ。

しかし今や彼のもっている力は何の役にも立たなかった。

ブヨのわざわいのあとモーセという男はふたたび川の土手にあらわれ、今度はアブを出すと約束した——するとアブの大群がおしよせ、あらゆるところをいまわしい羽音でみたし、エジプト人たちの顔を這い、目のなかへ入った。

一方、ヘブライ人の家にはまったくアブが入らないとの報告も入った。

何かがイスラエルをかばっていた。

ファラオは生まれついての信心深い男で、先祖をうやまい、神々のために壮麗な神殿を建立した。ラー、アトゥム、トト、ウネフェル、そして九柱の神々をあがめた。彼の治世の年ごとに、大規模なオペト祭をもよおした。

しかしそのエジプトの神々はどこへ行ってしまったのか。

そして、するどい目をしたモーセが「主」と呼ぶ、このわれわれに干渉してくる砂漠の神はいったい何者なのか。名も知れぬ神が、どうしてエジプト人と無力な奴隷をこれほどくっきりと分けることができるのか。

アブが消えると（またしてもモーセの神のわざによって）、エジプトの家畜に致命的な疫病がひろがった。エジプト人の家畜は死んだ。しかしヘブライ人の家畜は健康だった。エジプト人のロバ、ヤギ、ラクダは死んだ。だがヘブライ人のものには一匹として害はなかった。

夜、エジプトの王は部屋を歩きまわり、神の助力をもとめた。彼は神々の子なのだから、彼には神々を呼ぶ権利があり、神々はそれにこたえる義務があるのだ。しかしどの神も石のようにだまったままだった――ただ一つの神をのぞいて。彼が悲嘆にくれていたとき、とつぜん太陽の神ラーが彼に話しかけたように思えた。「わたしは朝のぼる」と。王はその約束に安堵した。

朝になるとその言葉どおり太陽はのぼった。

しかしすぐに、日の射すところに前よりもおそろしい悪疫がひろがった。数人の魔術師が王のところにおしかけた。「陛下」と彼らは言ったものの、ほとんど口をひらくことができなかった。顔は赤い腫《は》れ物でふくれあがり、目は腫れてふさがり、首や肩は黄色い膿《うみ》でぬれていた。「陛下、モーセという男がレンガ窯《がま》の灰を手ですくってまいたのです。灰は風に吹かれてあちこちにはこばれ、わたしたちに降りかかると……このようになりました。だれもみな腫れ物だらけです――」

「ヘブライ人は？　ヘブライ人もそうなのか」

「いいえ。ヘブライ人は何ともありません」

◆

それでも世界が崩壊するわけではなかったので、ファラオは外国の使節をむかえる贅をつくしたたのしみをもよおした。広場にあずまやをしつらえ、使節に豪華な贈り物をあたえ、彼らにまばゆい威光をみせつけた。

しかし自分で呼んでおいた今回の使節にたいし、ファラオはその威光をしめそうとはしなかった。着がえる手間もかけなかった。黄金の玉座で身をかがめ、こぶしをくわえてひたすら待つばかりだった。つぎにモーセがどんなわざわいを起こすのかと。

真昼になって、わきあがる白い煙のような髪と、燃えるようなまなざしのモーセが、毛織りの衣をまとい、長い杖をもって王のもとへあらわれた。シャスだ。ファラオはこのぼろをまとった使節をみてため息をついた。風や砂やはげしい光をはなつ星と同等のものと、どうやって交渉することができるだろう。

王は低い声で言った。「行け。モーセよ、行っておまえの神に犠牲をささげよ。しかしエジプトの地のなかでおこなうのだ」

シャスは「いいえ」と言い、口をとじた。

沈黙があった。

ファラオは言った。「いいえだと。とつぜん犠牲をささげる気持ちがなくなったのか」

「もちろんわたしたちの神、主に犠牲はささげます。しかしわたしたちは荒れ野へ三日の道のりを行かなければなりません。神がそう命じておられるのですから」

「荒れ野へ？」

モーセはファラオをみつめたまま、何も言わなかった。

ファラオはふたたびため息をついて言った。「では荒れ野だ。荒れ野へ行け。それをゆるす。荒れ野へ三日の道のりを行ってもよい。しかし行く者をえらぶのだ」

モーセは言った。「えらびません。わたしたちはみな行くのですから」

「それはゆるさん」

「わたしたち全員と家畜もすべてです。若者も老人も、息子や娘――」

ファラオは声をあげた。「だめだと言っているのだ。つれてゆくのは男たちだけだ――」

「――牛の群れと羊の群れ。なぜなら、わたしたちは祝宴をもうけ、主なる――」

「わたしの言うことがきこえないのか」ファラオは声をはりあげた。「気の毒だが、若い者たちをつれてゆくことはならない。シャス。シャスよ、おまえは心に邪悪なはかりごとをもっている」

今度はモーセが声をはりあげ、すさまじい気迫で話しはじめた。神の霊が彼にくだっていたからだ。

「ヘブライ人の神、主はこう言われる。〝あなたはいつまでわたしの前にへりくだることをこばむのか。わたしは手をのばしてあなたやあなたの民を悪疫で討ち、地上から消すこともできたのだ。しかし目的があってあなたがたを生かしてきた。すなわち、あなたがたにわたしの力をしめし、わたしの名を全地につげ知らせるためだ。それでもなお、あなたはわたしの民に居丈高でありつづけようとする。だからわたしは明日の昼、エジプトにいまだかつて降ったことのないはげしいひょうを降らせよう。もしこの言葉を信じるなら、自分の家畜をおおいのなかへ避難させなさい。さもないと家畜も人も死ぬことになるだろう〟」

モーセは去っていった。

しばらくのあいだ、王の口から言葉は出てこなかった。

それから手短に内密の命令を出すと、すぐに太陽神ラーの象徴であるスイレンと金の玉をもった祭司が彼の前に立った。

ファラオは言った。「ネフェルホテップの葬儀のときの歌をうたいなさい。あの歌が好きだから。わたしのためにうたうのだ」

祭司はすぐにそれにしたがった。宦官に特有の声で彼はうたった。「ラーが朝のぼり、アトゥムが西へしずむかぎり、男は子をもうけ、女ははらみ、人々の鼻孔からは息が入り……」

しかし夕方になると、いく人かの王の助言者たちは、自分のしもべや家畜をきたるべき嵐にそなえておおいのなかに避難させた。しかしファラオはそうしなかった。


つぎの日になると太陽はのぼり、朝を支配した。

しかし真昼になるとすぐに光は消え、黒雲がエジプトの空をおおい、風が吹いた。稲妻が光った。つづいて雷鳴がとどろき、かつてエジプトが経験したこともないような、はげしいひょうが雲から降ってきた。ひょうは野にあるすべてのものと、そこにいた人々を打ち、木の枝を折った。家畜もしもべも死に、おおいの下に避難していたものだけが助かった。

それから夜になり、朝がくると、太陽はいつもどおり力づよくのぼった。ひょうは溶けて水になった。ラーはのぼって日を支配した。そこで王は豪華な食事を用意させた。夜になると敬虔《けいけん》な表現をいくつもつかって神に感謝してから眠った。

そしてつぎの日も太陽はのぼった。

しかし風も吹いていた。不吉な風が。大地をわたって東の風がたえまなく吹きつけた。あらゆるところでエジプト人はやってくるあらたなわざわいにそなえて息をひそめていた。やがて彼らは泣き声をあげた。王国の北から南にわたって大地をおおう毛布のような巨大な雲を、風がひきよせていたからだ。

ファラオはそれを砂塵嵐《すなあらし》だと思っていたが、雲が町に近づくとその音がきこえてきた。乾いた、何かを嚙むような音と、何百万もの羽がこすれあう音だった。みると、雲には何百万もの飢えた口があった。

イナゴだ。それは数かぎりないイナゴの大群で、そのすさまじい音のために、となりに住む者に呼びかけることもできず、また自分の果樹園をみることもできなかった。イナゴはあらゆる甘いもの、みどり色の草、生きているものを食いつくしていった。

ファラオの助言者たちが部屋にかけこんできた。「いつまでわたしたちをモーセの罠にはめさせておくのですか」と彼らはさけんだ。「エジプトはほろぼされます。モーセを呼んでください。のぞみのものをあたえてやってください。わたしたちが生きのびるために、彼を行かせてください」

ファラオは歯をくいしばり、うなずいた。助言者たちはすぐに走ってゆき、モーセとアロンをつれてもどってきた。

ファラオは言った。「今回わたしは罪をおかした。おまえの神、主は正しく、わたしとわたしの民はまちがっている。わたしからこの死をとりのぞくよう、おまえの神にたのみなさい」

ヘブライ人たちはひとことも言わず王に背をむけ、去っていった。するととつぜんそとの風がふるえ、それから強い西風が大地に吹きつけ、食らいついていた何百万ものイナゴをひきはなして紅海へ吹きとばした。

やがて風はおさまった。夜になるとおだやかなそよ風が吹くばかりだった。しかしエジプトの王は眠ることができなかった。家来や助言者など自分の臣下からうけた屈辱に、腹のなかは煮えくりかえっていた。その夜の祈りも復讐のことばかりだった。

「わたしの命にかけて」と王はしぼりだすように言った。「わたしを愛してくれる父ラーにかけて、太陽神の地上にふりそそぐかがやかしい王者の力にかけて誓う。朝になればわたしの王者はのぼり、すべての者をおそれさせると」

そして朝がきた。しかし太陽はのぼらなかった。

日中になったのだろうが、エジプト人の目にはそれがみえなかった。ふれることができそうなほど濃い暗黒が大地をおおっていたからだ。隣人をみることも、家族をみることもできなかった。エジプト人たちは家から出ようとしなかった。

しかしイスラエルの民が住んでいるところにだけは光があった。

こうして太陽の射さない暗闇の日が一日、二日とつづいた。三日間。もっとも、天の明かりがない彼らにどうやって日を数えることができただろう。ファラオはなすすべもないままに狂おしく歩きまわり、食べることも眠ることもできず、長い夜がつづくにつれ、ますます心を乱していった。

やがて彼はモーセを呼んだ。「行け」と彼ははきすてるように言った。「行って主につかえよ。そして子どもたちもつれてゆけ。おまえたちの民すべてを。しかし羊と牛の群れだけはおいていけ」

モーセという男はこの大幅な譲歩に、勝ちほこったようすも、感謝の気持ちもしめさなかった。ずっと以前に、はじめてナイル川の土手で王と会ったときと同じ表情をしていた。そしてとほうもない尊大さで、前に言ったことをくりかえした。「わたしたちすべてが行くのです。わたしたちと家畜のすべてが」

エジプトの王は玉座から立ち上がって声をはりあげた。「出ていけ。出ていくのだ」王は短刀をぬいた。刃物をかまえた全身がふるえていた。「二度とわたしと顔をあわせるな。今度わたしの顔をみたときおまえは死ぬのだ」

モーセは言った。「お言葉どおりにしましょう。ふたたびたがいに会うことがないように」

イスラエルの民が住んでいるところだけには光があった。

そして山の煙のような髪をしたモーセは、あつまったすべてのイスラエルの民の前に立って話をした。

ⓥ

「耳をかたむけ、わたしの話すことを信じなさい。わたしは神の神秘をみたのだ」

イスラエルの民はだれも口をひらかなかった。この男が来てからというもの、あまりにも多くのことが起きていた。

モーセは言った。「神は茂みのなかで燃える火からわたしに呼びかけられた。わたしは山腹で茂みが燃えるのをみていたが、その茂みが燃えつきることはなかった。よくみるために近づいていくと、そのとき神が〝モーセよ。モーセよ〟と呼びかけられた。わたしは『ここにおります』と言った。

すると神は言われた。〝あなたが立っているところは神聖な場所だから履物《はきもの》をぬぎなさい。わたしはあなたの先祖アブラハム、イサク、ヤコブの神だ〟

生きている神をみることをおそれ、わたしは顔をかくした。

しかし神は言われた。〝わたしは自分の民の苦しみをみた。それゆえわたしはくだってゆき、彼らを束縛から解きはなち、乳と蜜の流れる土地へつれてゆく——ずっとむかし、

あなたの先祖たちに約束した土地へ〃
そしてファラオやあなたがたに神の言葉を伝えるように、わたしに命じられたのだ。このわたしが、あなたがたをみちびいて、エジプトからつれだすのだと。
しかしわたしは言った。『そのようなことをするわたしは何者でしょう』
神は言われた。〃わたしはあなたとともにいる。あなたにわたしの名を教えるから、その名を人々に伝えなさい〃
すると炎のなかから神の声がきこえて、こうのべられた。〃わたしはあるという者だ。イスラエルの民に伝えなさい——わたしは主なるあなたがたの先祖の神ヤーウェであり、わたしがあなたを彼らのもとにつかわしたのだと〃
わたしはおそれにふるえ、ひざをついた。『主よ、わたしにはうまく話す力がありません』とわたしは言った。
神は言われた。〃口をつくったのはだれか。主であるわたしではないか。だからわたしがあなたの口になろう〃と」
とつぜんモーセは声をはりあげて、あつまった者たちに呼びかけた。「だからエジプトの王に立ちむかい、多くのしるしによって彼を暗闇へとおとしめたのはわたしではなく、主なるわたしたちの先祖の神、ヤーウェなのだ。
そして今、今宵《こよい》もわたしではなく主なる神が、あと一つしめされるもっともおそろしい最後のしるしのために、あなたがたに用意をするように命じておられる。

イスラエルの民よ、支度をしなさい。これから言うわたしの指示どおりにおこないなさい。それにしたがえば、主はあなたがたを信頼してくださる。明日の夜中、神は力づよい手と、ひろげた両腕をもってあなたがたを束縛から解きはなち、神のほほえむ自由へと招き入れてくださるのだから」


そこでつぎの日、イスラエルの民は言葉には出さない興奮のなかで、モーセの指示どおり、主なる神の命じたことをなしとげた。

各家族は、産まれて一年になる斑点や傷のない雄の子羊をえらんで殺した。血は鉢にあつめ、ヒソップの枝で自分の家の側柱や鴨居に塗った。子羊の肉はあぶった。

夜になると家のなかで子羊の肉を、パン種を入れないパンと苦菜《にがな》とともに食べた。主の命じたとおりそれらをすべて食べ、朝までには何ものこさないようにした。彼らは旅支度のまま食事をしたので、腰には帯をしめ、足にサンダルをはき、手には杖をもっていた。

彼らは大いそぎで食べた。

夜中になると、「破壊するもの」がはなたれた。主の使いがエジプトじゅうをまわったのだ。側柱に子羊の血が塗られた家はとおりすぎていった。しかしそのほかの家はひらかれていたので、神の使いはなかに入り、出てきたときにはその家の長子は死んでいた。

黄金の玉座にすわるファラオの長子から、監獄の囚人の長子にいたるまで、主はエジプトじゅうの長子を討った。すべてを。

そのため死んだ者のいない家は一軒もなく、なげき悲しむ声が国じゅうから大きくわきあがった。

ファラオはモーセとアロンに呼ばわった。「立て。わたしの民からはなれてゆけ。おまえも、おまえの子どもたちも行って、羊や牛の群れとともに主につかえよ。行け。行って——わたしのことも祝福するのだ」

こうしてその夜イスラエルの人々は出発した。六十万人の男女と子どもたちが、ラメセスからスコトまで歩いて旅していった。

彼らはエジプトに四百三十年間住んでいた。そして今、エジプトでの長い従属生活からはなれるにあたって主なる神はモーセに言った。〝わたしがあなたがたを救いだした夜の食事を、あなたがたは永遠にまもらなければならない——子羊、パン種を入れないパン、苦菜だ。そしてこれからは、この月が年のはじめの月となる。祝いはその十日めにはじめる。代々にわたり永遠にその日を記念の日にしなさい。これはわたしの過越祭《すぎこしさい》の掟《おきて》だ〟

モーセは人々にそのことをつげた。

人々はそれをきくと、頭をたれて神を礼拝した。

6 シナイ半島 Sinai

①

子どもたち、それも兄弟のあとからよちよちとついていくようなおさない子たちがいちばんよくおぼえていたのは、みんなで走ったあの夜の奇妙な沈黙のことだった。だれも話をしなかったからだ。

父や母は緊張した面持ちで、何度もうしろをふりかえりながら早足で歩いた。数えきれないほどおおぜいの人たちにまじって彼らは歩いた。何千ものサンダルが砂を擦《す》る音、皮のぴんと張る音、大きな家畜の息づかい、そして疲れた羊の鳴き声はするのに、自分たちをはげましてくれる人の声はまったくきこえなかった。

子どもたちはしかたなしに目をみひらき、おそれながら歩いていった。

夜明けになり、東の空が白みはじめても、人々はきびしい表情で早足をつづけた。休むことはなかった。

しかし日の光と朝のぬくもりが変化をあたえた。あちこちで小声で話す声を子どもたちはきいた。朝の小さなささやき声だ。それからくすくす笑いがした。若い女たちが笑っていた。とつぜん一人の男がふきだし、すぐにだまった。しかしまたほかの男が笑いだし、それを止めることができなくなった。口をおおったが、笑いは鼻からもれてしまった。肩がふるえていた。それをみた人々がにやにやしはじめた。それがふくみ笑いになり、ついに彼らもおおっぴらに笑いだした。人々は笑いどよめいた。涙が頬をつたうまで笑った。腹をかかえ、あえぎ、苦しがっているように大笑いした。

野鳥の群れのように、わきあがった笑いは家族から家族、部族から部族へと、イスラエルの共同体じゅうにとんでいった――やがてそのために人々は走るのをやめた。笑いのために。

彼らはよろこびの声をあげながら砂漠にまるい輪をつくった。

おさない子までが意味もわからずにいっしょに笑っていた。しあわせのために不思議に美しくなった母親たちは子どもに何度も口づけし、父親たちは目くばせし、ひじでつつき、子どもを力づよく抱きしめた。

そのため、彼らがおぼえていたのは沈黙のつづいた長い夜と、つぎの日、人々が一つになり、よろこばしく自由に、大声で笑ったことだった。子どもたちはそれからというもの、そのような日がふたたび来ることをねがった。やがて成長した彼らは、純粋でおさなく罪のない日が一日でもあることをのぞんだ。しかしそれがふたたび来ることはなかった。

⑪

イスラエルの民は南東のスコトへ旅していった。彼らは砂漠のへりを移動し、エタムの近くで野営した。エタムは国境の砦《とりで》で、そこにはわずか二、三の騎兵隊が配置されているだけだった。あわれな兵士たちはレンガの壁に立ち、何キロにもわたってひろがる、大地を黒く埋めつくす人々をおどろいてみつめた。それはまるで、わざわいの大群のようだった。

エジプトの兵士たちはその夜、眠ることもできなかった。ひたすらながめていた。すると二つめの不思議がみえた。とつぜんイスラエルの民たちのなかから火が燃えだし、その火は天までのぼって一本の柱のように立ちあがったのだ。その火は燃えつきることはなかった。それどころか、老婆が歩くほどの速さで動きはじめた。

朝になるまえに火は消えていた。そして人々もいなくなっていた。彼らは暗闇のなかを火を追っていったのだ。

呆然《ぼうぜん》としていた兵士たちは正気にもどり、馬にとびのって自分たちがみたものを知らせにもどった。

暗闇のなかでイスラエルの人々の先をすすんでゆく火の柱――それは彼らをみちびき、彼らに光をあたえる主だった。昼間はそれが雲の柱になって彼らをみちびいた。柱が彼らからはなれることはなかった。

モーセは、神の意志を人々にわかる言葉で伝える神の預言者だった。

彼は四十年のあいだ、放浪の民シャスとして生きてきた。そのため荒れ野をよく知っていた。主は彼のことを知り、ふたりは神秘的な、そしてきわめてひそやかな会話をした。

それゆえ、モーセがイスラエルの民をひきいてエジプトの東の国境ぞいの湾曲した道をとったのも、道にまよったためではなかった。神がそうするように命じたのだ。

主の意志により、やがてイスラエルの民は東には海、西のややはなれたところには国境の砦《とりで》ミグドルがある地点にとどまり、宿営した。

イスラエルの民が海のそばで宿営しているとき、一人の若い女が、遠くのミグドルの砦付近で小さな砂煙があがるのに気づいた。〔兵士たちだ〕と彼女は思った。目をほそめ、みたものに彼女は安堵した。〔兵士たちは去っていくのだ。よかった〕と。

た。何カ月もの激動が起きる少しまえ、彼女はカルミというユダ族の実直な男と結婚してい
た。しかしそれから川は血に変わり、天が戦いをはじめたので、彼女は結婚生活をたのし
むこともできなかった——これまでは。しかし自由になった今、カルミの妻はよく一人で
まきをあつめにでかけた。大きな腹をかかえ、すぐに初子が産まれるしあわせにみたされ、
警戒することもなく、宿営地からしだいに遠くまで出るようになった。
そしてある午後、ひざをついて乾燥した根っこをひっぱろうとしていたとき、彼女の目
はきらっと光るものをとらえた。立ち上がって西をみた。また小さく光るものがみえ、「エ
ジプト人たちが去っていくのだ」と思った。
しかしそれから、北から南にかけての地平線全体にすさまじい黄色の砂塵がまきあがっ
た。また光った。そしてまた。金属が日光を反射しているのであった。大地そのものがふ
るえているようで、吹く風には革と汗のにおいがした——そして金属のにおいも。武器の
においだ。兜《かぶと》と、槍の穂先と、戦車の光る側面に、太陽が照りつけているのだ。
彼女は数本のまきをほうりだし、きびすをかえして身重の体でできるかぎりはやく宿営
地にもどった。「エジプト」と彼女は声をはりあげた。「エジプト。兵士たちがおそってく
る」
そんなことになれば自分たちの自由もうしなわれてしまう。うそだ。思いちがいではな
いか。

しかし人々のもとへついたとき彼女はむせび泣いていた。彼女の恐怖はイスラエルの民たちの心に矢のようにつき刺さり、彼らは声をあげて泣いた。目をこらすとエジプトの軍勢がみえた。西方には幕のように黄色い砂塵がひろがっていた。東は海ではばまれていた。剣と海のあいだに彼らはとらわれてしまったのだ――エジプトの軍勢はまだ遠くにいたが、すでに来たるべき笞《むち》と矢を感じて人々の肌は粟立《あわだ》っていた。

彼らはモーセをみつけると非難の声をあびせかけた。「どうしてわたしたちをここへつれてきたのか。わたしたちを殺すためか。わたしたちを埋める墓は、エジプトには十分になかったというのか」

モーセは責めたてる者たちに背をむけ、一つぽつんとそこにあった岩にのぼり、両腕をあげて呼びかけた。「しずまれ。イスラエルよ、しずまれ。落ちつくのだ。戦おうとしてはいけない。何もせず、主が今日どのようにあなたがたをまもってくださるかみていなさい」

「何もしないだと」人々はどなった。「何もしない？」

「じっとしていればいいのだ」モーセはさけんだ。「主があなたがたのために戦ってくださるのだから」

「主が。主がどこにいるというのだ。主はあれほどしるしをあらわし、奇跡をみせられたのに、エジプト軍はまた――」

「みよ。みるのだ」モーセは声をあげた。

彼は雲の柱をさししめした。柱は動いていた。人々の上にのぼった柱は、青い大気のなかを西にむかってすべるようにすすんでいた。同時にそれはあつい灰色の幕のように、高いところも低いところもいちどきにひろがってゆき、天と地のあいだの壁のようになった。イスラエルの民はその光景に呆気《あっけ》にとられた。

神の雲は、エジプト人とイスラエルの民のあいだを分けたのだ。

時を同じくして、モーセは杖をとって海辺へ歩いていった。彼はそこでふりむき、イスラエルの民に言った。「宿営をたたみなさい。旅の支度をするのだ」そして海にむけて杖をさしだすと強い東風が起こった。風は一晩じゅう吹きつづけた。風が海の上に強大な力で吹きつづけるうちに、海水は左右にしりぞいていった。

雲、風、うずまく海水――彼らの神、主の起こす力にかこまれたイスラエルはただおしだまっていた。宿営をたたみ、もとは海底だった東方へとよろめきながらむかった。おどろきに呆然としながら、彼らは乾いた地面をとおって対岸へたどりついた。そのあいだじゅう背に吹きつける風が彼らを前におしすすめていた。モーセはしんがりを歩いていった。

朝になると地面から火の柱と雲の柱がのぼったので、エジプト人たちはイスラエルの民がどこに行ったのかを知った。彼らは戦車にのった。馬に答をあて、逃亡した奴隷たちを追い、海の底に突入して海水の壁のあいだを猛然とすすんでいった。

しかし対岸にあがったモーセがふたたび杖をさしだすと風はやみ、海水はもとにもどった。海水はエジプト人の上になだれこみ、彼らは泡とともに渦にまきこまれ、さかまく波の下にしずんだ。木片ばかりが海面に浮上した。あちこちで馬がいななき、水をかいていた。しかし兵士たちはつけていた鎧《よろい》のためにしずんでいった。騎手もファラオの軍勢も死んだ。

こうしてその日、主はイスラエルをエジプト人の手から救った。

モーセとアロンの姉であるミリアムは、タンバリンをもちだしてうたいはじめた。しばらく一人でうたっていると、一人の老婆が彼女の信仰にあたたかいまなざしをおくり、主をほめたたえた。

するともう一人の老婆が——カルミの妻の母だった——前にすすみでて、タンバリンにあわせてしなやかで、言いようもなく美しい踊りをおどった。彼女は言った。「わたしの娘は息子を産んだ。海のただなかで娘は子を産んだのに、二人とも死ななかった」

ほかの若い女や年老いた女たちは、助かったことに涙を流した。その気持ちは抑えようがなかった。一同が手をたたいた。そしてカルミの義母《はは》の踊りにくわわった。すぐにイスラエルの女はみなミリアムのようにタンバリンを鳴らしておどり、彼女はこのようにうたった。

主にむかってうたおう
主は栄光の勝利をおさめ
馬も騎手も海へなげこまれた。

主はわたしの力
わたしの神と、先祖の神は一つ
そして救済される方はその名を明かしてくださった。

その名は主
昼に、夜に、その方をたたえよう
わたしの歌、わたしのすべての力、わが神を永遠にあがめよう。

ⅲ

イスラエルの民はモーセについて海からシュルの荒れ野を三日間旅していった。水はどこにもみつからなかった。カルミは、子に乳を飲ませている妻をみまもりつづけた。妻は青ざめ、おびえるようになっていった。
「エリシェバ、具合が悪いのか」彼はささやいた。

「赤ん坊が。わたしの乳が出ないものですから」

「どうすればいいのだろう」

「飲むものがほしいのです」

「明日は水のあるところへ行くとモーセは言っていたが。我慢してくれ、エリシェバ。明日まで待つのだ」

しかしイスラエルの民が水のとぼしいオアシスへつくと、そこの水は塩からく苦かった。カルミは必死だった。水をもとめて家族から家族をたずねあるいたが、彼らもまた何を飲むかに困りはてていた。

そこへモーセが砂漠で切ってきた奇妙なほそい木をひきずって、人々のなかにやってきた――苦い水の泉をじっとみながら。

彼は声をあげた。「あなたがたの神、主に耳をかたむけ、神のまえに正しいことをおこなえば――」彼は木を水になげいれた。「そうすれば神はあなたがたをいやしてくださる。飲みなさい」

カルミがまっさきにひざまずいて水を飲んだ。「エリシェバ」彼はさけんだ。「エリシェバ、来なさい。真水だ」

つぎにイスラエルの民は、十二の泉と七十本のナツメヤシの木がある大きなオアシスに宿営した。彼らはそのオアシスのゆたかさをよろこび、そこにとどまるようにモーセにたのんだ。しかし彼は容赦なく人々をシンの荒れ野へみちびいていった。

エジプトを出発し、砂漠へ入ってから一カ月半がたっていた。彼らは文明からはなれて生きてゆく術《すべ》をほとんど知らない人々だった。乾燥した土地で食料をさがしまわったことなどなかった。猟のやり方、皮の天幕でくらすこと、古い天幕につぎをあてること、どこへ行くにもすべての所持品と物資をいっしょにはこび、一日じゅう歩きつづけることなど教わったこともなかった。

アブラハムとイサクとヤコブは遊牧の民だった。またイスラエルの十二部族の十二人の父祖たちも同様だった。しかし彼らの子孫のこの大集団は、家や庭や簡単に手に入る食料などに慣れ、より楽なくらし方をおぼえていた。

「モーセよ」人々は言った。「わたしたちをどこへつれてゆくのか」

モーセは彼らにするどい視線をなげかけるだけで、何も答えなかった。雷雲のように乱れた髪をして長い杖をふりながら、彼は灼熱の砂漠を歩きつづけた。

人々はさけんだ。「モーセよ。こんなことならエジプトで死ねばよかったのだ。あそこなら肉のなべをかこみ、パンといっしょに腹いっぱい食べることができた。しかしここでわたしたちは飢えのために死ぬのだ」

レンガのつくり方は知っていても、飢えた息子に一口の食べ物をあたえる手だてももたないカルミは、息子をアカルと名づけた。絶望のあまり自棄《やけ》になっていたのだ。それは、困難の人という意味だったから。

しかし彼の妻は子どもをアカンと呼んで、そのあからさまな意味をかくしていた。

やがてモーセは立ち止まり、人々に語りかけた。「あなたがたが非難するわたしはだれなのか。あなたがたの不平はわたしにたいするものではなく、主にたいするものだ」

主。そう言われて、妻子を気づかうカルミまでが地に目をおとした。

モーセは言った。「しかし主はあなたがたの声をきかれた。そしてあなたがたをエジプトからつれだしたのがご自身であることをしめされるため、夕暮れには肉をあたえ、朝にはパンでみたしてくださるだろう」

まだ彼が話しているうちから、人々は荒れ野のむこうに主の栄光をみた。巨大な黒雲が彼らにむかっておしよせてきたのだ。それが宿営に近づいてくると、雲かと思われたのはウズラで、ウズラの大群が疲れきって、空を低くとんでいることがわかった。

カルミはこん棒をもってきて空中のウズラを数羽たたきおとし、両腕にたっぷりかかえてエリシェバのもとに走っていった。

朝になるとまた不思議なことが起こり、やわらかな、雪のようなものが天から降ってきた。

荒れ野の表面におちたなめらかな白い薄片は、コエンドロのように甘く、蜜を入れたウエハースのような味がした。

イスラエルの民はそとへ出て白くなった荒れ野をみて「何だ――何だ――」とささやいた。それは彼らの言葉で「マン？　マン？」という単語だった。

「あれは何だ」と彼らは言った。「マナ？」と。

するとモーセが言った。「あれは主があなたがたに食べさせるためにあたえられたパンだ。必要なかぎり、神はそれをあたえてくださる――わたしたちが放浪を終えるときまでずっと。みんなでそれをあつめなさい。家の者一人につき一オメル（一オメル＝約二・三リットル）ずつ、それより多くも少なくもなく。そしてその日のうちに食べきってしまいなさい。主を信じるのだ。朝になればまたあたえてくださるのだから」

こうして人々は多量の食物をとつぜん得ることができた。彼らはこのあたらしい食物を「マナ」と呼び、ほとんどの者がモーセの指示にしたがった。

しかしカルミは慎重すぎる男だった。彼は赤ん坊のことが心配で、六オメルのマナを家へもちかえった。昼のあいだに彼らは三オメルを食べた。その夜、彼はつぎの日のたくわえもあることをよろこんでいた。しかし夜明けまでにそのたくわえは悪臭をはなち、ウジが這うようになっていた。そのためカルミはそとに出て、ほかの者たちといっしょにまたマナをあつめなければならなかった。

ⅳ

ゆっくりと人々はシンの荒れ野をよこぎっていった。モーセは先頭に立ち、先端が天上へつきぬけた偉大な雲の柱についていった。

しかしある朝その雲は消え、イスラエルの民はモーセが一人で彼らをみちびいているのをみた。

神はわれわれをみすてたのかと一人がきくと、モーセは指でさししめした。「わたしたちがむかっているところがみえないのか」

ほとんどみえないほどはるか遠くに、岩山から煙のようなものがあがっているのをイスラエルの民はみた。

「あれは何だ」

「雲の柱は神の山へ行ったのだ」モーセは言った。

毎日すすんでいくにつれ、岩山は地平線上で成長していくようにみえた。それはそそり立つ岩になっていった。灰色の荒々しい山。古代の彫像の、しわのよった顔のようだった。

神の山。

一週間のうちに岩山は南側の空一面をおおうようになった。岩山はまた人々の心をのみこむような恐怖でみたした。イスラエルの民たちから話し声が消えた。体はちぢこまり、平原に立つ巨大なものから目をはなせなくなった——それは身の毛もよだつような荒々しく険悪な山で、そのいただきは雲におおわれていた。みどりはみられなかった。厳然たる岩のかたまりだった。

しかし雲は生きていた。内部では稲妻が光り、雷鳴がとどろいていた。

エジプトからのがれて三カ月め、イスラエルの民たちが入ったシナイの荒れ野は、それと同じ名をもつ山によって支配されていた。シナイ、つまり神の山だ。

「あそこだ」モーセは雷鳴をついてさけんだ。「わたしが燃えつきることのない茂みをみた坂だ。わたしはそこではじめて神と出会った。そしてイスラエルよ、主なる神はそこで密雲と落雷と火と煙になって、あなたたちのもとへ来られるのだ。

なぜなら神はこうおっしゃったからだ。〝あなたがたはわたしがエジプト人に何をしたか、どうやってあなたがたをワシの翼にのせてはこび、わたしのところへつれてきたかをみてきた。もしわたしの声にしたがい、わたしとの契約をまもるなら、あなたがたはあらゆる国民のなかにあってわたしの宝となる。この世界はすべてわたしのものだからだ。あなたがたはわたしにとって、祭司の王国、聖なる国民になるのだ〟と。

だから主のために準備をしなさい。三日のうちに神はあなたがたのみている前で山にくだられる。衣を洗いなさい。異性とふれあってはならない。山のふもとに柵をつくり、生き物が近づけぬようにしなさい。山が神聖なときにそれにふれる者があれば、死んでしまうからだ」

三日めの朝は、すさまじい稲妻と雷鳴とともに明けた。地面がゆれはじめた。神は火のなかに入って山へくだったので、窯《かま》から出るような煙が山からあがった。そして角笛《つのぶえ》を吹くような音がきこえはじめ、それがしだいに大きくなり、しまいに人々はおそろしくなってうしろへ逃げだした。

彼らはさけんだ。「モーセよ、あなたが話してくれればそれをきこう。主なる神がわたしたちに話しかけられないようにしてくれ、さもないとわたしたちは死んでしまうから」

モーセは声をあげた。「おそれるな。神が来られるのはあなたがたをためし、あなたがたが神をおそれることによって罪をおかさないようにするためだ」

しかし人々はさらに遠くへ逃げていった。

そこでモーセは柵をこえ、急な岩だらけの坂を神のいる暗闇へとのぼっていった。彼は一人で山へ入っていった。

やがてつらなる黒雲のなかに立つと、主なる神はモーセに語りかけ、彼はそこできいた栄光にみちた言葉を記憶した。それはつぎのような十の内容だった。

〝わたしはあなたがたをエジプトの地、奴隷の家からつれだした主なる神である。あなたがたはわたしのほかに神々をもってはならない。

彫った像や、そのほかの偶像をつくってあがめ、礼拝してはならない。なぜならあなたがたの神、主なるわたしは熱情の神であり、わたしをにくむ者には、父祖の罪を三世代、四世代めの子孫にまで報いるからだ——しかしわたしを愛し、掟をまもる者にはいくひさしく慈悲をしめそう。

あなたがたの神、主の名をみだりにとなえてはならない。

安息日をおぼえよ。そして、それを聖別すること。六日間は仕事にはげみ、七日めは主への安息日とせよ。その日にはたらいてはならない——なぜならわたしは六日間で天と地とそのなかのすべてのものをつくり、七日めに休み、その日を聖別したからだ。

あなたがたの父と母とをうやまいなさい、そうすればわたしがあたえる土地であなたがたはながらえるだろう。

殺してはならない。

不義をおかしてはならない。

盗んではならない。

隣人にたいしてうその証言をしてはならない。

隣人の家をうらやみ、隣人の妻をひそかに欲してはならない——隣人の妻、しもべ、家畜、そのもちものすべてを〟

主がこれら十箇条の言葉をのべるとモーセは山をおり、イスラエルの民の前に立って神の言葉を伝えた。

人々は言った。「神のおっしゃるとおりにいたします。それにしたがいます」

そこでモーセは聖なる山のふもとに神のために祭壇をきずいた。またそこに、イスラエルの各部族の父祖である、ヤコブの息子一人ずつのために十二の碑を建てた。

それから焼きつくすささげものと和解のささげもの（ささげた肉の一部を食するもの）をそなえた。雄牛の血は鉢にあつめた。血がまだあたたかいうちにその半分を主の祭壇にかけ、残りの半分は人々にかけて彼らの約束を聖別した。

モーセは声をあげた。「主があなたがたとかわされた契約の血をみよ」

血にそまった犠牲は、神とイスラエルのすべての民が契約によってむすばれたしるしだった。主は彼らの神。彼らは神の民。そして契約は彼らが約束をまもり、彼らの神、主の言葉、神の十戒《じっかい》、法、掟にしたがうかぎりつづくのだ。

人々は「主がのべられたすべての言葉どおりわたしたちはおこないます」と言った。

ふたたび神はモーセに言った。〝山へのぼりなさい、人々がしたがうべき法を書いた石板をわたすから〟

そこでモーセは、山へくだった主の栄光である、わきあがる雲のなかにふたたび入っていった。

六日のあいだ神は沈黙し、モーセは待っていた。

七日めになって神は雲のなかからモーセに語りはじめた。神は長いあいだ話をした。四十日、四十夜にわたり、神はモーセに掟と法をさずけた。

神は、社会の掟である民法と刑法のあらましをのべ、死にあたいする罪と、それよりかるい刑罰にあたいする罪とを分けた。〝人に危害をくわえたばあい、命には命をもって、目には目を、歯には歯を、手には手、足には足、火傷《やけど》には火傷、傷には傷、笞には笞をもってつぐなわなければならない……〟

所有権がくわしく説かれ、保証された。

倫理と宗教上の掟にも、契約のほかの法と同じ重みがおかれた。

正義について解きあかされた。イスラエルを治める者には、その正義の神髄がもとめられた。

人々がおこなう大きな諸祭礼があげられ、それらにもとづいて暦がつくられることになった。

主なる神は契約の核心にふれた。〝わたしの言うことをすべておこなえば、わたしはあなたがたの仇《かたき》には仇となり、敵には敵となろう。わたしはあなたがたのパンと水を祝福する。あなたがたから病をとりさる。あなたがたの土地から敵を追いはらい、国境を紅海からペリシテ人の海まで、荒れ野からユーフラテス川までとする。

またあなたがたがどこへ行ってもわたしがともにいられるように、わたしの住む聖所を人々につくらせなさい。それは幕屋《まくや》としてこのように建設しなさい……〟

こうしてモーセは聖なる天幕の正確な大きさと、それにもちいる材料、そして祭具《さいぐ》や造作なども知らされた。法をきざんだ石板をおさめる契約の箱をつくり、その上には金でつくった神のあがないの座をのせる。また契約の箱は天幕のいちばん奥の間におさめる。神は人々にこの部屋の暗がりのなかで会い、そこは神のいる場所として、イスラエルでもっとも神聖な場所になるのだ。

幕屋には二つの部屋をそなえる。外側の部屋はあつい垂れ幕で至聖所《しせいじょ》と分けられ、つぎの三つのものをおく。すなわち供えのパンをおく机、燭台《しょくだい》、香をたくための祭壇だ。天幕のそとの庭には焼きつくすささげもののための青銅の祭壇をきずく。

神につかえる祭司の職務と祭服についての説明もあった。そしてモーセの兄アロンが初代の祭司に指名された。

これらのことを語りおえると、神はみずからの指で十戒を彫った二枚の石板をモーセにあたえた。

アロンにとって主の栄光は濃い煙や、シナイの深い峡谷のなかをさまよう赤い火のようなものだった。彼はそれがおそろしかった。

ⓥ

彼は弟がイスラエルの民たちからはなれて山へ歩いていくのをみていた。巨大な岩のあいだにいかにも小さくみえるモーセは深く息を吸いこみ、まがりくねった道をのぼりはじめた——それは骨の折れるのぼり坂で、小さくみえるモーセは隆起した茶色の岩にかこまれると消え、荒々しい断崖に出ると姿をあらわした。やがてモーセはまったくみえなくなった。

弟が行ってから一週間め、イスラエルの天幕のあいだを歩いたアロンは、人々がさっそく自分たちの欲求をみたすべく日ごとの生活にもどっていったことにおどろいた。モーセが彼らを代表して主と対面しているとき、人々はウズラをゆで、粘土の上でかたいパンを焼き、日中は日陰でうわさ話やうたた寝をした。夫婦はささいなことでけんかをした。天幕のおおいの下にしゃがみこんだ老人はエジプトの空気をなつかしんだ。子どもたちは天幕のあいだをうろつき、たいくつだと不平を言った。

アロンはおさない子が水をもとめる声をきき、それからはじめて弟の名が口に出されるのを耳にした。母親たちは言っていた。「水は節約しなければならないの。モーセが帰ってくるまで待ちなさい」

「でも今のどが渇いているんだ」

「我慢しなさい」

「いつその人は帰ってくるの、お母さん」

「すぐですよ、ラフィ。すぐに」

こうして一週間がすぎていった。世界が激動しているときに、これほどのんきにかまえていられる人々にアロンはあきれるばかりだった。

つぎの週になると、モーセの名がさらにひんぱんにきかれるようになった。「彼はどこだ」と人々は言った。不安になりはじめていたのだ。彼らは山や、その消えることのない火に目をむけた。「彼はどうしたのか」

「もうほとんど水がのこっていない」

「これからどこへ行くのか」

三週間めになると人々は怒りはじめた。彼らは山にむかってさけんだ。「モーセよ、おまえはそこで何をしているのか。おまえの責任はここにあるのだ。おまえがわたしたちをここへつれてきたのではないか。帰ってきて、わたしたちを何とかしてくれ」

鳴りつづける雷は、彼らの怒りをますばかりだった。「わたしたちのことを気にかけないのか」

アロンには、彼らがモーセに話しているのか主に話しているのかわからなかった。

「わたしたちのことを忘れたのか」

ほうっておかれてから四週間めになると、彼らはひたすらおびえた。

「モーセは死んだのだ」と人々は言った。「こんなところで、われわれだけになってしまった」

イスラエルの宿営地で人々は涙を流した。親がうめき、大声で泣くのをみて、子どもたちは目をまるくした。

「われわれの神はどこにいるのか。われわれをみちびく柱はどこへ行ったのだ。神の信頼する者はどこにいるのか」

身もだえして顔をおおい、すぐにでも死んでしまいたいとねがう老人もいた。だれも料理をしなかった。だれも食べなくなった。寝る者もいなければ、体をふき、身なりをととのえる者もいなかった。世界ははげしく動揺していた。天と地はぶつかり、このさびしい山の雷の下にイスラエルだけがとりのこされ、彼らには何をしてよいのかわからなかった。

アロンは彼らの動揺を、猛威をふるう寸前の嵐のようだと思った。その重苦しさに息もできないほどだった。すべての法はうしなわれた。すぐにも残忍な激情が、人々を今すわっているその山のふもとでほろぼすだろう。

それゆえ、イスラエルの民が五週間めの終わりにアロンのもとへやってきて、目にみえる神々、みることができ、彼らをやさしくなぐさめてくれるつつましい神々を求めたとき、彼はそれをみとめた。

　それがイスラエルの心をなぐさめるアロンのやり方だった。アロンは人々から金の装身具をあつめた。人々はすぐそれに応じて彼の前に金をつみあげた。アロンはその金を溶かして型に入れ、彫ってかがやく金の子牛をつくった。そして像を人々の前にかかげた。「できた」アロンは心から安堵して言った。「これがわれわれをエジプトからつれだしてくださった神だ」

　人々の感謝の気持ちや、共同体全体がとつぜんいやされたことに、アロン自身も感動していた。彼らと同じ思いで、アロンはかがやく子牛の前に祭壇をきずき、「明日は主への祝いをおこなう」と宣言した。

　こうして人々の満足はよろこびに変わった。

　彼らは朝はやく起きて、子牛の前に焼きつくすささげものをした。それからすわって豪勢な食事をとった。ブドウ酒を飲み、立ち上がってたわむれた。

　とりのこされてから六週間めのその日、イスラエルの民はもう心ぼそくはなかった。彼らはふたたび笑っていた。あふれるよろこびに歌をうたった。舞いおどった。羽目をはずし、手を打ち鳴らしておどり、輪になってまわり、声をはりあげ、額に塩からい汗を流した。山のことも忘れていた——とつぜん雷が天を二つに引き裂くまでは。空気そのものが炸裂したかと思うと、モーセが上方の岩に立っていた。彼は一枚の平らな白い石をかかえていた。もう一枚の石板は山のふもとに、まばゆく白い破片になっておちていた。それが、人々のよろこびを打ちくだいた雷だったのだ。というのも、モーセが手にしていた石をつかんで山のふもとになげつけたとき、二度めの大きな振動が大地をゆるがしたからだ。アロンは弟からずっとはなれたところに立っていたが、モーセの怒りの熱を感じることができた。

モーセは宿営地の中央へやってきた。人々は無言であとずさりし、彼のために道をあけた。モーセは大きな槌《つち》をとって金の子牛をくだくと、それを焼き、ひいて粉にした。その粉を水とまぜ、彼らののどに無理やり流しこんだ。

モーセはアロンに声をかけた。「あなたが彼らの心にこのような罪をもたらすとは、いったい彼らはあなたに何をしたのか」

「そうだ、彼らのせいなのだ」アロンは言った。彼は神の預言者の怒りを前にしてふるえた。「邪悪な人々だ。わたしに神をつくれと言った」

しかしモーセは彼の言葉をきいてはいなかった。あわれな男はたおれこみ、両手で顔をおおった。アロンは自分を恥じて、その日のあいだじゅうずっとその恰好をつづけ、モーセの目や、山にいる神の目からかくれていた。そのため彼はつぎに起こったことをみてい

なかった。しかしそれをきいてはいた。

モーセが呼ばわっていた。「主の側につく者はだれか。わたしのもとに来なさい」おおぜいの足の下で地面がふるえるのが感じられ、モーセの声がした。「レビの息子たちよ、主はこう言われた。〝あなたたちはみな剣をもって宿営地じゅうをまわり、わたしにそむいた者を殺しなさい――〟」

アロンは両ひざを胸にひきよせた。玉のように体をまるめたみじめな姿をしていた――シナイの荒れ野に人を殺す音がこだましたからだ。人々はたたき切られ、血を流し、死んでいった。

異様なしずけさのうちに夜はすぎていった。

アロンは動かなかった。眠りもしなかった。

朝になってモーセはふたたび語った。いくらかしずかな調子になっていたが、その声はイスラエルの人々の宿営地じゅうにひびいた。

「わたしは山にもどる。あなたたちは重大な罪をおかした。わたしはあなたがたの罪のために、つぐないをすることができるかもしれない」

それからすぐにアロンは首に手がふれるのを感じた。耳もとでモーセがささやいた。

「立ってください、兄さん。顔を洗ってください。もしわたしがもどってきたら、いい知らせをもってきますから」

ふたたびモーセは山の上で主の前に立ち、暗闇につつまれて祈っていた。

「人々はひどい罪をおかしてしまいました。偶像、金の神々、たわいのない神々、彼らはそのようなものを自分の意のままにできると思っているのです。なげかわしい罪をおかしてしまいました。

しかし主よ、どうか彼らの罪をおゆるしください。その罪を消しさってください」

〝それはならない〟と主なる神は山から答えた。〝罪をおかした者は消しさるのだ。わたしは彼らをずっとみてきた。かたくなな人々だ。わたしは自分の思うとおり、わたしの憤《ふん》怒《ぬ》で彼らをほろぼすのだ〟

モーセはゆっくりと暗闇のなかで目をあげた。「主よ、もし彼らをおゆるしにならないのなら、あなたの書かれた書からわたしのことも消しさってください」

〝いや、モーセよ、あなたはべつだ。わたしはあなたから強大な国民をつくろうとしているのだから〟

モーセは両手をねじって力をこめた。「もしあなたがここでご自身の民を殺せば、エジプト人たちは何と言うでしょうか。あなたの強い腕はつまるところ邪悪なものだったと言うにちがいありません。あなたは民を殺すために、エジプトから救いだしたのだと。憤怒をおすてください。わたしたちの祖先とかわした、子孫を偉大な国民にしてカナンを永遠にあたえるという約束を思い出してください」

世界のなかに沈黙があった。そして山の音は少しやわらいだ。〝行かせよう。かたくな心の人々に、わたしが約束した地へ行ってもよいと伝えなさい。しかし彼らだけで行かなければならないと。なぜならわたしがいっしょに行けば、わたしの憤怒で彼らは焼きつくされてしまうからだ〟

「それでは、わたしだけでこの人々を約束の地へみちびいていくのでしょうか。わたしだけで、どうしてそのようなことができるでしょう。わたしはあなたの御好意をうけていると思っていましたのに」

〝モーセよ、わたしはあなたに好意をしめしている。わたしはあなたのことを知り、あなたを名前で呼んでいる〟

「しかしあなたははなれていかれるのに、どんな御好意がしめされているというのでしょう。イスラエルの民が自分たちだけで旅をしなければならないときに、どうしてあなたの御好意を知ることができるでしょう。主よ、あなたがともにおられるからこそ、わたしたちは地上のほかの民のなかからえらばれているのではありませんか」

〝モーセよ、モーセよ〟雷はすべてやんだ。暗闇が明るくなった。そして主は言った。〝モーセよ、あなたが話したとおり――わたしはそれをおこなおう。わたしはあなたに好意をしめそう〟

モーセは口をとじ、両手をさげて顔をよこへむけた。その髪は煙のようだった。眉にはつらい思いがひめられていた。

モーセはささやいた。「おねがいです、主よ、あなたの栄光をおしめしください」

すぐに風はやんだ。黄色い大気は静止した。嵐と嵐のあいまのように山はしずまりかえった。主なる神はとつぜん預言者の体をもちあげ、岩の裂け目にすえた。神はモーセを手でおおった――聖なる神をじかにみて死なないように。すると主の栄光がその山の裂け目を、〝主よ。主よ〟と呼ばわりながらとおりすぎていった。

神は去っていくときになってその手をはずし、モーセは神のうしろ姿をみた。

神の栄光は去りながら高らかに言った。〝主よ、あわれみ深くやさしく、忍耐づよい――愛にあふれる方よ。罪をゆるし、あやまちを消してくださるが、罰すべき者はかならず罰し――〟

その威光を目にするや、モーセはひれふして礼拝した。

今回モーセが掟をきざんだ二枚のあたらしい石板をもって山をおりてくると、その顔の肌は光りかがやいていた。彼の顔があまりにもまぶしかったので、アロンもほかの者たちもおそれをなしてしりぞいた。

「顔をおおってください」と彼らは言った。「そうでないと近よれませんから」

そこでモーセは顔をベールでおおった。

解放されてから一年めのその年のあいだ、イスラエルは主にしたがった。モーセは神から教えられた幕屋のつくり方を人々に伝え、彼らはそれを建設した。

幕屋が建てられると、主は雲となってくだり、その上にとどまった。すると主の栄光が部屋をみたし、そのときはモーセでさえなかへ入れなかった。


エジプトの地からイスラエルの民が旅だってから二年めの最初の月、彼らは主なる神に命じられたとおり家族であつまり、過越祭を祝った。斑のない子羊、七日間食べるパン種を入れないパン、苦菜を用意して。

ミリアムは二つの歌をうたった。思い出の悲しい歌と、自由の身になったよろこびの歌を。

すべてがうまくいっていた。

〝それではついてきなさい〟と主はその長子イスラエルの民に言った。〝いっしょに家へ行こう〟と。

7 イスラエルの民

The Children of Israel

①

自由になってから二年二カ月めの二十日、幕屋から雲があがり、イスラエルの民はゆっくりとシナイの荒れ野から旅だっていった。

大集団は雲の柱を追い、パランの荒れ野へむかった。

まずユダ族の宿営の旗が先頭に立ち、それからユダ族が各部隊ごとに出発した。それを追ってイサカルの部族、それからゼブルンの部族がつづいた。

幕屋の解体は、レビ族の男数人で柱とおおいをとりさるだけだった。それからゆっくりとルベン、シメオン、ガドの各部族がつづいた。

一行のなかほどでは祭司たちが契約の箱を長いさおにのせてはこんだ。箱がつぎの宿営地につくまでには、それをうけいれる幕屋が準備されることになっていた。

契約の箱の前を六つの部族がすすみ、そのあとをエフライム、マナセ、ベニヤミン、ダン、アシェル、ナフタリの六部族がつづいた。

イスラエルの集団が荒れ野を行くときはいつもこの順序がまもられた。契約の箱が出発するときはモーセがこう呼びかけることになった。「主よ、お立ちください。あなたの敵どもが逃げさりますように」

そして箱がとどまるときにはこう言った。「主よ、いく千いく万のイスラエルのもとにおもどりください」

ⅱ

母からあたらしい履物《はきもの》をあたえられ、ついに父が家族の天幕をたたんだとき、アカンは一歳になっていた。それから一家はいっしょに歩いていった。山からはなれるように。彼らはもっとも先に出発した者たちのなかにいた——彼らとその家族はユダ族のゼラ氏族の者だったからだ。

アカンは自分の親族の名を知っていた。それらは自分の身元をしめす名だった。アカンはカルミの子、カルミはザブディの子、ザブディはユダ族ゼラの子——つまりアカンは一人の者としているのではなかった。彼はおおぜいの者としているのだ。イスラエルの民、彼らは一つのものであって、おさないアカンはその一部なのだ。

それらのことを、母はアカンに教えてくれた。

アカンはしばらくは母親のそばを歩いていた。すぐに母は彼を抱きあげ、衣のひだのあいだにつつんで背負ってくれた。アカンはうとうとした。母が足をふみだすたびに、肺に息が入っていく音がきこえた。アカンはその音が好きだった。

父が言っていた。「エリシェバ、おまえは大きな足をしているな」

母の声は背中をとおしてぼそぼそと息子の耳に入ってきた。「だから歩くのも楽なのです」

「履物をはいたらどうかね」

「つまさきが地面をつかんで具合がいいのです。それにわたしの足の裏は石にもたえられる。かたくなったから」

「それはいい」と父は言った。「しかしわたしのことも考えてくれないか」

「あなたの何を」

「おまえはどう思うか。わたしの妻の足は大きくてかたいといったら。人聞きが悪いではないか」

するとアカンの母は話すのをやめた。息子には母が歩くときの呼吸がきこえるばかりで、その音はやすらぎをあたえてくれた。アカンは眠りにおちていった。

毎朝のようにマナが地上をおおった。イスラエルの民たちは食べ物には事欠かなかった。マナは臼《うす》でひいたり、すり鉢ですったりして、煮ることもパンをつくることもできた。油で焼いたパンのようにうまかったが、それにしてもいつもきまりきった味だった。

ある夜エリシェバがカルミの前にマナをおくと、彼は立ち上がってうったえるように腕をふりはじめた。

「ナションやツアルと話したとき、彼らが何と言ったかききたいか」彼は荒々しく言った。

エリシェバは答えなかったが、夫も彼女の答えを待っていなかった。「自分たちの力が弱っていくというのだ」彼は声をあげた。アカンはすわってマナを噛みながら、目をまるくして父親をみつめていた。

「そう言っているのは彼らばかりではない。エリアブやその父のへロンも同じことを言っている。そしてエリズル——彼とも話した。シェルミエルとも。肉を食べなければならない。肉だ。うまい肉だ。エジプトの魚がなつかしい、キュウリ、メロン、ネギ、タマネギ、ニンニク。ああ、あのニンニク。少しでもニンニクがあれば。しかしここには何もなくて、あるものといえば……マナばかり」

おさないアカンもマナの小さいかたまりをみた。彼はそれをおしやった。するとすぐに耳の端にハチに刺されたような痛みがはしった。しかしハチではなかった。母親の爪にはじかれたのだ。アカンはマナをもとのところにもどし、それを食べた。

モーセはシナイの荒れ野から十二部族とその集団を北北東へみちびき、パランの荒れ野をとおり、ツインの荒れ野へ入っていった。

そのとちゅう、彼はイスラエルの宿営のなかで嘆きの声をきくことがあった。夜、人々は自分たちのみじめな運命に涙を流していた。

モーセはうろたえた。彼は主にすがって言った。「わたしがこれらの人々をもうけたのでしょうか。主よ、あなたから乳母のように彼らをやしなうように命じられると思って、わたしは彼らを産んだのでしょうか。この——この子どもたちのために、どこで肉を得ればいいのでしょうか。ひたすらもとめる六十万の口と、のどと、腹のために」

すると神の怒りはイスラエルにたいしてはげしく燃えあがった。神はモーセに言った。

〝彼らは明日、肉を食べると伝えなさい。そしてつぎの日も。そのつぎの日も。ひと月のあいだずっと肉を食べつづけなければならないと。鼻からあふれでるほどの肉を。胸が悪くなるほどの肉を。肉を——なぜなら彼らは自分たちの神、主をこばんだからだ〟

すると主からはげしい風が起こった。風は海をわたり、大量のウズラをはこんできた。肥えたウズラの大群は宿営地じゅうにおち、荒れ野を二キュービット(一キュービット＝約四十五センチ)のあつさの肉でおおい、それがあらゆる方向へ一日の距離までつづいた。

人々は肉をあつめはじめた。だれもかれも十頭のロバではこぶほどの肉をあつめた。しかし肉が彼らの歯のあいだに入るや、神の怒りがはなたれて人々は悪疫にうたれ、多くの者がそこで死んだ。

その場所はキブロト・ハタアワ、貪欲《どんよく》の墓と呼ばれた。

(iii)

ネゲブの南端、カデシュのそばで、雲となってすすんでいた主はくだり、北へむかうイスラエルの民たちの旅は終わった。

「カナンはあの砂漠のむこうにある」モーセは人々に言った。「わたしたちの神、主がわたしたちの先祖に約束し、その子孫に永遠にあたえると誓われた地——それが砂漠をこえたところにあるのだ」

イスラエルの民は主の指示にしたがってそこで宿営した。人々の天幕がつくる二重の円の中心に幕屋が組まれた。アロンとその一族は幕屋に近い内側の円の、東側を占め——そちら側にむかって、幕屋の扉はひらかれていた。そのほか内側の円を占めていたのはレビ族の者たちで、祭司や主のしもべがいつも主のそばでつかえられるようにされていた。

大きな外側の円にはそのほかの部族たちがいたので、主は彼らすべての中央にいることになった。その中央の座から神はモーセに呼びかけ、モーセはその言葉をすべての人々に伝えた。

〝あなたがたは、わたしがエジプトであなたがたのためにあらわしたしるしをみた。同じように、わたしはあなたがたといっしょにかの地へ行き、あなたたちがそこを自分たちのものにできるようにしよう。そしてわが民よ、二つのことをせよ。カナンの地に男たちを偵察に行かせよ。そして彼らが帰ってきたらあなたがたもそこへ行き、わたしの力によってその土地を自分たちのものとせよ。その土地はあなたがたのものなのだから〟

モーセはイスラエルのそれぞれの部族から一人ずつ、十二人の男をえらんだ。人々はみなそとに出て、彼らがでかけるのをみまもった。北へむかうわずかひとにぎりの同族の者たちが歩きつづけ、やがてみえなくなるまで。

そして人々は天幕にもどっていった。土地。レホボト。彼らは期待に胸をふくらませていた。

涼しい夕暮れ、カルミは天幕のそとでよこになっていた。彼は大声で話をしていた。

飲み水の残りで息子の体をふいていたエリシェバは、だれかがたずねてきたのだと思った。夜になって床に入らなければならなくなる前に自分も会話をたのしみたいと思い、彼女は仕事をいそいだ。

「そうだ、そう、そう」とカルミは言っていた。「畑が二面だ。少なくとも畑が二面。一面には作物を植え、もう一面は牧草地にする。わたしは羊の群れを世話する。大きな群れになるからな。かならず羊がいっぱいになる。もうレンガをつくることもないし――金持ちになるのだ。作物のほうは妻にやらせる。妻はたがやし、種をまくことができるから。よく歩く女だし。大きな足をしているのだ。そうだ、そうだ、自分の土地をもてるのだ。三面ではどうか。畑が三面あってもいいではないか。もちろん、畑は三面だ。そしてしもべたちに収穫のための大きな袋をつくらせるのだ」

エリシェバがおさないアカンを敷物に寝かせたとたん、子どもはぱちりと目をひらき、さきほど疑問に思ったことを口にした。「袋って、お母さん。ふ――く――ろ」

「しずかにして、袋のことはいいから。寝なさい、アカン」

それから彼女はほほえみながらそとへ出ていった。エリシェバはあまり話をするほうではなかった。おしゃべりなたちではなかった。しかし話をきくのは好きだった。それでカルミが両手を頭のうしろにあて、一人で地面によこになっているのをみると彼女はがっかりした。

「どこにいるのですか」彼女はそっときいた。

「だれが」夫の声には、どうしてそんなばかなことをきくのかという調子があった。それに夫は彼女の質問に質問で答えたため、彼女はまた話さなければならなかった。

「その人ですよ」彼女はできるかぎり小声で言った。「その人。お客さん」

「だれもここへは来なかったが。それに、おまえはわたしよりいい目をしているではないか」

エリシェバは頭をたれ、何も言わなかった。

天幕のなかから小さな声がきこえた。「お母さん。お母さん。袋って何。ぼくももらえるのかな」


声があがった。「帰ってきた」

イスラエルの民はみな天幕から出た。彼らは期待とよろこびに息をはずませながら宿営の北側へかけてゆき、目をほそめて偵察に行った者がどこにいるのかとさがした。いた。

彼らはいた――しかし彼らもまた走っていた。しかも、まとまっていなかった。彼らはネゲブのあちこちに一人ずつ散らばり、若者は全速力で走り、老人は疲れきって息もたえだえだった。衣服はやぶれていた。乱れた姿でおそれおののいていた。

シャハトの母親が悲鳴をあげはじめた。偵察に行った者のなかでシャハトがいちばん若かった。ほかの者たちの妻は恐怖に口をおおった。

最初についたシャハトはたおれこみ、あえいだ。話すことができなかった。ただ頭をふるだけだった。ほかの者は足から血を流して帰ってきた。水がはこばれた。人々は彼らをとりかこんだ。そして彼らは話しはじめた。

「だめだ」と偵察の者たちは言った。「これは無理だ」

彼らの顔にひどい恐怖がうかんでいるのをみて、人々もその恐怖を感じた。イスラエルの民は見知らぬ土地の端でふるえ、カナンで待ちうける恐怖について話をきこうとしていた。

「あそこの町々は大きくて守備がかためられている。そしてそこにいる人々といったら」偵察の者たちはふるえながら目をむいた。「アナク人の子孫がいるのだ。あれは住む者をむさぼり食う土地だ。そこにいる人々の大きさといったら。まさに巨人だ。そう、ネフィリム人だ。そのとなりにゆけば、われわれはまるでイナゴのように小さい」

モーセがおおぜいの人々をかきわけてやってきたときにきいたのは、偵察に行った者が話す「ネフィリム人、イナゴ」という言葉だった。

「何だ」モーセはおどろいて言った。「よい知らせはまったくないのか」

ちょうどそのとき偵察に行った者のうち最後の二人、カレブとヨシュアがもどってきた。彼らは血を流していなかった。とり乱したようすでもなかった。彼らは走りもせず、歩いていた――彼らが最後についたのは一房のブドウをはこんできたからで、それがあまりにも大きかったため棒にさげて二人でかついできたのだ。

「ありますとも」彼らはほほえみながら言った。「すばらしい知らせです。あそこは乳と蜜の流れる土地です。このような果物がとれるのですから。それにこれと同じように大きいイチジクやザクロもあります。主はわたしたちのために、あそこをすばらしい土地にしてくださったのです」

カレブは右腕をあげて言った。「すぐに行って、あそこを占領しましょう」

しかしほかの偵察者たちは声をあげてそれに異議をとなえた。「おまえたちはどうしたのだ。わたしたちがみたものをみなかったのか。わたしたちの妻や子はあの巨人たちの餌《え》食《じき》になってしまうではないか」

その言葉に群衆は、あわれな声でなげきはじめた。

カレブとヨシュアはおどろいた。人々は勝利のために力をあわせてくれると思っていたからだ。「主はわたしたちのことをよろこんでくださる」と二人は言った。「だからあの土地の人々のことをおそれることはない。神は彼らをわたしたちの糧《かて》にしてくださるのだから。神はわたしたちとともにおられる。神は彼らの防備をとかれ――」

しかしイスラエルの民はみな大声で泣いた。「ああ、どうしてわたしたちは荒れ野で死ななかったのだろう。どうして主はわたしたちをこの土地までつれてきて剣でたおすのか。わたしたちで指導者をえらぼうではないか。そしてその指導者にわたしたちをエジプトへつれもどさせよう」

するとエフネの子カレブとヌンの子ヨシュアは、人々のおこないを恥じて衣を引き裂いた。「イスラエルよ、わたしたちの神、主にそむいてはならない」と二人は言った。モーセは何も言わなかった。主がこの人々のことをどう思うかは今までの経験から十分にわかっていたからだ。モーセは人々に背をむけ、歩いて宿営の中心にある幕屋にもどった。主はそこでモーセに会って言った。

〝いつまでこの人々はわたしをみくだすのか。彼らにこれだけしるしをみせたのに、いつまでわたしを信じようとしないのか。わたしは彼らをすてる〟

モーセは顔をふして身をなげだした。そして神にだけきこえるしずかな声で言った。

「しかし主よ、わたしはあなたご自身がおっしゃるのをききました。あなたは忍耐づよく、愛にあふれる方だと。あなたは罪をゆるすとおっしゃいました。ですからあなたのゆるぎない愛によって、この人々の罪をおゆるしください。主よ、おねがいです」

暗い幕屋の内部、至聖所のあがないの座の上から神は語った。〝まさにそのとおりだ、わたしは彼らをゆるそう。まさに。しかしエジプトにたいしておこなったわたしの栄光をみた者は、だれも生きてあの土地へ入ることはできない。ただしわたしのしもべのカレブとヨシュアだけはべつだ。彼らはほんとうにわたしにしたがったからだ――その二人、そして巨人の餌食になってしまうと考えられた子どもたち――その者たちだけがあの土地に入り、住むことになるだろう。

モーセよ、人々にこれから彼らは四十年のあいだ荒れ野をさまよわなければならないとつげなさい。主であるわたしがそう言ったと〟

そこでモーセは立ち上がり、幕屋から出てこの不幸な言葉を人々に伝えた。

その日、イスラエルの宿営に笑い声はまったくきかれなかった。そればかりではなく、それからの何十年ものあいだ笑い声はほとんどきかれなかった。しかし子どもたちは笑い声をききたいと切にねがっていた。彼らは人々が一同に大笑いした日をおぼえていた。おさない子どもたちはまたそのように笑いたかった。

ⅳ

カデシュの近くでイスラエルの十二部族が宿営しているとき、モーセとアロンの姉で、いちばん年上のミリアムが死んだ。

幼子のモーセをやさしさと知恵でみまもった姉だ。イスラエルの民が救いだされたときはうたい、女たちにおどることを教えたミリアム――彼女はその場所に埋葬された。

こうしてイスラエルは、計画もむかう方角ももたずに場所から場所へと移動する遊牧の民シャスとなり、待ちつづけた。大人の世代が死にゆく時が終わるまで。

水が不足すると人々はモーセに不平を言い、モーセは彼らのために祈った。あるとき神はモーセとアロンに、岩に語りかけて人々のために水を出すように命じたが、兄弟は岩をアロンの杖でたたいた。たたいたことが功を奏した。水が出てきて、人々はそれを飲んだ。しかし主はモーセとアロンに言った。〝わたしを信じなかったから、あなたがたにはわたしが約束した土地にこの集団をつれていかせない〟


ある夜、アカンは天幕のなかの妙な音で目をさました——息ができないような、首を締められ、のどをつまらせたような音だった。

アカンは十七歳になり、自分の部屋で一人で寝ていた。音は父の部屋からきこえてきた。どうしたのかと立ち上がりかけると、母の声がした。母も音をききつけ、カルミの部屋へそっと入っていったのだ。

「どうしたのです」彼女は低くやさしい声でささやいた。

「何でもない」アカンの父は苦しげに息をしていた。「行ってくれ」

母はささやいた。「でもどうして泣いているの、カルミ」

「自分の土地をもつことはもうできないからだ」彼はすすり泣いた。

「しずかに、しずかに」いつもの、なぐさめをあたえてくれる母の声だった。「土地のことなど心配しないで。お休みなさい、カルミ」

イスラエルの人々がホル山の近くで宿営していたとき主はモーセに言った。〝アロンをつれて山にのぼりなさい。アロンには祭服《さいふく》をつけさせ、息子のエルアザルといっしょにホル山へつれてきなさい。アロンは先祖の列にくわえられるのだ〟

モーセは主の命じたとおりおこなった。

朝はやく、モーセは兄と甥《おい》とともに山にのぼった。彼らはすわって人々の天幕をみおろした。しばらくしてモーセはアロンの衣をぬがせた。彼はそれをエルアザルにまとわせた。

それからアロンはよこたわり、その山のいただきで死んだ。

モーセとエルアザルだけが山をおりた。

アロンが死んだことを知ったイスラエルの一族は、彼のために三十日のあいだ泣いた。

モーセはそのあいだずっとだまっていた。彼は泣かなかった。ひとことも話さなかった。

イスラエルの人々はホル山を出発し、紅海を経由して南南東のエツヨン・ゲベルへ行き、そこに宿営した。

つぎはエラトに滞在した。

そこを出発するとエラトの北方にある平原を経由してプノンに宿営した。

ふたたびプノンから出発し、オボトに宿営した。

オボトから出ると高い土地へとのぼりはじめた。それからイイエ・アバリムに宿営した。

そこを出ると、つぎはゼレドの谷に宿営した。


そのあいだ、人々はいらだち、じれた。彼らは神やモーセに不平を言った。

人々は秩序ただしく生活し、神から数多くの命令をあたえられていたが、その移動には計画や意味や目的が欠けていた。自分たちのしていることがばかげたことのように思えた。あてどもなくさまよっていく——それを厳格なきまりと、みごとなまでの正確さでおこなっていくのだ。

共同体全体の苦い気分がイスラエルの民たちの心をおかし、ある者はだれもがみな同じことを感じているはずだと思っていたが、あえてそれを口にする勇気をもつ者は少なかった。そのためその少数の者たちは、ほかの者に代わって大胆に発言するようになっていった。自分だけが正しいという尊大さもそこにくわわり、彼らはおおやけの場所で声高に不平をまくしたてた。

カルミはもっとも口やかましい者の一人だった。

六十歳になり、やせて背中がまがり、頰はこけ、はげた頭のてっぺんに大きなしみのあるカルミは食べ物のことで不平を言った。彼は自分の天幕の前に立って「食べ物も水もない」とどなりちらした。

三十歳になった彼の息子は、さげすむようにそれをみていた。とまどったり、恥ずかしく思ったりすることはなかった。というより、この落胆しきった老人にたいしてもう何も感じなくなっていた。

一方、カルミの妻は彼の向こうみずなおこないをおそれていた。彼女はカルミに天幕へ入ってしずかにしてくれと懇願した。「カルミ、あなたはよく知っているはずだわ。必要なときには水があるし、マナだって毎朝――」

しかし彼はますます声を荒らげた。「どんな生活をおくれるはずだったかを考えているのだ。わたしがどうなるはずだったか。手に入れられるはずだったわずかな土地、何本かのイチジクの木や何匹かの羊のことを考えれば――エリシェバ、こんなものは食べ物ではないのだ。モーセのやつめ」彼は両手をふりながらさけんだ。「モーセ、きこえるか。わたしは多くの者に代わって言っているのだ。わたしはマナのつぼを指さしている。毎日のようにマナばかり三十年間食べつづけてきたことを思い出している。そして胸が悪くなる。これは多くの者の声だ。われわれはこの役に立たない食べ物がいやでたまらないのだ」

その夜、ザブディの子カルミは死んだ。ヘビに嚙まれたのだ。傷は体じゅうで燃えるような炎症をおこしていたが、最期のときをむかえて彼は口をつぐんだ。うめき声もあげなかった。話もしなかった。妻が彼を抱き、汗ばんだ額をさすり、体をゆすってやった。一度目をあけて彼女をみあげた。腫れあがった顔は［ほかには何もいらない］と言っているようにみえた。そして息をひきとった。

その夜、ほかの人々の天幕からは多くの苦しみの叫びがあがった。

宿営地全体にヘビが這いまわったのだ。ヘビはひそかにしのびより、とつぜん嚙みつき、激烈な痛みで人々をおどろかせた。

やがて朝の光のなかでヘビはあらゆるところでみかけられるようになり、ゆるやかな衣からすべりおち、天幕のひだにひそみ、乾いた草のなかを這ってイスラエルの民を殺した。

人々は傷ついた体とはりさける心をかかえてモーセのところへ行った。彼は宿営の中央にある幕屋にいた。人々はモーセに言った。「わたしたちは罪をおかしました。主やあなたにそむくことを言ってしまいました。モーセよ、わたしたちはおかした罪を悔い改めます。だから主に祈って、ヘビをとりのぞいてもらってください」

モーセは話をきき、年老いてなおするどい目でまわりをかこむ者たちの顔をさぐり、それからふりむいて幕屋へ入り、そこに一時間ほどとどまった。

同じ日、エリシェバもヘビに嚙まれた。

母が苦痛の小さな声をもらすのをアカンはきいた。彼女の部屋へ行くとヘビの乾いた目と目があった。すぐにその頭をつぶし、母を腕にかかえてそとに走りでた。彼はユダ族の天幕のあるところからひろい宿営地を西へかけてゆき、円陣の中央——幕屋へ行った。

幕屋へつくと、レビ族の男たちが数人でにぶい黄色のヘビを柱の上にひきあげていた。ヘビは青銅で鋳造《ちゆうぞう》されたものだった。

モーセがすべての人々に呼びかけていた。「主はあなたたちの前にこのヘビをかかげよう、わたしに命じられた。神はあわれみをもってこう言われた。〝嚙まれた者はこのヘビをみあげれば、生きることができる〟と」

アカンは母を柱の前に寝かせた。すでに呼吸はあらく、息は悪臭をはなっていた。顔は腫れあがり赤かった。

ゆっくりと彼女は目をあけた。上をみあげた。青銅の像をしばらくみつめていた。そして目をつむると緊張はほぐれ、深い眠りにおちていった。

目を覚ましたとき、彼女は回復していた。

イスラエルの民はゼレドの谷から出発し、アルノン川の対岸で宿営した。そこからベエルへ旅をつづけていった。ベエルは井戸という意味で、主はそこでモーセに〝水をあたえるから人々をあつめなさい〟と言った。
イスラエルはそこでこううたった。

井戸よ、わきあがれ（やってきて、水にむかってうたえ）
息子や娘たちの唇のために真水を流せ。
わたしたちの高貴な者が
笏《しゃく》と杖と信仰と愛で掘ったもの。
井戸よ、わきあがれ、娘たちのさいわいのために
わたしたちの王子よ永遠に、井戸の水よ永遠に。

その荒れ野からマタナへ行き、マタナからナハリエル、ナハリエルからバモト、バモトから砂漠をみおろすピスガのいただきをとおって、モアブ地方の谷へすすんでいった。

ケデモスの砂漠の端にいたとき、モーセはアモリ人の王シホンに使いを出し、その領地

を通行する許可をもとめた。アモリ人はヨルダン川の東に住み、北はヤボク川から、南は塩の海にそそぐアルノン川をその国境としていた。

「王の道を通行します」とモーセは王に伝えた。「あなたの畑に入りこむことも、どの井戸から水を飲むこともいたしませんから」

しかしシホンはその要求をこばんだ。

それだけではなく、王はイスラエルの強さを知るために偵察をおくりこみ、彼らをおそれるようになった。彼らの数があまりにも多く、あまりにも近くにいたためだ。すぐに彼は兵士に馬をあたえ、砂漠にいるこの脅威へむかって進軍した。

イスラエルの民もまた戦士をあつめて軍隊をつくり、西方のシホンの領地へむかってすすんでいった。

両軍はヤハツの近くで出会った。陽光のなかで、彼らは砂塵をまきあげ血みどろになって戦い、夜までにイスラエルの軍勢はシホンを剣の刃で殺した。

こうしてイスラエルの民はアモリ人のすべての土地を手に入れた。そしてモーセはいく人かを、王シホンの根城、ヘシュボンの町の統治者にすえた。

つぎに彼らは北にむかい、バシャンへの道をのぼっていった。バシャンの王オグは彼らがやってくることをききつけると、バシャンの王国じゅうから兵をあつめた。王は彼らに武装させ、イスラエルと戦いをまじえるため南へむかって進軍した。

オグはヤボク川以北からヘルモン山までのすべての土地を支配し、その六十の町々を高い壁と門と柵でまもりかためていた。オグは手ごわい相手だった。

オグの軍隊とは、ラモト・ギレアドの北、エドレイ近くの平原で対戦しなければならないことがモーセにはわかっていた。

戦いの前夜、イスラエルの男たちがしずかにすわり、向かいの敵が食べ、うたい、大声でののしるのをきいていたとき、主はモーセに言った。〝彼らをおそれることはない。わたしはオグと彼のすべての民、その町と土地をすべてあなたの手にわたしたから。あなたはヘシュボンに住んでいたアモリ人の王シホンにしたのと同じことをするのだ〟

そしてそのとおりになった。

つぎの日の昼までにイスラエルの民はオグの兵士を徹底的に討ったので、生存者はなく、一人の伝令も、悲劇の知らせを町に伝える者もいなかった——町を占拠するためにイスラエルの民がつくまでは。

こうしてイスラエルは、ギレアドの台地とバシャンをふくめ、ヨルダン川東の全域を掌握した。

彼らの神、主に救いだされてエジプトを出てから四十年め、イスラエルの民はついにヨルダン川の東、エリコの対岸に位置する、ベト・エシモトとアベル・シティムのあいだの野に宿営した。

ⓥ

イスラエルの民をエジプトからつれだしたとき、モーセは八十歳だった。主がふたたびカナンの国境である、そのヨルダン川のほとりにイスラエルの民が立つことをゆるしたとき、彼は百二十歳になっていた。そのあいだも彼の力はおとろえていなかったが、モーセは今、死ぬときをむかえていた。

彼は自分の民といっしょにその土地に入っていくことはないのだ。

イスラエルの民がエジプトを出てから四十年めの十一カ月の初日、モーセは共同体を一つにあつめた。そして人々が幕屋をとりまくように大きな円になってすわると声をあげて語りかけた。

「あなたがたの神、主は今その約束をまもり、あなたがたをカナンにみちびき入れる決意をされた。あなたがたの両親をしるしと奇跡をもってエジプトからみちびきだされたときのように」

老人のするどい目は人々のあいだを左右に動いた。彼はだれかをさがしていた。その髪はヘルモン山の雪のように白く、頰にはヘルモン山からヨルダン川へむかう奔流のようなしわがきざまれていた。とつぜん彼は指さした。

「ヌンの子ヨシュアよ」モーセは声をあげた。小柄で勤勉な男が目をあげ、それからえらばれたことに当惑するように周囲をみまわした。

「ヨシュア、あなたは神に忠実だった。あなたと、エフネの子カレブは――ほかのイスラエルたちが泣きごとを言っているとき、あなたたち二人だけが、主がわたしたちをカナンにみちびいてくださることを信じた。だから主は、ヨルダン川をわたって人々をカナンへみちびく者としてあなたをえらばれたのだ」

「そしてあなたたちは」モーセは共同体全体に目をはしらせた。おびただしい数の民は若く、強健でかがやく目をして、奴隷の心をもたず、五十歳以上の者はいなかった。「あなたがたは荒れ野での教訓をけっして忘れてはならない。子や孫をもうけたとき、そしてかの地で年老いたときも、あなたがたの神、主をもとめることをおぼえていなさい。心からもとめれば、神をみいだすことができるのだ。

過去に問うてみよ、神が地に歩く者として人をつくられたときから今にいたるまで、あまねく天のもとでこのようなことがあったかと。あなたがたのように、火のなかから語りかける神の声をききながら、生きながらえた者がいただろうか。試練としるし、奇跡と戦い、強い手とひろげた腕、はげしい恐怖、あなたがたのためにエジプトでなされたすべてのことをもって、あなたがたの神、主は、ほかの国民のなかからご自身のために一つの国民をえらばれたが、そのような神がほかにあっただろうか。あなたがたにこそ、それはしめされたのだ。主こそ神であることをあなたがたに知らしめるために。主のほかに神はいない。神はあなたがたの先祖を愛し、その子孫をえらばれたので、神ご自身の大いなる力をもってあなたがたをエジプトからつれだされたのだ。

そして神の聖なる山であなたがたと契約をむすばれた。あなたがたの両親だけではなく、あなたたち、生きて今日ここにいるすべての者たちとも。神はこう言われた。〝わたしはあなたがたをエジプトの地、奴隷の家からつれだしたあなたがたの神、主である。わたしのほかに神をもってはならない――〟

イスラエルよ、よくききなさい。主なる神は唯一の主だ。そしてあなたがたは心と魂と力のかぎりをつくして主なる神を愛しなさい。神の十戒、法、掟についてわたしが教えたすべての言葉を心にとめなさい。子どもたちにそれらを熱心に教え、家ですわっているときも、道を歩いているときも、寝るときも起きるときもそれらについて語りなさい」

モーセは口をとざした。だれも動く者はいなかった。彼の目は人々からはなれ、彼らにはみえないところにそそがれていた。しばらくのあいだ、彼の心は人々からはなれているようであった。しかし落ちつきをうしなったり、動いたりする者はいなかった。人々をみちびき、怒り、人々がおぼえているかぎりのむかしから、この老人は生きていた。超然として、頑固で正しかった——つねに正しく、また誠実で——ときにはやさしいこともあった。夕暮れに人々をながめている彼の目には、夢みるようなやさしさがうかんでいた。人々を思いやる心が。

モーセはしずかに言った。「なぜなら、あなたがたの神、主にとって、あなたがたは聖なる民だからだ。神は地上のあらゆる民のなかからあなたがたをえらび、ご自分のものとされたからだ」。彼の目はするどくなった。「それはあなたがたが大きな民で、力をもち、正しいからではない。あなたたちはとほうもなく頑迷な民だ。そうではなく、主があなたがたを愛されているからだ。主はあなたがたの両親とかわされた誓いをまもられているのだ。

イスラエルよ、明日あなたがたはヨルダン川をわたり、あなたがたより強大な国民の土地をとる。しかし主なる神が焼きつくす火のようにあなたがたの前を行かれる。そしてあなたがたのために戦われる。あなたがたのためにその国民を制圧されるのだ。

それなのに、主があなたがたにもとめておられるのは、主をおそれ、主の道を歩み、主を愛し、心から主につかえることだけだ。だからあなたがたは心のなかの包皮に割礼《かつれい》をほどこしなさい。かたくなな心をすてるのだ。なぜなら、あなたがたの主は神の神、主の主、偉大にして力にみちあふれるおそるべき神で、正義を実現し、寄留者《きりゅうしゃ》を愛し、飢えた者をやしない、裸の者をおおってくださる方だからだ。あなたがたも同じように寄留者を愛しなさい」そう言ってモーセは間をおき、人々をみつめた。

「神への忠誠をまもりなさい。神をたたえなさい。主こそあなたがたの神なのだ」

モーセの声はほとんどささやきに変わっていた。ほとんどの人々には、もうその声はきこえていなかった。しかし彼が何を言っているかはわかっていた。モーセはその言葉を前にもたびたびきかせていたからだ。彼らはその言葉が好きだった。すでに子どもたちにもそれを暗唱してきかせていた。〔あなたがたの先祖は七十人でエジプトへ行った。そして今、主はあなたがたを天の星のように無数にふやした……〕

天の星のように無数に。

天の星のように。

その日の午後、宿営地から少し東にあるネボ山に、モーセは一人で歩いていった。短い歩幅で、注意して歩いた。杖に重くすがっていた。しかし夕暮れまでには山をのぼりおえ、高い尾根に立ち、西方の朱色の太陽をながめた。

主は言った。〝みよ、モーセ。よくみるがよい。これがわたしがアブラハムとイサクとヤコブに、子孫にあたえると誓った土地だ。みよ、モーセ。あなたにみえるだろうか〟

老人は赤い陽に目をほそめた。たしかにみることができた。不思議な力によって、彼は北のダンから南のツォアルまで、そのすべての土地をみていた。

たしかに。たしかに、みとどけていた。

そして百二十歳のモーセは――目はまだかすみもせず、生まれついての力もおとろえていなかったが――ネボ山の上で死んだ。

主はそのしもべの体をすくいあげ、ご自身で彼を埋葬した。そして今日にいたるまでその埋葬の場所はわかっていない。それ以来、神とじかに顔をあわせたモーセのような預言者はイスラエルからあらわれていない。

第三部

主の戦い

The Wars of the Lord

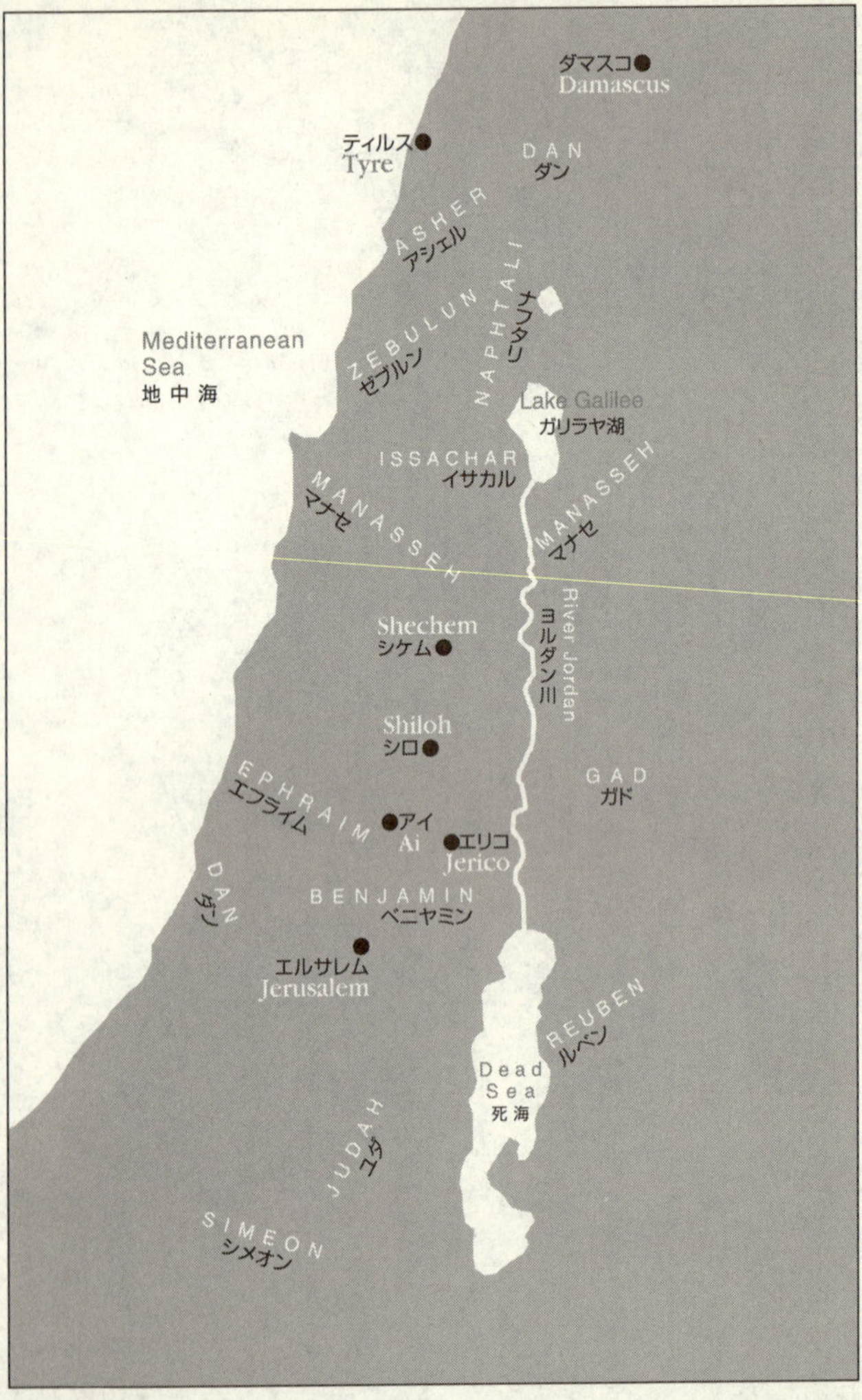
ダマスコ
Damascus
ティルス
Tyre
DAN
ダン
ASHER
アシエル
NAPHTALI
ナフタリ
ZEBULUN
ゼブルン
Mediterranean
Sea
地 中 海
Lake Galilee
ガリラヤ湖
ISSACHAR
イサカル
MANASSEH
マナセ
MANASSEH
マナセ
River Jordan
ヨルダン川
Shechem
シケム
Shiloh
シロ
GAD
ガド
EPHRAIM
エフライム
アイ
Ai
エリコ
Jerico
DAN
ダン
BENJAMIN
ベニヤミン
エルサレム
Jerusalem
REUBEN
ルベン
Dead
Sea
死 海
JUDAH
ユダ
SIMEON
シメオン

8 ヨシュア Joshua

ⓘ

カナンの王たちは山岳地の小さな町々を治めていた。その町々は二から四ヘクタールほどのひろさで、なかには建物がたてこみ、まわりは城壁のそとにあるひろい農地や畑がかこんでいた。王の治めていた町の人々は、がっしりした造りの家の二階に住み、毎晩のように家畜を城壁のなかに追いこんで、自分の家の一階部分に入れていた。

カナンの王たちは年に二度、神々に豊作を祈願した。それは定住民族にとって必要な儀式だった。よきものを追いもとめてゆくことができない者は、よきものを自分たちのところに呼びよせなければならなかったからだ。王たちは雷雲の神、バアルに雨が降るように祈願した。バアルの妻アシュトレトには多産と豊作を祈った。

しかしことにすばらしくゆたかな春——ちょうど収穫期のことで、北部の雨と雪解け水によって、わたれないほどヨルダン川が増水していたとき——エリコの王はちがうことを祈っていた。やぶれかぶれの祈りだった。

「ああ、雲にのりたもう者よ。偉大なる嵐の神バアルよ」と王は呼びかけた。彼はあたらしくやってきた大勢の人々がヨルダン川の東岸にあつまっているのをみていた。彼らは砂漠できたえられた人々で、イナゴのように野山もむさぼり食ってしまうように思えた。すでに彼らはアモリ人とモアブ人の王たちをむさぼり食ったのだから。

エリコの王は自分の町は川によってまもられていると思っていた。ヨルダン川がもっとも水量をましているときには、川をわたるためにたどっていく浅瀬はまったくなくなってしまうからだ。しかし今朝とどいた前哨地からの報告では、人々はそこをわたってしまったという。突如として彼らは西岸のギルガルにあらわれ、祭壇をきずいていた。男も女も子どもも。すべての者がやってきたのだ。

「偉大なる嵐の神バアルよ。空の道をすすみ、雷電の槍《やり》をふるい――われらのために戦いたまえ。おしよせるこの荒々しい乾いた砂漠の悪疫からわれらをまもりたまえ」

ⅱ

ヌンの子ヨシュアは、闇のなかを用心しながらエリコの町へ歩いていった。一歩一歩ゆっくり歩をすすめた。彼は近眼だった。そのため、どこに足をおろせばいいかをじっとみきわめていたのだ。

その夜の闇は計画のうちだった。月のない夜をえらび、エリコの城壁までしのびよって、そこにふれるつもりだった。

イスラエルの民がカナンに入って住むには、まずエリコを打ち負かさなければならなかった。ヨシュアは偵察のために行くのではなかった。偵察の者はすでに二人、町におくりこんでいた。彼らがもちかえった情報は非常に正確なもので、それはラハブという娼婦が彼らに部屋をあたえ、まもってくれたからだった。「うまい方法だ」と帰ってきた偵察の者たちは笑った。「娼婦は人にいろいろたずねないものではないか――それにこちらの質問にこれほどよく答えてくれる者はいない」

それゆえもう偵察の必要はなかった。ヨシュアが一人でエリコにむかっているのは、イスラエルの神が先祖に約束した土地を手に入れるのに先立ち、町のようすにふれ、その力をみきわめるためだった。

この土地で、主なる神はアブラハムに家の男たちに割礼《かつれい》をうけさせることをもとめ、この土地で、その契約のしるしに約束をつけくわえたのだ。そして今、イスラエルたちは言葉やしるし以上のもの、土地そのものをうけとろうとしていた。

そこでイスラエルの民がヨルダン川をわたりきってしまうとすぐ、ヨシュアもそれにならい、荒れ野で産まれたすべての男たちに、契約にしたがって割礼をうけさせた。そのとき彼らははじめて割礼をおこなったアブラハムにならい、火打ち石の刃物をもちいた。

つぎに彼は過越祭《すぎこしさい》をまもるように命じ、人々はその月の十四日めに祭りをおこなった。十五日めに、イスラエルの民はその土地の産物を、パン種を入れないパンと炒《い》り麦にして食べ――その日からマナが降ることはなくなった。

これだ。ヨシュアの目前にエリコは巨大な黒い影をなげ、そびえる城壁は多くの星をかき消していた。ヌンの子ヨシュアは立ち止まった。［ああ、イスラエルよ、あなたがたにどうやってこの石の壁を突破することができるだろう」

しかしイスラエルの民はあの紅海を、足もぬらさずにわたったのだ。

つい最近も、主はヨルダン川を北方でせきとめ、南側の水を干上がらせたので、彼らは乾いた川底をわたってくることができた。

それゆえ、このかたい壁もイスラエルの民にこえられないわけはなかった。

ふたたびヨシュアは壁にむかって一歩ずつゆっくりと歩きだし、まっすぐ前をむき、よくみえない目をこらして、カナンの力をあらわす石にふれるために両手をあげてすすんでいった。

とつぜん、ヨシュアは目の前に抜き身の剣をもった男が立っているのをみた。

ヨシュアは腕をおろし、おどろきのあまり一瞬口をあけた。そしてささやいた。「あなたはわたしたちの味方か――それとも敵か」

剣をもった男は言った。「いや、わたしは主の軍勢の将軍としてやってきた者だ」

すぐにヨシュアは地にひれふして礼拝した。ヨシュアは言った。「主はこのしもべに何を命じておられるのでしょうか」

主の軍勢の将軍は言った。「履物《はきもの》をぬぎなさい、あなたが立っているのは神聖な場所だから」

ヨシュアはそのとおりにした。

それから、モーセ亡きあとのイスラエル軍の指揮者、ヌンの子ヨシュアは、エリコの町の石壁をどのようにやぶるかを教えられた。

(iii)

エリコの王は町の城門をとざし、材木のかんぬきをさした。住民、農夫、兵士はすべてそのなかにいた。羊、ヤギ、家畜、根掘り鍬《ぐわ》、熊手、武器など、町が所有するものはすべてなかにあつめられていた。エリコをうるおしたその年の春はカナン全土でもっとも恵まれたもので、ひきつづき光にあふれ、おとろえをみせていなかった。また、ゆたかに実った大麦の収穫の大部分は、すでに貯蔵されていた。あたらしい石の穀倉はいっぱいになり、初代のエリコの農夫たちがつくった地下のサイロにも食料はあふれていた。

エリコは長期にわたる包囲攻撃にもたえる準備ができていた。エリコはもちこたえるだろう。

夜ふけ、エリコの王は直接攻撃へのそなえを点検するため、城壁にのぼった。城壁の上には油のつぼが一定の間隔でおかれていた。石には水路がうがたれていた。王はそこに指を入れた。いつでも火の雨を降らせることができるように、点火用のつぼが煙をあげていた。青銅製のするどく短い矢は、細長い石の空洞にびっしりとおさめられていた。腕力があり、目のいい男たちのためには、槍が壁のすみに立てかけてあった。石はあちこちにつみあげられ、老人や怒れる女たちが、梯子《はしご》をのぼって近よってきたイスラエルの民の頭を打つことができるようにされていた。

王はみずからすべてを点検した。だいじょうぶ。包囲されても、直接攻撃をうけてもエリコのそなえは万全だった。

そして彼が立つ城壁は二重になっていた。一つの壁の内側にもう一つの壁をたてた二重の城壁は、そのあいだを石と、材木でつくった強い格子でつないであった。前代の摂政《せっしょう》たちはその城壁のあいだに部屋をつくることをみとめていた。そしてそこにはもっとも貧しい者たちが住んでいた。追放された者や娼婦たちだった。また空いている場所には物資がおさめられていた。城壁の石は槌《つち》でととのえ、粘土のモルタルをしいてならべただけのものだったが、現在の王は外側の城壁にぶあつく黄色のしっくいをかぶせ、四・五メートルの高さにするよう命じていた。それは彼の功績だった。それゆえ今では城壁にのぼるには梯子が必要だった。まさに、エリコのそなえは万全といえた。

しかし王は一晩じゅう城壁を歩きまわり、祈っていた。
〔最高神エルの妻アシェラ、七十の神々とバアルの母よ――〕
彼はじっとしていられなかった。エジプトからやってきた、この残酷な民、砂漠の種族の力やおそろしさについてはうわさをきいていたからだ。彼らは山の神を崇拝しているという。
〔――アシェラよ、あなたの子のうちもっとも残忍な者たちをつかわし、自分の民のために海を干上がらせるという神から、わたしたちをおまもりください〕
その夜、王は城壁のそとでまたとなくやさしく、女性的な気づかいを感じさせるつぶやきをきいたような気がした。しかしその一瞬の言葉はすぐに消えさり、彼はさらに深い孤独のなかにとりのこされた――まるでアシェラが、彼よりもまさった者を愛するためにこっそり去っていったように。

夜明けになり、空に灰色の光がひろがりはじめると、城壁の角や城門の塔に立つ見張りの姿がみえるようになった。人々は町のなかで動いていた。そのまどろみから目覚めようとしていた。枝が何本かはじけて炎にのみこまれた。
家族たちはひっそりと話しはじめた。

王が城門からおりて体をふこうと思ったとき、遠くできこえる音が彼の注意をひいた。北東方向からのほとんどききとれないほどの音で、かすかにリズムをきざんでいた。見張りたちはそれに反応していなかった。たぶん音などしていないのかもしれない。しかし王は、大地や自分の骨にひびく巨大な脈を感じるような気がした。

彼らだ。

「見張りよ」エリコの王はさけんだ。「隊長よ」彼は町にむかって呼ばわった。「戦士たちを起こせ。射手《いて》よ、起きろ。みな起きるのだ。待機せよ」

北東の地平線で動きがあった。遠くの大地で雲がさかまくような、嵐のような動きだった。

それから上を下への大騒ぎがはじまった。城壁から兵士たちがさけび、持ち場にかけつけ、自分たちの武器を手にした。

東の空が赤くそまった。地平線で何かがはげしくわきあがり、北東の雲は燃えるような太陽の光をうけた。

イスラエルの軍勢だった。彼らの全勢力がこちらへむかって、完璧な秩序をたもって行軍していた。いそぐ者はいなかった。全軍が大きな縦列になり、長い線をつくっていた。

エリコの者たちはそれをみまもっていた。みなしずまりかえって待っていた。壁に身をよせ、ながめていた。

やがて王はどんな作戦でそれに対処しなければならないかを知ることになった。彼はすばやく射手と槍つかいをみた。彼らは敵を殺傷できる距離を正確に知っている。そしてその距離に敵がやってくるまではけっして矢をはなたない。

しかしイスラエルの軍勢はその距離までやってくることはなかった。

イスラエルの戦列がまだ安全な距離にいるときに角笛が鳴り、前衛の兵士たちは向きをかえた。彼らは町の城壁と平行にすすみはじめた。彼らはまっすぐ前をみながら、落ちついた足どりで行進しつづけた。エリコの町さえみようとしなかった。イスラエル軍の縦列全体が町をとりかこんだ。空気を引き裂くように角笛は鳴りつづけ、やむことはなかった。

エリコの城壁にはりついていた射手たちは、矢をはなちたくて武者ぶるいをした。しかし隊長たちは王をみながら彼らをおしとどめた。王は町をとりかこんだ奇妙な行進にむかって目を左右にはしらせていた。

どこから攻撃してくるのか。いちどきに、あらゆるところから攻めてくるのだろうか。

その表情には何もしめされていなかった。彼らの顔はいかめしく、抑制されて動きがなく無言だった。すべての戦士が前をみつめていた。

そして行進の中央をみよ。王は七人の男がすばらしく豪華な祭服をつけているのに目をとめた。衣は金と青と紫と緋色の、撚《よ》った亜麻でつくられたものだった。それぞれの男が雄羊の角笛を唇にあててなさけ容赦なく吹き鳴らし、それをきいたエリコの人々は首すじに鳥肌をたてた。命令は、その角笛から発せられていたのだ。

七人の男のすぐうしろでは、二本の長いさおにのせた延べ金の箱を、前に二人、うしろに二人の、つごう四人の男がはこんでいた。

イスラエルの軍勢の縦列はこうして一日かけて町のまわりをめぐった。両軍のあいだには一本の矢もはなたれなかった。ひとことの言葉もかわされなかった。目と目をあわせることさえなかった。ゆっくりと円陣をつくってから、イスラエルはギルガルへもどっていった。雄羊の角笛は鳴りやんだ。静寂のなかで軍勢はふたたび行進していった。

エリコの男たちは疲れはて、すえた汗のにおいにまみれていた。しかし王は彼らをなぐさめることはできなかった。彼らを城壁からおろし、食事と睡眠をとって、翌日の攻撃にそなえるよう命じた。

しかしそのときになってもまだ、王には砂漠の大群がどんな作戦を立てているのかわからなかった。包囲するつもりなら、これでは何にもならないからだ。あるいは、これは町の力と魂を縛りつける儀式のようなものなのか。もしそうなら、攻撃は翌日の夜明けになるだろう。

そこで王は翌日の夜明け、城壁の上で待ちかまえていた。

すべての戦士がひかえていた。

イスラエルの軍勢は前の日と同じようにギルガルからやってきた。そして前とまったく同じように、七本の角笛を吹き鳴らして町のまわりを行進し、不思議な金の箱をみせて、夕暮れには宿営地へもどっていった。

そして三日めも同じだった。そして四日めも、彼らは町を一度とりかこみ、去っていった。

五日めになると、エリコの王は城壁の上から声をあげはじめた。午前中ずっと、彼はあざけりと憎悪の言葉をはきつづけた。それはしばらくのあいだ彼の民を勇気づけた。彼はするどい毒舌をはいた。イスラエルの民の頭の上にけがらわしい呪いの言葉をなげかけた。しかし彼らの目はつねに前をむいていた。角笛も鳴りやむことはなかった。

午後までに王は呪うことも、神々に祈願することもあきらめた。町は息づまる思いをしていた。人々はふるえた。食べることも寝ることもできなかった。子どもたちはとうに泣くことをやめていた。

六日めに王は城壁の門をあけ、四人の衛兵にまもられながら、大胆にもイスラエルの縦隊の先頭に近づき、交渉をしようとした。そこで彼がみたのは、いつも地に目をむけて考えごとにふけり、足をひきずるようにして歩く小柄な男だった。たぶん思慮分別のある男だろう。王は彼と話をしようとしたが、勤勉な男はそれに答えなかった。男は王をみあげた。ひどく目をほそめ、やがて王が幻だとでもいうような、別世界をみているようなまなざしをむけた。角笛は鳴りつづけ、そのあいだにすべての軍勢は王に気づくこともなくとおりすぎた。王は物乞いも同然だった。

エリコの王はしかたなく町の城壁へもどり、何もわからないままむなしく監視をつづけるほかなかった。

しかし七日めはちがっていた。

その日、イスラエルはエリコを一回だけではなく夜明けから午後おそくまでかけて七回まわった。七回めの行進のとちゅうで、とつぜん雄羊の角笛の音が変わった。ワシの鳴き声のような高くするどい音になった。そしてイスラエルの戦士たちののどがひらき、声があがった。一万人の戦士たちがさけびながら内側にむかい、町に突入した。城壁そのものがふるえはじめた。王は足もとの石がはげしくゆれるのを感じた。射手はとびあがった。槍つかいは槍をとった。女たちは火の雨を降らせるために火種のつぼをもってきた。しかしイスラエルの戦士たちが矢のとどく範囲にやってきたちょうどそのとき、城壁は九十センチほど空中にもちあがり、生きているもののように吠え、あらゆる接合部とモルタル部分がくだけて壁は崩壊した――そしてその下にいたすべての人々の上に、くだけたおびただしい石がおちていった。

エリコの王は死にゆく町のなかにころがりおちた。火のついた油が壁の内側にこぼれた。火と材木と石が王とともにおちていった。王の目に最後に入ったのは、くだけることも、火につつまれることもなかった壁の一部で、二階にあるそのほそい指のような石壁には窓者が最後に生きのこるとは。あれは追放された者の窓ではないか。ラハブという娼婦の窓が一つあり、そこから赤いひもがたれさがっていた。

人生最期の瞬間、王にとってこの世は苦い冗談のように思えた――よりによってあんな

ⓘⓥ

ヨシュアは炎をみていた。彼は、エリコの城壁をくだいて瓦礫《がれき》の山にする雷鳴のような主の声をきいた。そして今、水の幕のような赤い炎が、視力のとぼしい彼の目にうつっていた。黒い人影があちこちに走り、イスラエルの軍勢が町を灰燼《かいじん》に変えていた。

幕屋の宝庫のために神がのこしておいた金属類をのぞき、エリコのすべてのものは聖なる禁忌《きんき》のもとにおかれた。それは主の破壊にささげられるものだった。ヘレム（ほろぼしつくす）、つまりこの町の人々も所有物も、ふたたび人の目的のために供されてはならないと主なる神は命じたのだ。

ヨシュアはことごとく消滅した町をみつめていた。すべての家畜、若者から老人にいたるすべての住民、そして何世代もの人々がきずきあげてきた富や、軍隊を強めるはずだった財産、そのすべてがうしなわれたのだ。

エリコが、灰からたちのぼる鼻をつく煙だけになったとき、ヨシュアは頭をたれ、しずかなおびえた声で言った。「この町をふたたび建てようとする者に呪いあれ」

そばにいた者たちはその言葉をきいていた。そして彼がつぎに言った言葉はあまりにおそろしかったので、人々の心に永遠にきざまれた。

人はその長子を犠牲にして
ここにいしずえをきずき
その末子を代償として
あたらしい門を建てる。

こうしてヨシュアの名声と彼にたいするおそれはカナンじゅうにひろまった。彼には主がともにいたからだ。

ⓥ

「カナンを中央から分けて、それを一つずつ手に入れていく」

ヨシュアはちりにまみれた地面にしゃがみ、指で線をひいていた。「このことについてはよく考えてきた」彼はできるだけ正確な絵をかこうとした。「ここがヨルダン川で、その南端に塩の海。北の端にはキネレトの海がある。われわれはここ、塩の海の北西にいる。エリコだ」

ヨシュアは地面をじっとみた。彼のまわりをとりまいているイスラエルの隊長たちは彼より背が高く、若くがっしりしていた。彼らは自分の位置を変えて絵をみようとするのだが、小さな男は地図のまわりをやたらと歩きまわって彼らの視界をふさいでいた。

「ここがアイ」彼はしずかに言った。「そしてその西のベテル。これらの町は、このベエル・シェバからこのシケムまで南北にはしる尾根道ぞいにある。この道はいわば背骨だ。これを折れば、カナンを二つに折ることができる」

ヨシュアは目をほそめて隊長たちをみた。「そしてカナンを二つに分ける」彼はしずかに言った。その声には勝ちほこったようすも、切迫したようすもなかった。ただ事実をのべているだけだった。「主はわたしをえらばれたとき、こう言われたからだ。〝あなたの前にはだれも立つことはできない。わたしはあなたとともにいて、あなたをうらぎったり、みすてたりしない——なぜなら、この民の先祖に約束した土地は、あなたから彼らに相続させるのだから〟と」

ヨシュアはまた地図にもどり、まず南、それから北の町々をしるしてその名前をあげた。その順番に彼は戦闘を予定していた。山がちで人口の少ない塩の海の西側の土地をまず確保し、それから北のゆたかな地域に手をつけようというのだ。

しかしまずアイからはじめる。

「オトニエル」とヨシュアは言って、多くの顔のなかからその男をさがそうとした。「この町について、あなたは何と言ったか」

若くて大柄な男が大きな頬をゆるませながら話した。「この町は尾根の上にありますが、人々はほとんど町を防備していません――それに住民も少数ですので、二千人をうわまわる兵士をおくる必要はありません」彼は大きな笑顔をみせた。「彼らはわれわれのことをひどくおそれていますから、わたしが槍をふれば、あの軍隊はちりぢりになってしまうでしょう」

ヨシュアはうなずいた。

朝になって、ヨシュアは西方のアイに三千人の戦士をおくり、強力な攻撃でいちどきに町を打ち負かそうとした。

それと同じころ、彼はイスラエルといっしょに住みたいとねがいでている貧しい旅人たちに会っていた。彼らは主がエジプトでおこなった奇跡を知って遠い国からやってきたという。

彼らは言った。「わたしたちはあなたがたのしもべになります。さあ、わたしたちと契約を……」

しかしこの会話が完了し、契約がむすばれる前に、ヨシュアはイスラエルの宿営の西側

Joshua

で叫び声があがるのをきいた。それは悲しみの叫びのようにきこえた。

ヨシュアがそちらにむかって歩いていくと、先ほど自信で頬をゆるませていた若い男がすぐに宿営地のなかをかけぬけてきた。

男はヨシュアをみるとたおれこみ、あえいだ。「わたしたちは敗れました」彼の体は恐怖の汗で悪臭をはなっていた。

「敗れただと、オトニエル。敗れた？」ヨシュアは言った。

「敵は城門からハチのように出てきて、わたしたちが話をする前に十人を殺してしまいました」オトニエルは苦しそうに息をした。「わたしたちは逃げました。尾根をくだりました――しかし彼らは石切り場まで追ってきて、三十人か、四十人ほどを殺しました。まさに、打ち負かされたのです」

ヨシュアはおどろいた。「三千人のなかのたったの四十人ではないか。どうしてとどまって戦わなかったのか」

「勇気をうしなってしまったのです」

「なぜだ」

「わかりません。イスラエル軍全体の魂がつかみとられてしまったのです」

ヨシュアは幕屋へ行って衣を引き裂き、契約の箱の前にひれふしてささやいた。「ああ、主なる神よ、戦いはまだはじまったばかりなのです。それなのにイスラエルはもう敵から逃げだしています。どうして今わたしたちは負かされるのでしょうか。どうしてこれからの戦闘の出ばなでくじかれるのでしょう」

主はヨシュアに言った。〝イスラエルは罪をおかした。彼らはエリコの宝、わたしが聖なる禁忌にふした品々を盗んだのだ。イスラエルは敵の前に立つことはできない。なぜなら、人々はみな盗まれたものと同じになってしまったからだ。それらは破壊されるためにささげられるものなのだ〟

ヨシュアはしずかに言った。「それではわたしたちはどうすればいいのでしょう」

主は言った。〝盗まれたささげものをさがしだし、それを破壊しなさい〟

「どのようにしてそれをさがせばいいのでしょうか」

〝人々を分けるのだ。各部族を歩かせれば、わたしがそのなかから一つの部族をえらぶ。その部族の各氏族を歩かせれば、わたしがそのなかから一つの氏族をえらぶ。そして氏族から家、家からその者たちをえらぶのだ〟

そして、そのとおりおこなわれた。

翌朝、この厳粛な審理をうける人々を聖別するために犠牲をささげてから、ヨシュアはイスラエルの十二部族の代表に、幕屋にいる自分のところに来るように命じた。

一人ずつ幕屋の前をとおりすぎ、裁きのくじがひかれた。そしてユダの部族が指摘をうけた。

つぎにユダ族の各氏族の代表がヨシュアの前をとおりすぎた。くじがひかれ、ゼラ氏族が指摘をうけた。

ゼラ氏族のなかからはザブディ家が指摘をうけた。

そしてザブディの子のカルミが指摘をうけた。しかしカルミは、同世代のすべての者たちといっしょに荒れ野で死んでいた。それゆえ最後に指摘をうけたのは、ユダ族ゼラ氏族ザブディ家の、カルミの子アカンだった。

アカンはエリコの財宝を盗んでいたのだ。

ヨシュアは陽に目をほそめ、アカンをみさだめた。彼は四十歳になっていた。彼の母はイスラエルの民がエジプトから自由へむかって海をわたっているときにアカンを出産したのだから、彼は新しい世代の初子《ういご》だった。アカン。信心深い魂をもった母エリシェバの息子。その母は、人々が二度めに水底《みなそこ》をとおり、この約束の地へと荒れ野からヨルダン川をわたっていたときに死んだ。

「アカン」、ヨシュアは砂の上をわたる風のようにかすかな声で言った。「アカン、息子よ、イスラエルの神、主をたたえ、それから何をしたのか話しなさい。わたしに隠しだてしてはならない」

「父は畑を二面ほしいと思っていましたが、かなえられませんでした」アカンは言った。

「わたしは一面でもいいから畑がほしい。しかしそれさえどうなるかわからない。この土地は敵にみちています。わたしたちの多くは死ぬでしょう」

「アカン」ヨシュアは言った。「何をしたのだ」

アカンはため息をつき、頭をたれた。「エリコの戦利品のなかに、深い紫色の染料でそめ、しなやかに織られたシンアルの美しいマントがあるのをみて、それを盗みました。二百シェケルの銀、五十シェケルの金の延べ棒も。それらを自分の天幕の地面に埋めました。父が得ることのできなかった土地を買うつもりでした」

今度はヨシュアがため息をついた。彼は立ち上がり、いつものように頭をたれて、弱い視力で足もとの地面をみつめながら去っていった。

歩きながら彼が小声で命令を出すと、その命令は実行され、その日すべてのイスラエルは厳粛な気持ちになり、もの思いにふけった。

アカンの天幕のなかが掘りかえされ、破壊のためにささげられた品々がもちだされた。それらの品々ははなれた谷へつれていかれるアカンとともにはこばれ、そこでアカンのものだったすべてが焼かれた。彼の雄牛、ロバ、羊、天幕、所持品、息子や娘たち、妻、そして彼自身が。アカンは火で焼かれ、石をなげつけられて死に、カルミから相続したものは地上から消えた。

それからその場所はアコルの谷、わざわいの谷と呼ばれるようになった。

そののちイスラエルはアイを難なく打ち負かした。

二度の勝利をおさめて力を得たヨシュアはアイの南方の四つの町、ギブオン、ケフィラ、ベエロト、キルヤト・エアリムと協定をむすんだ。こうしてカナンの背骨はほんとうに折れることになった。


するとこの小柄で勤勉な男は、かつてちりでおおわれた地面に引いた線のとおり、ためらうことなく軍を南にひきいていった。

南方の五つの町、エルサレム、ヘブロン、ヤルムト、ラキシュ、エグロンの王たちは連合して力を強め、一つの軍勢として北進してきた。しかし彼らが連合したことを伝えきいていたヨシュアは、夜をついてイスラエルを行軍させ、ギルガルからベト・ホロンの峠まで坂道をのぼってゆくとそこで日がのぼった。彼が大軍をひきつれてそこにいるだけで敵はおどろいた。ヨシュアはその敵を討って敗走させると、南の山のふもとの丘陵地まで追ってゆき、アゼカとマケダでもさらに攻撃した。主は彼とともにすすんでいったので、一度は天からひょうを降らせ、また昼夜をかけても戦いが終わらないときは、太陽と月の動きを封じ、日そのものを止めてしまった。

彼は南へ軍をみちびき、リブナ、エグロン、ラキシュなど、山のふもとの主要な砦を攻撃した。それから東に向きを変え、南の高地の中心へむかい、ヘブロンとデビルを獲得した。


彼は南でおこなったことを北でもくりかえした。

ここでも町が討たれることをおそれた王たちは、共通の敵にむかうために連合した。ものしずかなヨシュアはふたたびイスラエルの軍勢をひきいて、正確で安定した、タイミングのいい攻撃をかけたので、どのような連合にも自然にできる弱点、戦列のつなぎ目はやぶられた。このようにしてヨシュアは敵を分断し、一つ一つ制圧していった。

北はレバノン谷から南はハラク山にいたるヨルダン川西岸で、ヨシュアが打ち負かした王の数は三十一にのぼった。

ⓥⓘ

年老いたヌンの子ヨシュアはイスラエルの長老、長、役人を自分のもとへ呼びよせた。

ヨシュアは話すときほとんど頭をあげなかった。彼のほそい首にその頭は大きすぎるようにみえた。体は小さくて、羊飼いの杖のようにまがっていた。きいている者たちはたがいに体をよせ、頭をよこにずらさなければならなかった。

その声もうつろなささやきでしかなかった。古代のほら穴から語りかけているような声だった。エジプトのことをおぼえているのはもはや彼だけになっていた。彼だけがエジプトでの悲しみを目にしていた。

「みるがよい」と彼はささやき声で言った。「わたしたちはできるだけよい方法で、イスラエルの各部族に土地を分けた。各部族はそれぞれの領土、相続財産、畑、家、土地を得た。これですべては定まり、これからもこのようになる。主はアブラハムとサラ、イサクとリベカ、ヤコブとラケルとレアとむすばれた約束を果たされた。わが子たちよ、まわりをみなさい。わたしたちは家へもどったのだ」

陽のさんさんと降りそそぐ日だったが、ヨシュアはあいかわらず頭をあげなかった。しばらく口をとじたことで、彼がほんとうにその言葉どおりにせよと言っていることがイスラエルの長たちにわかった。まわりにある土地、彼らがつどっている場所のかたわらにある壮麗なカシの木、大地をみよ、と。

しかしヨシュアにはそれらをみることはできなかった。彼の目は日の光にくらんでいた。

「しかしあなたたちの仕事はまだ終わっていない。まだわたしたちの土地には多くのよその国がある。そのうちに主はそれらの国々をあなたがたの前からおしのけてくださる。

しかしそのときまで、あなたがたはこれらの国々とまじわり、彼らの神々の名をとなえ、それらの神々に誓い、つかえ、ひれふしてはならない。今までどおり、あなたがたの神、主に忠実についていきなさい。イスラエルよ、あなたがたの神、主を愛しなさい」

彼が話していると、しだいに多くの人々があつまってきた。小さな人の集まりがふくらんでいった。赤ん坊を抱いた母親、二人づれの若い男女、農夫、羊飼い、祭司、職工、陶工らがやってきた。

ヨシュアはエバル山とゲリジム山のあいだにある、主の前に聖別された場所、シケムにいた——小声で話す男の声が大群衆にもききとれたのは、たぶんそのためだったのだろう。人々は耳とともに魂で彼の話をきいていた。

「わたしは地上の道から去るところだ。去る前に、あなたがたの忠実な心をきかなければならない。

大むかしの先祖——アブラハムの父テラは、ユーフラテス川のむこうのほかの神々につかえた。しかし主はアブラハムをつれだしてこの地へみちびかれ、イサクをおあたえになった。そしてイサクにはヤコブを、ヤコブには十二人の息子と一人の娘をおあたえになった。そしてヤコブと子どもたちはエジプトへ行った。そして主が、あなたがたの両親をエジプトでの奴隷の生活から救いだされたのと同じ主が、あなたがたをここへみちびいてくださったのだ。神は約束を果たされた。イスラエルよ、あなたがたは空の星のようにその数をふやした。あなたがたは、神が先祖の父にあたえると誓われた子孫であり、不妊であった先祖の母の子宮に生まれた果実なのだ。その先祖からもたらされることになっていた国民が、あなたがたなのだ――そしてあなたがたは家へ帰ってきた。「心から主につかえなさい。それゆえ主をおそれなさい」と小柄なヨシュアは言った。あなたがたも神のいましめをまもりなさい。神があなたがたへの約束をまもられたように、あなたがたも神のいましめをまもりなさい。主につかえる者になりなさい、なぜなら主はあなたがたをえらばれ、また主はあなたがたの神だからだ。主を愛しなさい」

ふいにヨシュアは顔をあげた。目をひらくと、その目は日の光にうるみ、焦点をうしなっていた。ほそい声をあげると、それは空《くう》を切るワシの爪の音のようにきこえた。「しかし、もし心から神につかえる気持ちがないのなら、今日この日、あなたがたはだれにつかえるのかをきめなさい。大むかしの先祖がつかえた川むこうの神々か、それともあなたがたが住んでいるカナンの神々か。わたしとわたしの家の者は、主につかえるが」

沈黙がもどった。ヨシュアが別れの言葉を語りはじめたときと同じ、待つための沈黙だった――ヨシュアはまた彼らの顔つきもみたかった。そして彼らの言葉をもとめていた。

ヨシュアは顔をあげ、人々が何か言うのを期待した。

するとイスラエルの民はほとんど声を一つにして言った。「ほかの神々につかえるために主をすてる気持ちなどまったくありません。わたしたちの目の前で偉大なしるしをしめされたのは、わたしたちの神、主なのです。荒れ野にいるあいだ、主はわたしたちをまもってくださいました。ですからわたしたちは主につかえるのです。そのとおり。主こそわたしたちの神です」

ヨシュアは言った。「あなたがたはまた、主と同時にほかの神につかえてはならない。そして言葉だけ、感情だけで神につかえてはならない。イスラエルよ、主は聖なる神であられる。そして熱情の神であられる。もしあなたがたが主をすて異国の神々につかえるなら、主はあなたがたをしあわせにしたあとでも、ひるがえってあなたがたをほろぼされるのだ——」

「いいえ」と人々は声をあげた。その声は雷のようにとどろいた。男女の声がまじりあった響きだった。神聖な方法でイスラエルのすべての民はシケムにあつまり、民全体が呼ばわった。「そんなことはありません、わたしたちは主につかえるのです」

ヨシュアは言った。「あなたがたが主をえらんだことについて、あなたたち自身が証人となるのだ」

人々は言った。「わたしたちは証人です」

「それでは、イスラエルの神、主に、あなたがたの全霊をかたむけなさい」

人々はくりかえした。「わたしたちは、わたしたちの神、主につかえ、その声にしたがいます」

こうしてその日ヨシュアは人々と契約をむすんだ。彼はシケムの聖所にあるカシの木のもとに大きな石を建てさせて言った。「みよ、この石はあなたがたや後の世代の者のために、ここで言われたすべてのことの証拠となるのだ」

このあと主のしもべ、ヌンの子ヨシュアは死んだ。百十歳だった。彼が葬られた場所は、ガアシュ山の北、エフライム高地にあるティムナト・セラに彼が相続した自分の土地だった。

また、人々がエジプトからはこんできたヨセフの遺骨はシケムに埋葬された。ヨセフはついに、父ヤコブがハモルの息子から百ケシタで買った土地で、自分の一族といっしょになったのだ。

こうしてヨセフもまた、何世紀ものちに土地と家をあたえられ、そこに眠ることになった。

9 エフド Ehud

ⓘ

イスラエルの民がカナンを手に入れたとき、つぎのような民がカナンにのこされていた。すなわち、南西海岸、およびガザからエクロンにいたる平原、それにユダのふもとまでの内陸を支配するペリシテ人の五人の領主。孤立地帯や町々など、イスラエルのあらゆるところに住むカナン人。北西部とその海岸地域のシドン人。バアル・ヘルモン山からハマトの入り口までのレバノン山地に住むヒビ人。少数のヘト人。アモリ人、ペリジ人、エブス人だった。

時がたつにつれて、人々の記憶からモーセやヨシュアのことはうすれていった。彼らのために神が荒れ野でしめした偉大なしるしや、それがカナン侵入のときもしめされたことを人々は忘れていた。しだいにイスラエルの民は罪をおかすようになっていった。彼らは異国の娘たちを妻としてむかえた。また自分たちの娘も彼らにとつがせるようになり、そのようにして異国の者と交渉をもつ家の者たちは、異国の神々につかえるようになった。彼らはバアルとアシェラにつかえた。

穀物を植えつけるとき、種まきのために年に二度の雨期をもとめるとき、畑の豊作をねがうとき、人々は豊穣《ほうじょう》をつかさどる雄牛の形をした雲にのる嵐の神、バアルに祈願した。バアルをなだめるカナン人のやり方はこうだった。彼らは種と雨と土のうつわであるバアルの妻にみたてた娼婦と寝た。そして彼らは自分たちが嵐の神にしてもらいたいことを、バアルのためにしたのだ。それは同類のものをつかって願いをかなえるための儀式だった。イスラエルの民がこの儀式をまねたため、主の怒りは燃えあがった。神は自分の民にたいして敵が立ち上がるのをゆるした。

＊

そのころモアブ人の王エグロンは、その近隣の土地を制圧していた。彼はアンモン人と同盟をむすび、アマレク人の戦士によって軍隊を増強した。そしてイスラエルの領土を侵略した。彼はヨルダン川をこえ、むかしのエリコに近いナツメヤシの町を占領した。

十八年間にわたってエグロン王はイスラエルを抑圧し、土地の産物を毎年彼におさめるよう要求した。そしてその最後の六年間にエグロン王は肥満するようになっていた。毎年イスラエルの民は貢《みつ》ぎ物をおさめて帰るたびに、王の肥満がさらにひどくなったようすを伝えた。王は自分の家の庭からそとへはほとんど出ないということだった。

イスラエルの人々は言った。「あの王はわたしたちの汗を飲んでいる。わたしたちの骨から肉をしゃぶって肥え太っているあいだに、わたしたちはここで飢えに苦しんでいるのだ。ああ、主なる神よ、エグロンの手からわたしたちをお救いください」

イスラエルの民は涙を流して祈り、主の前に悔い改めた。そこで主はベニヤミン族、ゲラの子エフドを救済者として立てた。

モアブ人に占領されてから十八年め、人々はエグロン王へ貢ぎ物をおさめる者としてエフドをえらんだ。主の霊がエフドにくだったので、エフドはみずから自分の腕と同じ長さの両刃の剣をつくった。また丈夫な布でさやを縫い、衣服の下の右腿につけた。彼は左ききだったからだ。

そして七十人をひきいて西にむかった。めいめいがつれていたロバには、羊毛、ブドウ酒、イチジク、とれたてのブドウ、袋につめた大麦がつまれていた。大きな富をはこぶ一団だった。彼らはヨルダン川の水位が低いときをみはからって浅瀬をわたり、護衛もなしに南西への旅をつづけた。すべての土地はエグロンのものだったので、彼らをおそう者はいなかった。

低い石づくりの家のひろく深い腰掛けにすわって、王は貢ぎ物をうけとった。立ち上がることはなかった。目の前にひかえるイスラエルの民にもほとんど気づいていなかった。

しもべたちにロバから荷物をおろさせると、何の式典もなしに使者たちをロバとともに返した。

王はほんとうに太った男だった。ひらいた両ひざの上には、肉がエプロンのようにたれていた。

イスラエルの民たちがふたたびヨルダン川をわたろうとしたとき、エフドはきびすをかえして一人でモアブへむかっていった。

エフドはふたたびエグロン王の家をたずねて言った。「イスラエルの忠義に関し、内密に王のお耳に入れたいことがあって、もどってまいりました」

暴君はいつでも裏切り者を歓迎する。そこで、衛兵はエフドの衣の左側を武器がないかしらべてから、彼を石の階段から、王の家の屋上につくられた涼しい部屋へとつれていった。その部屋のなかで、エグロンは穴をあけて下に便器をすえた木の板にすわっていた。あきらかに王はこの部屋で多くの時間をすごしているようだった。部屋のまわりは廷臣、助言者、しもべ、料理人らがとりかこんでいた。

「それで」と王は言った。

エフドは言った。「王よ、これは内密の伝言でございます」

エグロンはまわりにいる者たちに「しずかに」と言い、エフドだけを小さな部屋に招き入れた。

エフドは部屋に入り、扉をしめた。

「これは生死にかかわる問題でございます」とエフドは言い、特使が外交文書をおさめておく衣の右側に手をのばした。

エグロン王は右手をあげて文書をうけとろうとした。

そのときエフドは「神からの伝言です」と言い、左手で両刃の剣をぬいて、王の腹に突き刺した。刃につづいてつかまでが腹に入りこむと肉がそれをとじこめ、エフドは剣をぬきとることができなくなった。エグロンからは汚物が流れだし、すさまじいにおいが部屋をみたした。

エフドは小さな部屋から出て扉をしめた。

「王はとてもおいそがしいところです」と彼は侍従に言い、去っていった。

エグロンの侍従は空気のにおいをかぎ、王がどのようにいそがしいかを察した。彼らは礼儀正しく王が用をすませるのを待った。彼らは夕方まで待った。心配になるまで待ちつづけ——恥じ入りながら部屋の扉をあけると、王は床の上で死んでいた。

彼らが手間どっているあいだにエフドは全速力でヨルダン川まで走り、浅瀬をわたってセイラについた。そこからエフライムの山地をすすみながら、戦いをつげる雄羊の角笛を鳴らし、エグロン王の死を知らせた。エフドは指揮者をうしなった圧政国の軍を討つため、イスラエルの兵士をあつめた。

「ついてきなさい」と、主の霊にみたされたエフドは呼びかけた。「あなたがたの敵であるモアブ人を、神はあなたがたの手にわたされたのだ」

イスラエルの兵士たちはエフドとともに進軍し、ヨルダン川の浅瀬をうばい、占領していたモアブ人の逃げ道を断った。そして自分たちを支配していた軍勢にむかってゆき、彼らを壊滅させた。

こうしてその日、モアブはイスラエルの手におちた。そしてそれからの八十年間、国には平和がつづいた。

10
デボラ
Deborah

そのうち、イスラエルの民はふたたび主の目に悪とされることをおこなうようになり、彼らにたいして主の怒りは燃えあがった。

ハツォルを支配するカナン人の王ヤビンは強大になり、イスラエルの北の部族を制圧した。彼はハロシェト・ハゴイムに住む将軍シセラに軍の指揮をまかせた――その九百両の鉄製戦車は、青銅の剣をもつだけのイスラエルの歩兵をおどろかせ――王ヤビンと将軍シセラの二人にイスラエルは二十年間おさえつけられていた。

ヤビンとシセラが支配していたイズレエル谷とも呼ばれるエスドラエロン平野は、キションル川によってうるおされ、海から東のタボル山までひろがり、イスラエルの部族を大きく二つに分けていた。

ヤビンとシセラをおそれて、隊商はイスラエルの街道をさけてとおった。そのため交易はとだえ、イスラエルは貧しくなった。

旅行者は攻撃や略奪を警戒し、まがりくねった道や裏道をつかった。

農夫が消えることさえあった。彼らは格好の標的になったからだ。ゆたかな平野でありながら、そこには収穫もなかった。荒れはて、みすてられた土地のようなありさまだった。


イスラエルの人々はまた以前のように悔い改めた。彼らは声をあげて主に助けをもとめた。

そこで主は彼らに救済者を立てた。口から火のように言葉を発する女、ラピドトの妻デボラだった。

主の霊が彼女にくだったため、デボラは契約の法に通じるようになった。彼女はラマの町とベテルの町のあいだにあるナツメヤシの下にすわり、人々の個人的な争いごとを解決した。彼女はイスラエルの民の母として人々を裁いた。彼女の名はどの部族でもきかれた。デボラは人々の称賛をうけていた。

そして神の霊により、彼女は預言もおこなうようになった。

南はエフライム近くに住むベニヤミン族から、北のイサカル、ゼブルン、ナフタリ族のところまで、デボラはイスラエル全土に知らせをおくった。


立ち上がれ、立ち上がれ。

農夫さえも戦闘を開始せよ
主がシナイより来られるから。

主の来られるそのとき、
天が裂け、ふるえるのをみよ
主の前に大地がゆれ、山々がとどろくのを。

バラクよ、立ち上がれ
稲妻の人よ、やって来て捕虜をとれ
神の民が強い者を支配するときがきたから、来たれ。

こうしてデボラはナフタリのケデシュから、アビノアムの子バラクを自分のもとに呼びよせた。
バラクがデボラの前に立つと、彼女は衣の頭巾をとり、頭をみせて彼とむかいあった。デボラの髪は鉄のような灰色で、きわめて長く、切られていなかった——主の前に誓いをたて、それが成就するまでは髪を切らないというしるしだった。
彼女には絶対の確信があった。このイスラエルの母の目は、まっすぐバラクにむけられていた。

彼女は言った。「タボル山の森林の斜面に一万人の男たちをあつめるよう主が命じておられます。主みずからが将軍シセラをキション川の谷にひきよせられますから、あなたはそこで戦車と戦うのです。神はカナン人の軍勢をあなたの手にわたされます。さあ行きなさい」

これらの言葉を言いおわるとデボラはバラクからはなれ、またヤシの木の下にすわった。しかし頭巾をあげて頭をおおい、目をあげると、まだバラクが同じところに立って彼女をみつめていた。

「どうしたのです」彼女は言った。

バラクは唇をゆがめ、目をおとした。

「シセラの戦車隊には九百両の戦車があるのだ」

「そうです」

「それも鉄でつくられている。それぞれが前に一頭、うしろに二頭つけた馬でひかれるのだ」

「そうです」

「わたしたちの軍は徒歩だ。盾や槍も、イスラエルにはほとんどない」

「わかっています」

Deborah

「それでは」バラクは自分の指先をみながら言った。「デボラ、あなたがいっしょに行ってくれるならわたしは行く。だがいっしょに行ってくれないのならわたしは行かない」

デボラは頭巾をうしろにおろした。彼女は長い髪を太い綱に編み、それを頭のまわりに巻いた。そのあいだじゅうまっすぐバラクをみつめていた。

「わたしはあなたとともに行きましょう」彼女は言った。「しかしバラクよ、このいくさはあなたの栄誉にはならず、またどの男の栄誉にもならないでしょう」

そして彼女はこう預言した。

ヤエルをたたえよ。
女たちのなかの、ヤエルをたたえよ
天幕に住む女のうち、ヤエルをたたえよ
左手に天幕の杭《くい》をにぎり
右手には職人の槌《つち》をもち
かがやく目をむけるさきは
戦車隊長のこめかみの静脈――

それは九百両の戦車を動かす男
鉄で武装した重い
戦車を。

バラクとデボラは北のケデシュへ行き、そこで農夫、長老、羊飼い、ブドウを栽培する者、少年らをあつめた――それがイスラエルの軍勢だった。兵をあつめていることは秘密にしなかった。彼らは戦いをつげる雄羊の角笛を吹き鳴らした。そして南へ十六キロのタボル山へとさわがしい一団をひきつれていった。

そのようすはすべてシセラの斥候《せっこう》がみており、アビノアムの息子バラクは一万人の戦士をタボル山の南側斜面の森林に配置したと報告した。イスラエルの軍勢はしばらくは森林にかくれていられるだろうが、ほとんど武装しておらず、攻撃をうければひとたまりもないだろうと。

将軍シセラは時間をむだにしなかった。海岸近くのハロシェト・ハゴイムから戦車と軍勢を呼びよせると、その大軍はすみやかにキション川にそってエスドラエロン平野をすすみ、タボル山をめざした。

デボラは山にそそり立つ岩にすわっていた。彼女は石のような目をして、シセラの軍が砂煙をあげて前進してくるのをみていた。「待ちなさい」と彼女はバラクにつぶやいた。「待って、待って、待つのです――」

とつぜん冷たい疾風がまきおこった。風はデボラの衣を吹き上げ、山を西へ引き裂いた。そして黒雲が川、谷、砂煙、軍勢、山全体をかげらせた。

「みなさい」デボラは天を指さしながら言った。「あそこに主がおられるのを」そして声をかぎりにさけんだ。「今こそ立ちなさい、バラクよ、敵を討つのです。主はあなたの前を行かれる。出陣しなさい」

バラクは一万人を隠れ場所からひきいて平野へおりていった。彼らは突進してくる戦車隊へまっすぐむかっていった。

同時に主なる神は天地をふるわせて攻撃した。

星々は天から地に槍をなげ
その軌道から戦車と戦った――
黒雲があらわれ
稲妻が落ち
矢のように降る雨は
地面を引き裂き――

すると川が立ち上がった。

川は雄牛のように立ち上がって

戦士たちを角で突き

戦車をふみつけ

メギドへ追い返した。

豪雨と、すべての戦車に容赦なく降りかかる泥のなかを、バラクと兵士たちはカナン人を西へと追い、メギドをすぎて、海に近いシセラの町ハロシェトにいたった。

しかし殺された者のなかに将軍シセラはいなかった。

彼は戦車からとびおりて、ヤビン王の町ハツォルへと、まっすぐ北へ走っていったのだ。しかし不吉な雨とはげしい風をついて走るうち、彼の疲労はましていった。そのとき天幕が目に入り、それがヤビン王と和解したカイン人ヘベルの宿営であることがわかったので、シセラはわきにそれて避難できる場所はないかとあたりをさがした。宿営には女たちしかみあたらなかった。彼はそれに安堵した。

シセラはヘベルの妻に、イスラエル軍が彼の軍隊を敗走させ、すぐにも彼をみつけにくるだろうと話すと、彼女は自分の天幕に彼を招いてくれた。

「心配しないでください」と彼女は言った。親切でなぐさめをあたえてくれるような物腰だった。

「バラクがわたしをさがしにきたらどうするのだ」シセラは言った。

女は一瞬考えた。天幕の内部をみまわし、それから言った。「ここに寝てください。あなたを敷物でおおい、バラクにはわたし一人きりだと言いますから」

シセラは安心した。「水を飲ませてもらえないか」

女はにっこりして首をふった。「いいえ、水よりいいものがあります、乳を飲んで力をつけてください」

彼女は乳の入った皮袋をあけ、シセラは満足するまでそれを飲んだ。それから彼はよこになり、彼女はあたらしい敷物で彼をすっぽりとおおった。敷物は家庭的な、親しげなにおいがした。すぐに彼は眠りにおちていった。

そしてデボラはこううたった。

ほむべき女は

カイン人の妻ヤエル
天幕に住む女のうち
ヤエルをたたえよ

敵がおおいをもとめたとき
彼女は敷物をあたえた
シセラが水をもとめたとき
彼女は乳をあたえた
彼女は王の鉢に凝乳を入れ
彼にさしだした
そして安心させて寝かせると
彼は眠りにおちた。
ヤエルは彼のよこにひざをつき
そのこめかみに杭をあてた。
ヤエルは槌《つち》をふりあげ

敷物は花をさかせた
真紅のまるい血の花を。

女は窓辺からのぞいていた。

シセラの母は格子のあいだから声をかけた。

「どうして息子は手間どっているのか。息子の戦車はどこに行ったのか。

たぶんイスラエルからの戦利品を分けているのだろう。

紫にそめた上着、刺繍《ししゅう》をほどこした上着を。

きっと息子が袖をとおす上着があるのだろう……」


こうしてその日、ヤビンとシセラは征服された。イスラエルの民からくびきははずされた。

そしてデボラは、エフライム山地の、ラマとベテルのあいだにあるナツメヤシの木の下にもどっていった。彼女は頭をおおい、ふたたび人々の争いを裁くようになった。

そして国の平和は四十年間つづいた。

11 ギデオン Gideon

イスラエルの人々は神の目に悪とされることをおこなった。

マナセ族のヨアシュという農夫はバアルのための祭壇をきずいた。彼はタボル山から南西へ三十キロほどのところに住んでいた。祭壇のわきに高い柱を立て、そこに豊満な豊穣の女神アシェラの像をきざんだ。ヨアシュはまだ主の名を呼んでいた。しかし種まき時になると念のためにバアルとアシェラにも願いをたてた。彼の一族、アビエゼルの者たちもほとんどそうだった。イスラエルの多くの者も同様だった。

すると異教の儀式によって植えつけた畑が実って収穫の時期をむかえたとき、塩の海の東から荒くれた砂漠の民がおしよせた。ミディアン人だった。彼らはイスラエルの民を恐怖におとしいれた。彼らは風のように走る駿足の怪物にのって、夜明けとともにあらわれると、刈りとったばかりの穀物をうばい、刈りとりのすまない作物をふみつけて畑を焼き、みたこともないけものの背中から農夫を殺し、たそがれの前に去っていった。

ラクダだ——ミディアン人はラクダにのっていた。彼らはラクダから下へ手をのばし、こん棒でイスラエルの人々の頭を打っていたのだ。彼らは一日に九十キロ以上をすすむことができた。そして莫大な産品を三百キロかなたへはこびさることができた。その距離が、これまではイスラエルをまもっていた。しかしミディアン人はラクダにのることをおぼえていた。

つぎの年も収穫期になると彼らはやってきた。そのときは家畜も殺し、一匹の羊も一頭の雄牛ものこさなかった。

つぎにミディアン人は天幕とともにやってきた。イナゴのように数えることもできないほどの数でヨルダン川の岸にむらがり、草地で家畜をやしない、イスラエルの人々の多くは追われて山のほら穴や砦に逃げこんだ。

こうして七年がすぎた。

そしてイスラエルの人々は主に助けをもとめた。

ある夜、暗闇にまぎれ何者かが、アビエゼルのヨアシュがバアルのためにきずいた祭壇を破壊した。朝になって、人々は古い石が散らばっているのをみつけた。しかもあたらしい石でちがう祭壇がきずかれ——その上には、すでにヨアシュの雄牛がいけにえとしてささげられていた。また、いけにえを焼くのにつかったまきは、アシェラ像を彫った柱だった。アシェラの顔は灰になっていた。

「だれがこんなことをしたのか」と人々は話しあった。

ヨアシュの息子の一人、ギデオンは胸までの深さがある四角い石の大おけのなかで、小麦を脱穀していた。

大きな石のおけは父がブドウをしぼるためのものだった。平和だったころは、そこではかの男たちと大声でたのしい歌をうたいながらブドウをふみつぶしたものだった。すると甘いブドウの果汁はみぞをつたって下にある冷たいおけへと流れていった。平和だったころは、穀物の脱穀も高台のひろい地面をつかい、雄牛や子どもたちの手をかりながらやっていた。雄牛は脱穀用のそりをひき、子どもたちはそりの重しになり、殻と、かたく太った穀粒を分けるためにギデオンがそりで穀物のくきの上をぐるぐるまわると、子どもたちは大はしゃぎしたものだった。

しかし今、彼らは困難なときをむかえていた。ミディアン人はいつおしよせてくるともしれなかった。ギデオンは身をかくしていたのだ。彼はむかしながらのやり方で、穀物のくきを棒と殻ざおでたたき、石おけのふちより身を低くするようにかがみ、だれにもみつからないことをねがっていた。

とつぜん声がしたので、彼は床にたおれこんだ。

力づよい音楽のような美しい響きの声だった。ブドウしぼりおけのそばにある、カシの木のあたりから声はした。その声は言った。「主はあなたとともにおられる、たくましい勇士よ」

たくましい勇士。ギデオンは、それがだれかほかの者にむけられた言葉であることをねがった。だがそれは自分のことかもしれなかった。彼はゆっくりとひざをつき、おけのふちから目をこらした。汗ばんだ胸もとに、もみ殻がはりついていた。

そうだ、自分のことにちがいなかった。

カシの木の下には王のような風貌の男がすわっていた。彼はギデオンをまっすぐにみかえしていた。ほほえみ、満足げだった。

目だけを出して石おけの陰に身をかくしたギデオンは言った。「あなたは何を言っているのですか」

「行きなさい」りっぱな人物はうたうようにギデオンに言った。ほかに人影はなかった。「あなたはその雄々しさをもって行き、ミディアン人の手からイスラエルを解放するのだ」

ギデオンはその男や、そのばかげた言葉について考えた。

とつぜん彼は立ち上がってさけんだ。「わたしにそんなことができると、だれかがあなたに言ったのですか。とんでもありません。わたしは父に面目をうしなわせるような者ではありません。それにわたしは何者でもありません。無《な》きにひとしい者です。ごらんください、このギデオンを。もっとも弱小な部族のなかの、もっとも小さい氏族の者です」

「あなたをつかわすのはわたしではないか」ほほえむ人物は言った。彼の声は山の水のような力をもっていた。「わたしはあなたとともにいる」

「わたしはあの祭壇をにくんでいたのです」ギデオンは男にうったえかけるように言った。

「アシェラの顔がこわいのです」

「わたしはあなたとともにいる」声は流れつづけた。「そしてあなたは一人の男をたおすようにミディアン人を打ちたおすのだ」

ギデオンは自分の思いをおさえて口をとじた。

二人の男はしばらくみつめあった。

それからギデオンは言った。「何か食べるものをもってきましょう。わたしがここをはなれているあいだ、どこへも行かないでください」

男は言った。「あなたがもどってくるまでここにいよう」

そこでギデオンは家へもどり、子ヤギとパン種を入れないパンを用意した。肉をかごに、スープをなべに入れ、それらをカシの木の下にすわっている男のところへもっていった。

男は言った。「肉とパンをじかにこの岩の上におきなさい」

ギデオンはそのとおりにした。

「そしてスープをその上にかけなさい」

ギデオンはそれにしたがった。

男は杖の先で食べ物にふれた。するとすぐに岩から火がふきだして肉とパンを焼きつくし、男は消えた。

「ああ」ギデオンは声をあげた。「ああ、主なる神よ。わたしは主の使いと、じかに顔をあわせてしまいました――」

しかしいくつもの大滝のような主の声が言った。〝安心しなさい、ギデオンよ。あなたは死なないから。あなたは行くのだ。ミディアン人やアマレク人や東方の民がいっしょにやってきて、ヨルダン川をわたったのではないか。そうだ、そして今ではイズレエル谷で野営している〟

その夜ギデオンは家へもどらなかった。たった一人で父のブドウしぼりおけのふちにすわり、石の床においた刈ったばかりの羊毛をじっとみていた。

ギデオンは祈った。「もしあなたがわたしの手によってイスラエルを救いだされるのでしたら、どうぞわたしにしるしをおしめしください。朝までにこの羊毛をぬらし、しかもまわりの床が乾いているようにしてください」

そしてそのとおりになった。日がのぼってギデオンが羊毛をしぼると、そのしずくは鉢いっぱいになった。しかし午前中、彼はその鉢をじっとみつめていた。そして午後になっても羊毛がまだぬれていたので、羊毛はもともと石より長く水分をたもつのではないかと考えた。

Gideon

そこで夜になると、また羊毛を同じ場所にもどした。

「どうかお怒りにならないでください」ギデオンは祈った。「もう一度だけ試させてください。今度は主よ、羊毛を乾かし、まわりの床は露でぬれているようにしてください」

二晩め、ギデオンは羊毛をみて夜どおし起きていた。そして朝になると羊毛は乾いていた。まわりの床はすべて露でぬれていた。


主の霊はヨアシュの子ギデオンにくだった。主の霊は、体が衣服をみたすように彼をみたした。そしてギデオンが戦いの角笛を鳴らすと、アビエゼルの氏族は立ち上がって、戦いの準備をはじめた。

ギデオンはまた、マナセ、アシェル、ゼブルン、ナフタリの各部族に使者をおくった。彼にしたがうため、それら四部族から男たちは天幕と武器をもってやってきた。

ギデオンはその軍をひきいて、ハロドの泉まですすんだ。そこはミディアン人が谷で野営している丘陵地の南にあたった。

同じ日に主はギデオンに語りかけた。

〝あなたのつれている人々は多すぎる。イスラエルが勝利を誇るようになるといけないから、おそれている者には家へ帰ってもよいと言いなさい〟

ギデオンが主の言葉にしたがうと、二万二千人の男が家へ帰っていった。のこった者は一万人になった。

主はふたたび言った。〝これでもまだ多すぎる。彼らは自分たちがみずからの手でイスラエルを救ったと思ってしまうだろう。だからあなたの軍を川へつれてゆき、水を飲むように命じなさい〟

ギデオンがそのとおりにすると、まだ男たちが水を飲んでいるときに主は言った。〝両手を水に入れ、すくって飲む者を数え、彼らをのこしておきなさい。ひざをついて犬のように水をなめている者たちは家へかえしなさい〟

ひざまずいて水を飲んだ者は九千七百人におよんだ。のこったのはわずか三百人だった。ギデオンはブドウしぼりのおけにもどったような気持ちになり、自分がたよりない、卑小な者に思えて、おそろしくなった。

しかし主は言った。〝三百人をもって、わたしはミディアン人をあなたの手にわたそう。それ以外の者には、暗くなる前に、かめと角笛をおいて去るように言いなさい〟

その夜ギデオンは、ミディアン人が野営している谷をみわたせる尾根へ、小さな軍をひきいていった。ミディアン人のたく赤い火は、星が天をみたすように闇をみたしていた。そして夜うごめく昆虫のような、あるいはハチが巣にむらがっているような物音をつねにさせていた。

主は言った。〝起きよ、たくましき勇士よ、野営を撃て〟

ギデオンは言った。「主よ、夜なのです。暗闇のなかで戦う者はいません」

主は言った。〝わたしは敵をあなたの手にわたしたのだ〟

「主よ。主なる神よ、あなたはこのミディアン人の大集団の前に、わたしたちをまったく無力なものにしてしまわれたのです。それにわたしはたくましい者ではありません。わたしはいつもおそれているのです」

〝それではふつうの者よ〟と主は言った。するとギデオンはまぼろしのなかで、小さな大麦パンが丘の斜面をころがりおちてミディアン人の野営にむかってゆくのをみた。パンは天幕にむかってころがってゆき、そこにいきおいよくぶつかった――はげしくたたかれた天幕は逆さまになり、地面におしつぶされた。

〝ギデオンよ、あなたはあの大麦パンなのだ。わたしにしたがい、行きなさい〟

そこでギデオンは暗闇のなかで兵士たちにそれぞれ雄羊の角笛、空《から》のかめ、松明《たいまつ》をあたえた。彼らがまだ近くにいるうちにギデオンは小さな声で彼らに命令した。「わたしが何をしても、そのまねをしなさい。わたしが笛を吹いたら、自分が立っているその場所で笛を吹きなさい。そしてかめを割り、松明をつけ、『主とギデオンのために剣を』とさけぶのだ」

ギデオンは三百人の男たちを三つの隊に分け、谷の北、西、南へおくり、ミディアン人をかこむ丘に目にみえないほそい輪をつくった。

ミディアン人の天幕では十三万五千人の戦士が、その圧倒的な兵力に安心しきって眠っていた。広い野営地じゅうに間隔をおいて一万のかがり火がたかれていた。ラクダは餌をあたえやすいように、いくつもの大きな群れに分けられていた――十万頭が五千の囲いに入れられていた。野営地の周囲はぐるりと見張りがとりかこみ、何かが起こることなど予期もせずに闇をみつめていた。

そして夜中の見張りが立とうとしたとき、野営地の西で一本の角笛がむせぶように鳴り、野生のけものが獲物に食らいつくときのような、いらついた音をひびかせた。

ミディアン人の見張りたちはふりかえった。〔いったいだれが暗闇をうろついて、雄羊の笛を鳴らしているのか〕

するとすぐにほかの角笛も最初の笛に合わせて鳴った。音は火のように丘の左右にはしり、はげしく、けたたましく、たけだけしく鳴りひびいた。〔いったいだれが夜中に戦おうというのか〕裸のミディアン人たちは天幕のそとへ出てきた。〔だれが真っ暗闇のなかで危険をおかそうというのか。まったくばかげている〕

とつぜん野営地のまわりの丘から、何かがくだけ、割れる大音響がひびいた。「何だ。何だ」とミディアン人たちはさけび、剣や槍をつかんだ。〔どんな軍勢が斜面から攻撃してくるというのだ〕

するとー高いところで松明がたかれ、火の輪がミディアン人たちをとりかこみ、「主とギデオンのために剣を」と人々の声がとどろいた。これでミディアンのすべての戦士は目をさまし、口々にさけんだ。「敵はわれわれを分断した。敵の後衛さえ丘からおしよせてくる。戦え。戦え。戦いぬけ」

しかしミディアン人が殺したのは自分たちの兄弟だった。夜襲におびえ、まわりがみえず、潜入者をおそれた彼らは近よってくる者をだれかれかまわず殺した。同士討ちだった。ギデオンは斜面から大音声《だいおんじょう》をあげ、それからミディアン人がたがいをほろぼし、残りがわずか一万五千人になるまでながめていた。

その一万五千人を、彼は追撃した。

つぎの日、ギデオンは敵を彼らの町であるカルコルまで追っていった。そこまで行けばもう安全だと彼らは考えた。あわれな軍隊はたおれこみ、休息しはじめた——そのときギデオンがとつじょあらわれると、ミディアンの兵士たちはここでも悲鳴をあげて混乱したので、ギデオンはみずからの剣の刃で彼らをおそった。

その町でギデオンは二人のミディアン人の王、ゼバとツァルムナをとらえた。彼らを縛って家へつれて帰り、自分の前にある四角い石のブドウおけに入れた。

「もしおまえたちがわたしの親族を殺さなければ、今おまえたちを殺すこともなかっただろう。しかしおまえたちがイスラエルの民を殺そうと決意した日、おまえたちはみずからの死も定めたのだ。イエテル」ギデオンは呼びかけた。「イエテル、ここへ来なさい」

ほっそりした美しい若者が、厳粛でおびえた面持ちで前へすすみでた。

ギデオンはゼバとツァルムナに、「これはわたしの長男だ」と言った。そして若者にむかい、「この男たちのことはおまえの仕事だ。彼らを殺すのだ」と言った。

若いイエテルはゆっくりとミディアン人の王たちのほうへ歩みよった。右手でつかをにぎって剣をぬいた。彼の腕はほそかった。その腕はおさえようもなくふるえていた。厳粛な面持ちのままだったが、大きな目にはみるみる涙がうかんだ。ふるえる剣を頭上にかまえ——そこで彼は止まってしまった。

「ご主人よ」とゼバは声をかけた。彼もまた心を痛めていた。「わたしたちは王です。あなたはすでにわたしたちをブドウおけに入れていやしめている。それなのにわたしたちを、ひげもはえていない少年の手にかけるとは——」

あわれなイエテルは悲しげにそれに同意して父に目をむけた。

ゼバは言った。「あなた自身が立って、わたしたちを討てばいい——あなたは勇気ある者なのだから」

おそろしいうなり声とともにギデオンは石おけにとびこみ、剣のふた振りでゼバとツァルムナを殺し、それですべてが終わった。

しかしギデオンは自分が力にみちていたときの形見として、ミディアン人の王のラクダが首からさげていた三日月形の飾り物をとっておいた。

イスラエルの男たちはギデオンに言った。「あなたにわたしたちを治める者になってほしい、あなたの息子や孫にも。あなたはわたしたちをミディアン人の手から救ってくれたのだから。わたしたちのあとの世代まで、平和がつづくようにしようではありませんか」

ギデオンは彼らに言った。「わたしはあなたたちを治めたりしない。息子もあなたたちを治めない。主だけがあなたたちを治めるのだから」

こうしてミディアン人は鎮圧された。その王も民もイスラエルを害することはなくなった。ギデオンの存命中、国はずっと平和だった。四十年、一世代のあいだのことだった。

12 エフタ

Jephthah

ⓘ

ギデオンのあとイスラエルを救う者として、イサカル族の男プアの子トラが立った。彼はエフライム山地のシャミルに住んでいた。彼は二十三年間イスラエルを裁き、死ぬと、シャミルの地に葬られた。

トラのあと、ギレアドの者ヤイルが立ち、イスラエルを二十二年間裁いた。彼は三十頭のロバにのる三十人の息子をもち、ギレアドの地にある三十の町を治め、裕福な男として人々に記憶された。ヤイルは死ぬとカモンに埋葬された。

ふたたびイスラエルの人々は神の目に悪とされることをおこなった。彼らが同じことをくりかえすのは、車輪がまわるのに似ていた。主を知り、主にしたがう世代がすぎていくと、つぎの世代は主を忘れてほかの神の風変わりな力をもとめ、そのようなことが何度もくりかえされた。

車輪がまわれば当然、イスラエルはあらたな敵の手によって苦しめられた。敵は力を集結して彼らを攻撃し、悩ませ、征服し、彼らの土地の所有がいかにもろいものかを思い知らせた。

そしてイスラエルの民は自分たちの神、主を思い出し、救済をもとめてさけんだ。このようにして車輪は三度まわった。主はおどろくべき慈悲深さをもっていた。四度めもいつものように車輪をまわし、一回転させて人々をふたたび平和とやすらぎのなかにつれもどした。主なる神はイスラエルの悲惨さに憤慨したからだ。彼らの祈りにこたえて、主はくりかえし何者かに霊をおくり、自分の民イスラエルのための救済者として立てた。

ⅱ

やがてヤイルが死に、イスラエルの地が一世代より長いあいだ落ちついたあと、イスラエルの人々は主の目に悪とされることをおこなった。

彼らの弱さを知ったアンモン人は、はるかむかし彼らの偉大な王オグがイスラエルのモーセにたおされたときにうしなった土地をとりもどそうと、機会をうかがっていた。彼らは大軍を起こしてヨルダン川の東、ギレアドに入り、そこに野営してイスラエルを攻撃する準備をしていた。

ギレアドにいるイスラエルの長老たちはミツパにあつまったが、彼らのなかには軍をひきいることができるようなきわだった者はいなかった。

「どの男がアンモン人と戦えるだろうか」と彼らは言った。「今はその男にわれわれの指揮をとらせ、そのあとでギレアドの全住民の長になってもらおう」

そしてここにエフタという強い戦士がいた。彼はギレアド南東の地域で、荒くれ者たちの一団といっしょに住んでいた。彼の父は裕福で名のある男だったが、母は娼婦だった。そのため父の嫡出《ちゃくしゅつ》の子らに追い出されたエフタは、自由な男、騎手、襲撃者、富をもとめる兵士として名をはせるようになった。

ギレアドの長老たちはエフタに援助をもとめて言った。「わたしたちのところへ来て、統率者になってください。わたしたちのためにアンモン人と戦ってください」

そのときエフタは自分の生活を気に入っていた。ラモト・ギレアドの東、トブには家をもっていた。娘が一人いて、娘はエフタを愛しており、彼が家を建てたのはそもそもその娘のためだった。

その彼に、長老たちはギレアドの全氏族を生涯にわたって統率する話をもちかけた。

夕方、エフタは娘の部屋へ行って彼女のそばにすわった。「わたしをにくんだ者たちが、わたしの前に身を低くしている。非嫡出子としてわたしを追放した者たちがわたしに士師《しし》になってくれとたのんでいる。それをどうしてことわることができるだろう」

父と娘は薄暗い光のなかでしばらくすわっていた。娘はほっそりした指をもつ美しいおとめだった。

「ことわることはできませんね」と娘は言った。

「しかしそうなれば、わたしは長いあいだ留守にしなければならない」

娘は彼の額に口づけして言った。「行ってください」

朝になって、彼と手下の者たちは馬にのり、大きなよろこびに歓声をあげながらミッパへむかった。イスラエルの全部族の神である主が手をさしのべ、彼を低い地位からこの高い地位にひきあげてくれたことに、エフタは何の疑いもいだいていなかった。

実際、主の霊はエフタにくだり、彼はギレアド、マナセ、イスラエルから兵をあつめた。そしてアンモン人との戦いに出陣しようというとき、彼は主に誓いをたてた。

「主よ、あなたにさいわいがありますように。もしこの戦いに勝たせてくださるなら、帰ってきてわたしが最初に目にしたよきものをあなたにささげます。わたしはそれを焼いてあなたへのささげものといたします」

たけだけしい男たちはそのようなとほうもない期待がおかしくて笑い、それからはイスラエルの戦士のうち臆病な者は一人もいなくなった。エフタは雷のような雄叫《おたけ》びをあげ、戦士らをひきつれていくさにむかった。

彼はアンモン人の土地へわたって彼らを討ち、主はエフタの手にアンモン人をわたした。

彼はアロエルからミニト近くまでの二十の町、そしてはるかアベル・ケラミムまでのアンモン人を討ち、彼らを大量に殺した。
そしてギレアド人エフタは家へ帰った。するとみよ、彼の娘はタンバリンをもち、おどりながら彼を出迎えたのだ。彼女はエフタのたった一人の子どもだった。

ⅲ

――おとめの話

（七日前）

今日、月のものがはじまりました。女の道がおとずれたのです。これまで何週間ものあいだ、それが来ることを忘れていました。しかし時がわたしの体を変えることはなかったのです。もちろんそれはやってくるのです。
ミルカ、時間がわたしの定めを変えてくれたかしら。自分の身をきよめるために、また八日間に二羽の山バトを犠牲にしなければならないのかしら。
でもわたしに八日めは来ない。

（六日前）

国を治めるための法は石にきざまれます。

偉大な血塗られたいくさの物語は、大理石の塔を建ててそこに書かれます。いくさに勝った王たちは、その勝利を人々の記憶にとどめようとします。

契約は朽ちることのない粘土に焼きこまれます。

裕福な者の取引さえ、板にきざまれ保存されます。

永遠の神よ、このことも石にきざまれますように。このこともまた、人が死ぬまで戦ったいくさと同じように意義のあることなのですから。エフタの娘が父の語った言葉のために泣いたこと。父の言葉が娘の子宮を永遠にとざしてしまったこと。

子どもに母と呼ばれることのないエフタの娘が、山のなかで泣きさけぶこと。

どうぞこのことを石にきざみ、のこしてください。すべてのいくさの終わりに、エフタの娘はおとめのまま死ぬことを。

（五日前）

しかしどうして娘に父のことが責められるでしょう。

たしかに、人には誓いをたてる必要などありません。だれも人にしいることはできません。

それでも自分から、しかも主の前で誓いをたててしまったら、それはまもられなければなりません。誓いがたてられてしまったら、もうどうすることもできないのです。それにしたがい、実行するほかありません。そうでなければ契約に何の意味があるでしょう。しかし世界はいつも人より大きく、人の知識や、知る力をこえています。そして誓いは人を世界に縛りつけるのです。自分には止めることのできない車輪を回転させてしまうのです。

誓いのもたらすものの大きさを忘れた者は――自分のたてた誓いが見知らぬ顔と破滅的な結末をもってもどってきたときに苦しむのです。

それなのに、どうして娘が父を責めることができるでしょう。父もまた娘と同じように悲しんでいるのです。

ああ、父は無知だったのです。父は知らなかったのです。

（四日前）

父はわたしを愛しています。わたしを愛してくれるのです。父はいつもわたしを愛していました。

父はわたしのためにきれいな家を建ててくれました。

わたしが歩いたとおりの場所に石の土台をきずき、そこに家を建てたのです。そしてほかのイスラエルの家と同じように建ててくれとわたしがたのむと、そのとおりにしてくれました。

父は「どこに建てようか」とたずねました。

わたしは、「丘がいいわ」と言いました。

そして粘土を焼いてつくったレンガをまっすぐならべて壁をつくりました。外側にはしっくいを塗り、のろをふきつけました。わたしの家は光をはなちます。夕暮れの金色の光をうけるのです。

戸口を入るときれいな小さな中庭があります。花をそだてるほどの広さはありませんが、上からは日の光が射しこみます。わたしはそこに自分のかまど（タブン）をおき、二人分の食事を用意します。

中庭の右側には四本のがんじょうな柱が立ち、そのまま中庭にむかってひらいている部屋が一つあります。左側にはわたしの部屋の扉があります。奥には父の部屋の扉があります。

わたしは父の部屋で衣をつけることにしました。

父が家へもどってくるという日、わたしは父の部屋へ行って清潔な白い亜麻布をまといました――父の部屋へ行ったのは父のにおいをかぎたかったからです。父が帰ってくるので、わたしの心はよろこびにみたされていました。

エジプト人が紅海で打ち負かされたときのミリアムのように、わたしはしきたりにしたがい、おどりながら出てゆくことにしました。父はアンモン人を打ち負かしたのですから。わたしたちの小さい家へむかう長い道を父の馬がのぼってくると、わたしは笑いました。わたしは声をあげて笑い、おどりながら父と再会するためにタンバリンをつかみ、そとへかけてゆきました。

（三日前）

父の母は娼婦で、追放された者でした。しかし子をもうけ、その子は彼女を愛し、彼女が死ぬまでめんどうをみたのです。

わたしは娼婦ではありません。追放された者でもありません。

しかし子もいないまま死ぬのです。

（二日前）

姉妹たちよ、ここへ来て、この流れのほとりにしばらくすわってください。わたしたちはもうすぐ家へもどりますから。

主はわたしたちが出かけたのも、今こうしてもどってゆくのもごらんになっています。わたしたちには護衛もついていなかったのに、だれもわたしたちに危害をくわえませんでした。七人の女が二カ月のあいだ山道を歩いていても無事だったのです。わたしの父がこの地に平和をもたらしたのです。街道に強盗は出なくなりました。そう。平和がおとずれたのです。

のどが渇いたわ。

ありがとう、ミルカ。

ああ、泣かないで。わたしたちはもうさんざん泣いたのだから。安息日を七回すごすあいだ、わたしたちはずっと泣きとおしてきたのだし、あなたが泣けばわたしもまた泣きだしてしまう。

ほら。わたしの茶碗から水をお飲みなさい。

わたしたちはほんとうに悲しんだ――それでもだれも死ぬことはなかった。

［でもあなたは死んでしまうのよ］とあなたは言った。

［でもそのことでわたしは泣かない］とわたしは言った。

姉妹たちよ、わたしは戦いや飢饉《ききん》や病気や、人の犯すおそろしい罪によって子をうしなった女のように泣いているのです。そういう女は子がいないことのために泣くのです。彼女たちは亡くなった子のために、わたしは産まれることのない子のために。

ああ姉妹たち、わたしは女たちすべてのためになげいているのです。子を産むことについて。無上のよろこびを約束し、深い悲しみをもたらす陣痛のことを。わたしたちは子を産む能力をもち、子を産み、また産まなければならない——それなのに永遠に一人の子もしっかりと自分の腕に抱くことができない者がいることをわたしはなげいている。

わたしは誕生がみな死のはじまりであることに涙を流している。

けっきょく父はこの地に平和などもたらさなかったのだ、どんな平和も。

さあ、行きましょう。

わたしが呪いの言葉をみつけるまえに。

(最後の日)

ミルカ、起きて。一時間もすれば夜が明けるわ。あなたと別れる前に二つのことをたのんでおきたいの。

わたしをおぼえていて。これが一つめ。

これから何年もたってあなたがこの山をみあげるとき、わたしたちがここをともにさまよい、ともに悲しんだことを思い出すこともあるでしょう。ミルカ、わたしの友よ、あなたを愛している。

まだ暗くて、一人でいられるうちに、わたしは水を浴びに行かなければならない。あなたはここにいて。衣を洗って体に油を塗り、父に会う支度をしなければならないから。父はあそこ。あの小さな家で待っている。

そしてこれが二つめのお願い。

父の世話ができないわたしの代わりをしてもらえないかしら。もし同意してくれるなら、わたしのために父につかえるだけではなく、父のためにもつかえると誓ってほしい。それは父がわたしを愛しているからなの、ミルカ。そのことに疑いはないわ。父ははじめから何よりもわたしを愛してくれたし、明日はさらに愛してくれるでしょう。だから日がのぼり、世界はどうなってしまったかと父がまわりをみわたしたとき、そこにあなたにいてもらいたいの。

ⅳ

アンモン人をほろぼしたギレアド人エフタが、笑いながら意気揚々と家に近づいていくと、自分の笑い声にまじって遠くから美しい小さな笑い声がきこえた。それは彼の心をかきたてた。すると、うれしいことに長く白い亜麻の衣をまとった自分の娘が、笑い、タンバリンをたたいておどりながら家から姿をみせたのだ。

彼は馬をけって疾走させようとした。

しかしそのとき主は言った。〝あの娘だ。わたしはあなたに勝利をあたえたから、あなたも自分の誓った焼きつくすささげものとしてあの子をわたしにささげるのだ〟

「ああ」エフタはうめいた。笑い声も踊りも止まってしまった。「娘よ、おまえはわたしを絶望へつきおとした」

娘は父の恐怖の声をきいて立ちすくんだ。彼は馬からおり、歩いて娘のところへやってきた。歩きながら彼は誓いについて、「わたしがみた最初のよきもの」というその悲しい内容について話した。

娘はそっとタンバリンをおいた。「お父さん、わたしをささげものにしてください」と彼女は言った。「でもその前に二カ月のあいだ一人で山を歩かせてください。友だちにつきそってもらい、わたしの未婚の身をなげかせてください」

父は「行きなさい」と言った。

そして娘は家をはなれ、約束の期間の終わりにもどってくることになった。

ギレアド人エフタは六年間イスラエルを裁いた。彼は死ぬと、ギレアドの町に葬られた。

エフタのあと、ベツレヘムのイブツァンがイスラエルを裁いた。彼には三十人の息子と三十人の娘がいた。彼は娘たちをほかの氏族の者にとつがせ、息子たちにはよそから三十人の女をめとった。彼は七年間イスラエルを裁いて死んだ。

彼のあとはゼブルンのエロンが士師としてイスラエルを裁いた。彼は十年間イスラエルを裁き、死ぬとゼブルンの地アヤロンに葬られた。

彼のあとにはピルアトン人、ヒレルの子アブドンがイスラエルを裁いた。彼は七十頭のロバにのる四十人の息子と三十人の孫をもつ裕福な男だった。彼はイスラエルを八年間裁いた。

13 サムソン Samson

そのころ南北のイスラエルの人々は、ダン族の出で、ツォルア村からきた剛の者についてうわさをするようになった。その男は主の前に誓いをたて、生まれてから一度も髪を切ったことがないという話だった。そのため神は男に、ライオンにも、雄牛にもまさる力をさずけたという。

〔男の髪はどれほどゆたかにたれさがっていたことだろう。髪をおろせば黒い衣がはためくようにみえたにちがいない〕

男の名前はサムソン。太陽にちなんで名づけられた。この英雄は力が強いだけではなく、賢くもあったので、たった一人でイスラエルの敵であるペリシテ人を苦しめることができた。

イスラエルの人々は彼の話をきいてどれほど血をわかせたことだろう。その話をきいた彼らは有頂天になると同時におかしくて笑った。

〈あるときサムソンはペリシテ人の町ティムナにいた。彼はそこで美しい娘をみつけ、彼女を思って心はうずいた。

サムソンはいそいでツォルアの家へもどり、両親に言った。「あの娘をわたしの嫁にもらってください」

両親は言った。「サムソンよ、割礼《かつれい》をうけないペリシテ人から嫁をとることはなりません。自分の民から嫁をさがしなさい」

しかしサムソンの胸は痛み、娘を忘れることができなかった。そこで彼は娘の父と結婚について話そうと、一人でティムナへむかった。

そのとちゅう、若いライオンが彼にむかって吠えた。すると主の霊が彼のなかで雄々しく動いたので、サムソンは子ヤギを引き裂くように、ライオンの関節をはずして体を引き裂いてしまった。彼は死んだライオンをおきざりにして、そのまま歩いていった。

二度めに娘に会ったとき、彼女は前にもまして彼をよろこばせた。サムソンは情熱と能弁をもって娘との結婚に同意するよう彼女の父親を説得した。

サムソンは自分の親の反対を思い出し、こう言った。「それではサディガにいたしましょう」――それは妻が親の家にのこり、夫がその時々に妻をたずねる結婚のことだった。

Samson

やがて婚礼の祝宴のためにツォルアからティムナへむかっていたサムソンは、自分が殺したライオンの死体のまわりにハチがむらがっているのに気づいた。よくみると、ライオンの骨のなかにハチの巣ができていて、そこに蜜がたまっていた。彼は両手に蜜をすくいとり、それをなめながらティムナへむかった。

祝宴は七日間つづき、その最後の日に正式な結婚が完了することになっていた。そのあいだに人々はおどり、ごちそうを食べ、陽気にさわいだ。サムソンと祝宴をかこむために三十人のペリシテ人がやってきた。

その最初の日に、サムソンは彼らに勝負をもちかけた。「わたしが謎を出そう。もし七日めの終わりまでにそれが解けたら、わたしは三十着の亜麻の衣と、三十着の晴れ着をあなたたちにあたえよう。しかし、もし謎が解けなかったら、あなたたちはそれぞれ三十着の衣服をわたしにあたえるのだ」

ブドウ酒が供され、たのしみはもりあがった。

ペリシテの男たちは言った。「その謎をきかせてくれ」

サムソンはにやりとして言った。

　食べる者から食べ物が出てきた
強いものから甘いものが出てきた。

三十人の仲間は笑い、またブドウ酒を飲んだ。彼らはひそかに謎について話しあったが、だれにもその意味はわからなかった。一日めも、二日めも、三日めも。

四日めになって彼らは花嫁をかたわらへ呼びだして言った。「サムソンの謎の意味をきだしてこなければ、おまえの父の家に火をはなち、焼いてしまうぞ」

五日めに娘はサムソンのところへ行って泣いた。「あなたはわたしを愛していない。わたしを愛しているなら、どうしてわたしに秘密をもつのですか」

「何の秘密だ」とサムソンは言った。

「わたしの土地の者にあなたが出した謎。そのことです」

「あれは謎であって、秘密ではないのだ」彼は言った。

しかし彼女はますますはげしく泣くばかりだった。

六日めになると彼女はサムソンと話もしなくなった。彼は悲しみに打ちひしがれて、彼女に謎の意味を話した。

七日めのちょうど日没、夫と妻が二人の部屋へ入って結婚をとげる準備をしていると、三十人の男たちはいっせいにさけんだ。「イスラエル人よ。謎が解けた」

「ではどんな意味だ」サムソンは言った。

ペリシテの男たちは言った。

蜜より甘いものは何か。

そしてライオンより強いものは何か。

サムソンはベールにかくれたかたわらの女を一瞥《いちべつ》し、それから低く冷たい声でペリシテ人たちに言った。「あなたたちはわたしの若い雌牛でたがやさなければ、謎を解くことはできなかったはずだ。だがわたしは自分のやり方で約束を果たそう」

サムソンは祝宴のおこなわれている家からとびだしていった。主の霊が彼にくだり、サムソンはアシュケロンへ行き、そこで三十人の男を殺し、殺した者から略奪した。同じ夜、彼は三十着の晴れ着をもってティムナにもどり、それから憤慨《ふんがい》してツォルアの家へ帰っていった〉

ペリシテ人には五人の首長がいて、それぞれ城壁にかこまれた強固な町を治めていた。すなわち、ダンの西にある大海ぞいのガザ、アシュケロン、アシュドド。ユダの丘陵地にあるガトと、内陸へ十キロほどのところにあるエクロンだ。

何百年も前、イスラエルの民がまだ荒れ野をさまよっていたとき、ペリシテ人は船にのって各地を荒らしまわり、大胆にもエジプトにまで侵攻していた。エジプト軍は彼らをはねつけた。しかしそれから、モーセがヨルダン川の東でシホンとオグを討つために行進しているとき、ペリシテ人はネゲブの北の町々をうばい、そこに住んでいた人々をほろぼしはじめていた。それゆえイスラエルの民とペリシテ人は時を同じくして、一方は荒れ野から、他方は海からカナンへ侵入したのだ。

イスラエルの民は土地をたがやし、家畜を飼い、部族間のゆるやかな同盟のなかでくらすことをえらんだ。

一方ペリシテ人はのろを塗った町にあつまり、そこで軍事的貴族社会、すなわち権力の階級制度を発展させた。彼らは戦いのために構成された社会をつくり、息子たちには子どものときから戦うことを仕込んだ。

イスラエルの農夫たちはむかしながらの方法で、ゆっくりと歩く雄牛のうしろに青銅でおおった木製の鋤《すき》をつけて土地をたがやした。

ペリシテ人はあたらしい技術を学んでいた。鉄の使用法だ。そしてペリシテ人の首長たちは鉄の武器をつくりはじめた。

〈ちょうど小麦の収穫がはじまるころ、まだ床《とこ》をともにしていないペリシテ人の妻を思って、サムソンの心はふたたびうずいた。

そこで彼は和解の食事のために子ヤギをたずさえて、ティムナの彼女の家へむかった。サムソンが家に入ろうとすると、彼女の父が戸口に立って彼をはばんだ。

「娘はここにいない」と父親は言った。

「それでは待ちましょう」サムソンは言った。

老人は頭をたれた。「いや、娘は帰ってこない」

「ではどこにいるのです」

「わたしにどうすることができたろう」老人は言った。「おまえは娘をにくんでいるのかと思った」

「わたしは妻をにくんではいません。どこにいるのです、わたしは彼女と寝るのです」

「息子よ、祝宴の終わりに結婚が成立しなければ、わたしたちは面目をうしなうところだったのだ」

サムソンは眉をしかめはじめた。首の血管がうかびあがった。「何をしたのだ」

「おねがいだ、息子よ、あれの妹のほうが器量がいい。だから妹のほうをもらってくれ」

「お父さん、何を言うのです。何をしたのです」

「おまえの妻を新郎のつきそい人にやり、娘はその男と結婚した」

サムソンはゆっくりと髪を七つの房に分け、頭のうしろでむすんだ。「今度ばかりはペリシテ人に何をしても非難されることはない」

彼は松明をもって出かけ、三百匹の山犬をつかまえた。そしてそれぞれ二匹の山犬をしっぽでむすびつけ、そのあいだに松明をさしこんだ。夜になると、彼は松明に火をつけ山犬をはなした。すると山犬は、ペリシテ人の刈りとりのすまない穀物のあいだを走りまわって畑を焼き、すでに刈りとって束ねてある穀物を破裂させ、オリーブ畑にいたるまで燃やした。

火をみたペリシテ人たちはさけんだ。「だれがこんなことをしたのか」

すると人々は言った。「サムソンだ。ティムナの者の義理の息子だ。自分の妻を父が人にやってしまったからだ」

そこで人々は娘とその父親をつかまえて火で焼こうとした。

しかしそこへ、またべつの子ヤギをもったサムソンがやってきて、結婚した自分の女の悲鳴をききつけた。彼は怒ってペリシテ人の腰とひざを打ち、多くの者を殺した。

彼はペリシテ人の土地から逃げ、ユダ領内にあるエタムの岩の裂け目にかくれた。ペリシテ人の数千人の軍隊が彼をさがしているあいだ、サムソンはそこに身をかくしていた〉

そのころのイスラエルに王はおらず、そのときどきに主から指名された士師《しし》がいて、危機がおとずれたときに人々の統率者になっていた。

これに反しペリシテ人の五つの町は、すべての権力をにぎる専制君主によって治められていた。五人の首長たちはまた、いったん戦いがはじまれば連合して一つの軍隊をつくることもできた。そしてそのころになると、この有利な方法はますます彼らの目的にかなうようになっていた。彼らは複雑な交易路をまもらなければならず、また毎年のように人口がふえ、ひもじさをつのらせていたからだ。

イスラエルには肥沃《ひよく》な低地、ブドウ畑、果樹園、家畜、畑があった。しかし彼らは常備軍をもっていなかった。イスラエルの戦士は農夫たちだった。ペリシテ人は鉄の武器をもっていた。町の住民は軍を構成していた。ペリシテ人の首長たちは交易をするより略奪するほうがずっと効率がよいことに気づき、武装しはじめた。

そのような状況におかれていたイスラエルの人々は、夜、家族がみずいらずですごすときになると国の英雄の話をして、みずからの自信と勇気をふるいたたせるのだった。

〈あるときペリシテ人の千人の軍隊がユダ族の領内に侵入して、いくさをするとおどした。

ユダの男たちはおびえた。

「どうしてわたしたちにむかってくるのか」と彼らは言った。

ペリシテ人は言った。「われわれが来たのはダン族のサムソンを縛ってつれ帰り、彼がわれわれにしたことに報復するためだ」

そこでユダの男たちは自分たちでサムソンのことをたずねまわり、彼がエタムにかくれているることを知った。

彼らはサムソンのところに行って話した。「あなたは何をしたのか。どうしてわたしたちを危険におとしいれるのか。わたしたちがペリシテ人と戦っても勝ち目がないことは知っているではないか」

サムソンは言った。「わたしは彼らにうけた仕打ち以上のことはしたことがない」

ユダ族の男たちは言った。「そんなことはどうでもいい。わたしたちはあなたを縛り、彼らの手にわたすために来たのだから」

サムソンは言った。「同族よ、一つだけしてもらいたいことがある」

「どんなことだ」

「何が起こっても、あなたたちはわたしにおそいかからないと誓ってほしい」

「おまえを殺さないと誓おう」

そこでサムソンはすすみでて、彼らが二本のあたらしい縄で自分を縛ることをみとめた。そして人々は彼を岩場からペリシテ人のもとへつれていった。

ペリシテ人の軍は勝利の雄叫びをあげて、とらえられたサムソンをとりかこんだ。するとそのとき主の霊がサムソンにくだったので、縄は炎になげこまれた亜麻のようにはじけとんだ。サムソンは地面にロバのあごの骨があるのをみつけ、それをつかんだ。それを武器にして、軍全体、千人を殺した。

そして丘にのぼり、呼ばわった。

ロバのあご骨でわたしは軍隊を赤くそめた。
ロバのあご骨で千人の男が死んだ。

こうしてその場所はラマト・レヒ、あご骨の丘と呼ばれるようになった〉

しかし一部のイスラエルの民にとって、たった一人の英雄の話ではとてもなぐさめにはならなかった。彼らはむだなものをきらう人々だった。このような英雄談は、ペリシテ人がイスラエルにとって実際の脅威になっている事実をかくし、いつわりの希望をあたえる危険な気晴らしだと考えた。

そのようなイスラエルの人々は現実的な質問をした。「ペリシテの軍隊が攻撃してきたら、いったいだれがわれわれのために戦ってくれるのか」

「主だ」それが答えだった。「主はいつもわたしたちのために統率者を立ててくださるではないか」

「そうだ。しかしそのときがくるまで、わたしたちは十二の部族に分かれていて、たまに話しあう者もあれば、それにくわわらない者もある。統率者が、十二の部族を一つの軍隊にまとめたことが、いままでにどれほどあったろう。そんなことは一度もなかったではないか。いつでもかならず戦うことをこばむ者があるからだ」

「しかしわずかな数でも、戦った者たちはいつも勝利をおさめたではないか」

「これはあたらしい敵なのだ。鉄の武器で戦う敵だ。イスラエルを殺すために生まれてきた隊長にひきいられてやってくる」

「われわれの隊長は主だ」

「そうだ、主だ。そして主はわれわれを国民にするとも言われたのではないか。それなのに、子らよ、まわりをみよ。わたしたちは国民でも何でもない。わたしたちをむすぶものは何もない——何もないし、それができる者もいない。王が必要なのだ」

「いや。ギデオンはずっとむかしこう言った。『主が王としてわたしたちを治めるべきだ』と」

「わたしたちには王が必要だ。ほかの国のように、男に戦い方を訓練し、永続的に統治をおこない、民の中心となる者をもつために——そうでなければわれわれは鉄の剣の切っ先にかかって死ぬだろう」

〈あるときサムソンは、ペリシテ人のデリラという女に恋をして、彼女のもとへかよい、彼女と寝ていた。

サムソンがいつもデリラと寝ているときいたペリシテ人の首長たちは、彼女のところへきて言った。「あの男を縛っておとなしくさせるために、彼の力の秘密がどこにあるのかを教えてくれれば、わたしたちそれぞれがおまえに銀千百枚をあたえよう」

ある夜おそく、デリラはサムソンに言った。「あなたのすばらしい力の秘密がどこにあるのか教えてほしいわ」

サムソンはほほえんで言った。「できたばかりで、まだ乾かしたことのない弓弦《ゆみづる》七本でわたしを縛れば、わたしはほかの男と同じように弱くなる」

サムソンは彼女の長椅子に長々と身をよこたえて眠ってしまった。

すぐにデリラは彼が言ったことをペリシテ人の兵士につげた。兵士らは乾かしていない七本の弓弦をわたし、デリラはそれでサムソンの手首と足首を縛り、さけんだ。「サムソン。ペリシテ人があなたに迫っている」

しかし彼はめざめると、弓弦を火のなかの糸のようにぷつりと切り、兵士たちを打って気をうしなわせた。そのため彼の秘密はわからないままだった。

つぎの夜デリラは言った。「サムソン、弓弦ではあなたは弱くならなかった。弓弦は何の関係もないのでしょう」

「そうだ」

「それなら、何をつかえばあなたを縛れるのかしら」

「縄だ、デリラ。あたらしい、まだつかわれたことがない縄ならわたしをふつうの男のように弱くすることができる」

そこでサムソンが眠ると、彼女はあたらしい縄をうけとり、彼の腕と脚、首とひざを縛った。それから兵士を部屋へ呼び入れてさけんだ。「サムソン。ペリシテ人があなたに迫っている」

するとサムソンは縄を糸のように切ってしまい、兵士たちをその兄弟と同じように追いはらった。

つぎの夜デリラは泣きふした。彼女は悲しげに泣いて言った。「これまであなたはわたしをからかってうそをついてきた。サムソン、あなたを縛る方法を教えてほしいの」

サムソンは彼女に言った。「もしわたしの髪の七つの房を機《はた》で織り、それを釘でとめれば、わたしはほかの男のように弱くなる」

そこでサムソンが眠ると、デリラは彼の頭の七つの房を織った。彼女はそれを釘でとめて、さけんだ。「サムソン、サムソン。ペリシテ人があなたに迫っている」

すると彼は眠りからさめ、釘も機も巻き棒も、織った房もひっぱってとってしまった。そのためデリラは腹を立てて、サムソンの顔を平手で打った。「あなたの心はわたしにはないのに、どうしてわたしを愛しているなどと言うのでしょう。あなたはわたしを三度もあなどった。三度も自分の力についてうそをついた。いつになったらほんとうのことを言うのですか」

そしてデリラは毎日のようにせがみ、催促して彼を死ぬほど悩ませたので、サムソンはすべてを話してしまった。

「わたしは生まれてからまだ頭に剃刀《かみそり》をあてたことがない。もし髪を剃ればわたしの力は消え、ほかの男と同じように弱くなってしまう」

彼がすべてを話したことを知ったデリラは、ペリシテ人の首長へ「すぐ来てください」と使いをおくった。

首長たちは金をもって彼女のところへやってきた。

夜になって、彼女はサムソンを自分のひざで眠らせると、男を呼んでサムソンの頭の七房の髪を剃らせた。

それからデリラがサムソンを縛りつけると、彼の力はなくなっていた。

彼女は彼の耳もとでささやいた。「サムソン、ペリシテ人が。ペリシテ人があなたに迫っている」

彼は前と同じように自由になろうとしたが、できなかった。

そこでペリシテ人はサムソンをとらえ、彼の両眼をえぐりだしてガザの町へつれてゆき、青銅の足かせをつけて、監獄のなかで雄牛のように挽《ひ》き臼《うす》石をまわさせた。

何年かがたって、彼の髪はのびはじめた。

あるときペリシテ人の首長たちがあつまり、彼らの神、ダゴンに盛大な犠牲をささげることになった。

うかれた気分で彼らは言った。「サムソンを呼べ。からかってやろう」

こうしてサムソンは監獄からダゴンをまつる壮麗な建物へつれていかれた。地上にいる者にも、バルコニーにいる者にも、屋上に寝ている者にも、だれにでもサムソンがみえるように、彼は神殿の柱のあいだに立つように命じられた――そこには約三千人の人々があつまっていた。

サムソンはみえない目をあげ、三千人のどよめきをきき、彼らの深い息が自分にかかるのを感じた。彼は両手をのばして二本の柱にふれ、彼をつれていた若者にたずねた。「これは神殿全体をささえている柱か」

若者は「そうだ」と言った。

そこでサムソンは祈った。「主なる神よ、わたしを思い出し、今回かぎりわたしを強め、わたしの二つの目のために最後に一度だけペリシテ人に仕返しができるようにしてください」

彼は右手に一本、左手にもう一本の柱をつかみ、それらに体重をかけた。そしてさけんだ。「ペリシテ人といっしょに死なせてください」サムソンは全力で柱をおした。すると神殿は首長やそのなかにいたすべての人々の上にくずれおちた。

こうしてサムソンが自分の死と道連れにした者の数は、彼が生きているあいだに殺した者より多かった〉

これがイスラエルの英雄サムソンの話だ。

14 レビ人の側女《そばめ》

The Levite's Concubine

そのころのイスラエルに王はいなかった。人々は自分の目に正しいと思うことをおこない、部族どうしはいつも友好的なわけではなかった。

あるとき、レビ人の側女《そばめ》が主人に腹を立ててユダのベツレヘムにある父の家へ逃げかえった。側女は若かった。彼女はレビ人の家へもどらず、四カ月そこにとどまっていた。

その女は困窮した一家から買った側女にすぎなかったが、レビ人は彼女に愛情をいだくようになっていた。そこで彼は立って彼女のあとを追い、やさしく話しかけて家へつれもどそうと考えた。

レビ人は二日間、一人のしもべと二頭のロバとともに他国の領土を旅した。

彼が来るのをみた側女の父親はよろこんでとびだしてゆき、しばらく自分の家に滞在するようレビ人を招いた。そこで彼はその家で飲み食いして宿泊した。三日めの終わりまでに、彼は側女が自分から帰る気持ちになるよう説得することができた。そのため彼らは四日めの朝はやく出発することにした。

しかしその朝、父は義理の息子に言った。「パンをひと口食べて心を強め、それから行ってください」

そして二人の男は飲み食いし、そのうちに時はすぎて午後のなかばになった。レビ人と側女が立って出かけようとすると、父は言った。「もう日がくれようとしている。もうひと晩泊まっていきなさい。今日はたのしくすごし、明日の朝はやく旅立てばいい」

しかし男は心をきめていた。ロバに鞍《くら》をのせ、側女としもべをつれてベツレヘムを去り、北へ旅していった。

エルサレムをとおっていたとき、しもべが言った。「道からそれて、今夜はこの町ですごしましょう」

しかしレビ人は言った。「この町はエブス人のものだ。異国人の町に泊まることはできない」

彼らはイスラエル領内の、ベニヤミン族の土地まで旅をつづけた——そしてちょうど日がくれるころ、ギブアの町についた。彼らは町に入り広場にすわっていたが、夜のあいだ泊まっていくように彼らに声をかけてくれる者はだれもいなかった。

やがて畑仕事から帰ってくる老人がとおりかかった。彼はベニヤミン族の土地に滞在しているエフライムの者だった。レビ人と女をみた老人は言った。「あなたがたはどこへ行くのですか」

レビ人は言った。「わたしの家があるエフライムの山地までです。しかしここではだれもわたしたちを家に泊めてくれません。わたしたちは一同に分けるためのパンもブドウ酒もたっぷりもっています。不足なものは何もありません」

老人は言った。「安心してください。わたしが何なりとあなたのお世話をしましょう。わたしのところへ来て、お泊まりなさい」

老人は彼らを自分の家へつれてゆき、ロバに飼い葉をあたえた。そして彼らは足を洗い、飲み食いした。

そのうちに暗闇のなかでギブアの邪悪な若者たちが家をとりかこみ、扉をたたいた。「じいさん。おまえのところへきた客を出せ、その男をはずかしめてやるから」

エフライムの老人はそとに出て、やめるように彼らにたのんだ。「あの人はわたしの客だ。どうしておまえたちはそのように堕落したことを口にできるのだ」

しかし若者たちはますます声をはりあげ、粗暴になっていった。老人をなぐってかたわらへおしやると、錠をこわして家のなかに手を入れ、レビ人の衣をつかんだ。刃物が光った。レビ人は片手で扉をおさえ、もう片手で側女をつかんで彼女をそとへおしだし、扉をしめてそこに体をおしつけた。

ベリアルの子であるギブアの若者たちは、一晩じゅう側女を犯しつづけた。そして夜が明けるころ、彼らは女をはなした。

あたりが灰色の光につつまれるころ側女はもどってきて、彼女の主人がいた扉のところでたおれた。

朝になってレビ人は起きた。扉をあけてそとへ出ると、側女は敷居に両手をかけ、戸口にたおれていた。

彼は女に言った。「起きなさい。出発しよう」

しかし答えはなかった。

彼は女のよこにひざまずき、彼女の体から息が出てゆく音をきいた。女はかすかな息をはき、それからもう息をしなくなった。

レビ人は立ち上がり、女を抱きあげてロバの背にのせた。自分はほかのロバにのり、側女をのせたロバをつれてまる一日、休むことも立ち止まることもなくすすんでいった。自分の家へ入ると刃物をとりだし、よこたえた側女の死体をつかんで体を十二に切り分けた。自分けた女の遺体を、彼はイスラエルの領土じゅうにおくった。

それをみた者はみな言った。「このようなことは、イスラエルの民がエジプトの地を出てから起きたことがない。そのことを考えるのだ。われわれはどうすればいいのだろうか」

イスラエルの民たちはベテルにあつまり、そこで長老らは言った。「この邪悪なおこないがどのようにして起きたのか話してくれ」

レビ人は言った。「夜になってギブアの男たちがわたしにむかってやってきて、家をおそったので、わたしを殺すつもりだとわかりました。彼らはわたしの側女を犯し、殺したのです。彼らはいまわしい行為をおこないました。イスラエルの民よ、わたしたちはどうすればいいのでしょうか」

イスラエルの民は言った。「ベニヤミンのギブアが、イスラエルでおこなった邪悪な罪を彼らにつぐなわせるまで、わたしたちはだれも家へ帰らない」

そして彼らはベニヤミン族に伝言を送った。「ギブアの邪悪な者たちを出しなさい。彼らを殺してイスラエルから悪をとりのぞくために」

しかしベニヤミンの者たちはほかの部族の声をきこうとしなかった。それどころか、彼らはギブアといっしょに戦うために、ベニヤミンのすべての町から兵をあつめた。ベニヤミンの男たちはどちらの手でも弓を射ることができたし、また髪の毛一筋にむかってもあやまたずに石をなげることができた。

イスラエルの民は神に問いかけた。「わたしたちのどの部族がはじめにベニヤミンと戦えばいいでしょうか」

すると主は言った。〝ユダがはじめに行きなさい〟

そこでイスラエルの人々は朝になると立ち上がり、ギブアを討つための陣をしいた。軍勢は出陣した。ユダが最初だった。ユダがまず戦ったが、ベニヤミンの男たちははげしい攻撃でユダを撃退し、敗走する者たちを殺した。ベニヤミンはまた、ほかの部族の者たちも戦場から追い出した。

イスラエルの人々は主の前で夕方まで泣き、問いかけた。「わたしたちはふたたび同胞のベニヤミンを討たなければならないのでしょうか」

主は言った。〝彼らと戦いなさい〟

イスラエルの男たちはその言葉に勇気を得て、最初の日と同じ場所にふたたび戦線をしいた。そして二日め、町から出てきたベニヤミン族の男たちはふたたびイスラエルの男たちを打ち負かした。イスラエルの軍隊はふたたびベテルへひきかえし、前よりもいっそう大声で泣いた。彼らは主の前にすわって断食し、焼きつくすささげものと、和解のささげものをそなえた。エルアザルの子ピネハスが契約の箱をもちだしてくると、人々はたずねた。「わたしたちはまた同胞のベニヤミンを相手に戦わなければならないのでしょうか。それともやめればいいのでしょうか」

すると主は言った。〝行きなさい。明日は彼らをあなたがたの手にわたすから〟

三日め、イスラエルの男たちはギブアの町のうしろに伏兵をおいた――そのほかは前の二日間と同じように戦線をしいた。朝になるとベニヤミンの全軍が町からおしよせ、イスラエルを攻撃した。前と同じように彼らはしばらく戦った。それから向きを変えて逃げだすと、ベニヤミンは追ってきて三十人ほどの男を殺した。

しかしそのときになって伏兵がとびだし、ギブアの町におしよせた。彼らは剣の刃で町全体をおそった。

イスラエルの兵士と伏兵らのあいだには合図がきめられていた。〔ギブアから煙があがったらもどれ。ひきかえして戦え〕と。

そしてそのとおりおこなわれた。ギブアから煙の柱があがり、それをみたイスラエルの軍隊はひきかえして自分たちの兄弟を攻撃した。ベニヤミンもまた町からあがる煙をみたため勇気をくじかれ、彼らの前からちりぢりに退却していった。

ベニヤミンの男たちはその日たおされ、ベニヤミンの町は燃えた。女と子どもは町とともにほろぼされ、ベニヤミン族は無きにひとしいまでに減少した。六百人の男がリモンの岩場に逃げこみ、岩の陰に四カ月のあいだかくれていた。

ほかのすべてのイスラエルの民たちはふたたびベテルにあつまり、苦しみの涙を流し、夕方まで神の前にすわった。彼らは言った。「ああ主よ、どうしてこんなことが起こるのでしょう、今日イスラエルの一つの部族が欠けてしまうというようなことが」

彼らは兄弟たちのために武装してギレアドのヤベシュの町へ行き、まだ男と寝たことのない四百人の若い女をとらえた。その女たちをさしだして、イスラエルはリモンの岩場にかくれていた男たちと和解した。こうしてヤベシュ・ギレアドのおとめたちはベニヤミン族の妻となり母となったので、部族は死にたえることはなかった。

そのころイスラエルに王はいなかった。だれもが自分が正しいと判断することをおこなっていた。

第四部

王たち

Kings

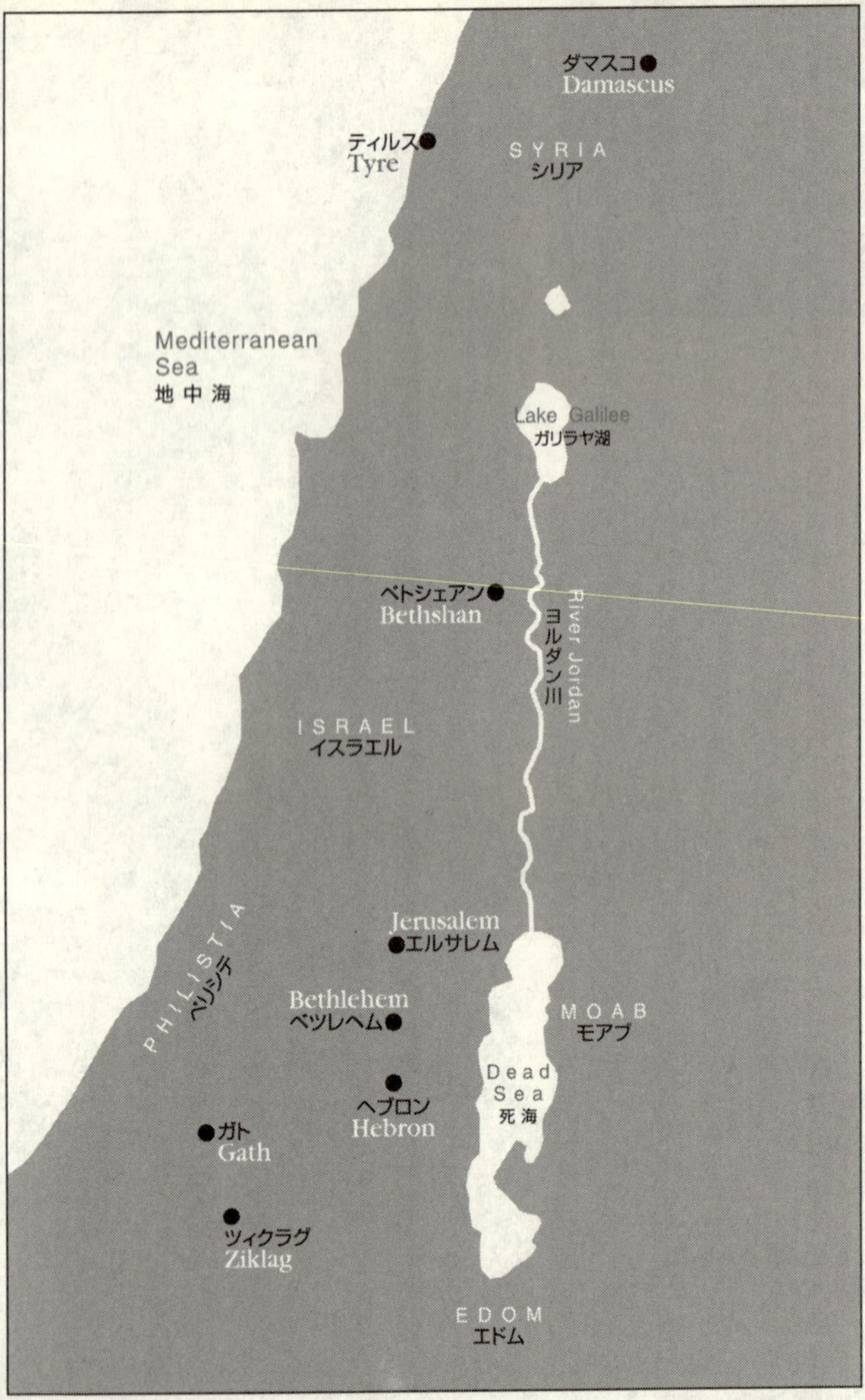
ダマスコ
Damascus
ティルス
Tyre
SYRIA
シリア
Mediterranean
Sea
地中海
Lake Galilee
ガリラヤ湖
ベトシェアン
Bethshan
River Jordan
ヨルダン川
ISRAEL
イスラエル
PHILISTIA
ペリシテ
Jerusalem
エルサレム
Bethlehem
ベツレヘム
MOAB
モアブ
Dead
Sea
死海
ヘブロン
Hebron
ガト
Gath
ツィクラグ
Ziklag
EDOM
エドム

15 サウル

Saul

ⓘ

ヤベシュ・ギレアドの城門のそばには、町より数階高い石の要塞《ようさい》が建っていた。要塞の北西の角に立てば、ヨルダン川低地の東岸にある、もっともゆたかな土地をみおろすことができた。南西の角からは、ギレアドの壮大な山地をのぞむことができ、そのふもとの斜面には段状にオリーブの果樹園とブドウ畑がつくられ、いただき付近はカルメル山やレバノン山のように濃い森林でおおわれていた。

夜が明けるころ朝露のなかへ、三人の男が要塞の外側の扉からそっとぬけ、乾いた川床をヨルダン川にむかって走りはじめた。あたりにはだれもみえなかった。ヤベシュの家々は空《から》だった。町の住人はすべてその要塞のなかで身をひそめていた。子どもたちはまだ眠っていた。

三人の男たちは要塞から矢がとどく範囲をぬけ、低い木の茂みに近づくと、走らずに歩きだした。彼らは頭をたれて腕をあげ、剣の空《から》のさやをしめした。茂みからはアンモン人兵士の小さな派遣隊が出てきて三人をとりかこみ、彼らの首のうしろに槍《やり》の穂先をつきつけた。

「わたしたちはナハシュ王の許可をうけています」いちばん背の高い男が頭をさげたまま言った。「七日のうちにもどることになっています。七日間の終わりにはわたしたちを殺すことができますが、そのときまでは王の命令によって、わたしたちは安全に通行できることになっています」

兵士の一人が男の髪をつかみ、うしろにひいた。かたむいた顔に朝日があたると、そのヤベシュの男には一つしか目がないことがわかった。右目がうしなわれていた。まぶたはふるえ、それが歯のない老人の頰のように内側に吸いこまれた。それをみたアンモン人兵士たちはふきだし、あざけって笑った。背の高い男の仲間たちの頭もうしろへひくと、笑い声はさらにましました。その二人も右目をうしなっていたからだ。彼らはおびえていたため、まぶたはひらかれていた。白い瞼《けん》とともに眼窩《がんか》がうごめいていた。空《から》の目からは間のぬけた涙が流れた。

「戦士たちよ」アンモン人たちは三人をせせら笑った。「矢のねらいを定めることも、右手で突き刺すこともできない戦士たちよ。とおれ。とおれ。半人前の戦士に何ができる。とんだ笑いぐさだ」

三人のヤベシュの男たちは屈辱に頭をたれ、川床を走りつづけた。一つの目がないため、彼らは何度もころんだ。彼らは体をささえあってヨルダン川をわたった。そこは浅瀬になっていたが流れは急だったからだ。沼地のヤナギ、トウ、人の背丈ほどのアシなど、川の西側においしげる植物群を突っきって、彼らはすすんだ。その茂みには野生のけものがうろついていた。ライオン、ヒョウ、ジャッカルなどだ。しかし右目をうしなった男にとってさえ、自分の町を包囲しているアンモン人にくらべれば、けものなどいかほどのものでもなかった。

ナハシュ王はイスラエルの弱さをきき知っていた。ペリシテ人がイスラエルを討ってエベン・エゼルで敗走させ、彼らを東のシロまで追ってゆき、そこで二百年前にイスラエルの民が砂漠からもってきた聖なる天幕、幕屋《まくや》を破壊したことをナハシュは知っていた。ペリシテ人はまたイスラエルの民のもっとも神聖なものをおさめる容器、契約の箱までうばい、自分たちの町へもちさっていた。そしてそれはつい最近になってもどされたのだ。

そこでアンモン人の王ナハシュは兵をあつめてルベン族とガド族を攻撃し、ついにヤベシュ・ギレアドを包囲した。王は名声をもとめていた。

ヤベシュの長老たちが貢《みつ》ぎ物と交換に和平の協定をもとめてくると、ナハシュ王は手をたたいてよろこんだ。彼は言った。「このような条件なら協定をむすぼう。おまえたち全員の右目をえぐるのだ」

長老たちは合議してそれに答えた。「イスラエルの仲間たちに助けをもとめられるように、わたしたちに七日間の猶予《ゆうよ》をいただきたい。もしだれも助けに来なかったら、わたしたちは自分たちの身をあなたにささげます」

「そうだ、そうだ、イスラエルに助けをもとめよ」ナハシュは言った。「あの強い国がおまえたちを救いにくるように。くりぬく目玉の数が多いほど、隣国の恥辱はますのだから」

イスラエルはどこもみな荒廃しているようすだったので、ナハシュ王は最終的な勝利を確信していた。そこで三人の男をえらび、脅しのしるしとして彼らの目をえぐってから、彼らに安全にヨルダン川をわたらせたのだ。

午後おそくなっていた。ヤベシュの三人の男たちはヨルダン川低地から西側の斜面をのぼり、そのもろい粘土質の土でひざやひじに裂傷をおった。それから彼らは尾根道を南へ走っていった。一時間前にはシケムをとおりすぎた。左右の下方にひろがる丘は、宵闇《よいやみ》につつまれてみえなくなっていた。三人とも疲れきっていたが立ち止まることはなかった。彼らはギブアへむかっていた。ヤベシュの長老たちは、彼らをベニヤミンのギブアに住んでいるキシュの子サウルのもとにつかわしたのだ。彼らを救ってくれる者がいるとしたら、それはサウルだったからだ。

ギブアの町は、数世代前にヤベシュのおとめたちがつれてゆかれたところで、ベニヤミンの男たちはイスラエルの人々に妻や子どもを殺されたあと、彼女たちによってまた家族をもつようになっていた。ギブアのサウルとヤベシュの目をえぐられた使者たちのあいだには、血縁関係があったのだ。

サウル自身もアンモン人の土地の南、モアブで戦ったことがあった。彼はみずから兵をあつめ、自分の計画によって敵を攻撃し、だれの助力もうけない自分自身の実力を証明した。そして自分でギブアに要塞の基礎をすえ、また鍛冶屋《かじ》はペリシテ人に独占されていたにもかかわらず、彼は自分の鍛冶屋を得ていた。そのためサウルは、ほかの男たちがつかっていた青銅の武器よりするどく丈夫で、致命的な殺傷力をもつ鉄の武器で戦った。

旅の二日めの昼、ヤベシュ・ギレアドの使者たちはギブアに到着した。彼らは疲れ、ちりにまみれていたが、町の城門に立ってナハシュの脅しを報告した。ギブアの人々はいとこたちのえぐられた眼窩を目にし、町のほかの者たちに降りかかるかもしれない恐怖につづいてきくと大声で泣きはじめた。

ちょうどそのとき一人の男が雄牛の群れのあとにつき、畑から帰ってきた。男は背が高く、たくましい胸板をしていた。髪は肩までたれていた。目は褐色で、よくきこえる耳をもっていた。「どうしたのだ」城門に近づきながら彼は呼びかけた。「どうしてみんな泣いているのか」

隻眼《せきがん》の使者がすすみでて言った。「ナハシュ王がヤベシュ・ギレアドを包囲したのです。そのためわたしたちにしたように、町のすべての者の目をえぐるとおどしているのです。そのためわたしたちは助けをもとめて、サウルという――」

使者がたのみを言いおえるよりも前に、りりしい男の目にははげしい炎が燃えあがり、火花をちらした。顔はけわしくなっていった。彼は鉄の剣をとって頭の上でふりまわすと、雄牛たちをその場で殺し、死体を肉と骨の大きなかたまりに切り分けはじめた。

ヤベシュ・ギレアドからの使者たちは口をつぐんだ。彼らはさがしもとめていた男をみつけたのだ。キシュの子サウルは血のしたたる十二の肉のかたまりをしもべたちにわたして言った。「これをイスラエルの各部族へもっていきなさい。サウルのいくさについてこなかった者は、自分の雄牛にもこれと同じことをされると言うのだ。わたしは戦士たちにベゼクで会うと伝えなさい。四日以内に。四日めの夕暮れまでに、わたしは剣と兜《かぶと》と鎖《くさり》帷子《かたびら》をつけて待っていると。さあ行け」

サウルはヤベシュの三人の男たちに言った。「どんな王も、あなたがたの兄弟の右目をえぐることはできない。帰ってヤベシュ・ギレアドの長老たちに、五日めの日盛りまでに彼らを解放すると言いなさい」

こうして命令と叫びがギブアから発せられた。

キシュの子サウルはイスラエルの燃える心だった。数千人の戦士が、ヤベシュ・ギレアドからヨルダン川をはさんで真西のベゼクへやってきた。この軍隊の集結はあまりにとつぜんのことだったので、それを警戒する声はナハシュ王にとどかなかった。

しかし三人の隻眼の使者たちは、サウルの誓いをもってそっと町にもどっていった。そして猶予期間の六日め、ヤベシュの長老たちは降伏文書をナハシュ王におくった。〔明日わたしたちは降伏します。何なりとあなたがたのよいようにしてください〕と。

その夜、サウルは闇をついてベゼクの東でめざましい行軍をおこなっていた。道なき丘をこえ、ヨルダン川へくだる西岸の粘土と白亜のもろい斜面を危険もかえりみずに手さぐりでおりていった。イスラエルとユダからの何千人もの戦士たちはひそかに川をこえると東岸の斜面をのぼり、ブドウ畑、果樹園をぬけ、猫のようにアンモン人たちへとしのびよっていった。

確認のための地点で、すべての兵士たちはサウルの前をとおった。サウルはだまったまま身ぶりで兵士たちを三つの隊に分け、それぞれのむかう方向を指示してアンモン人の野営を完全に包囲させた。

日の出とともにサウルは怒りとよろこびの雄叫びをあげ、すべての戦士をナハシュ王の野営のただなかへとはなった。槍の穂先と矢がアンモン人の兵士を起こしたが、彼らはまたすぐにたおされることになった。イスラエルの男たちは日盛りになるまで殺戮《さつりく》をつづけ、生きのこった者はちりぢりになり、二人でつれだっている者さえなかった。

キシュの子サウルがおこなった、この華々しいヤベシュ・ギレアドの救出によって、イスラエルの統治のあり方は永久に変わることになった。それまでのように、唯一の神と歴史を共有しながら、それぞれの領土をもった独立した部族間の、ゆるやかな連合ではなくなったのだ。

ⅱ

四十年以上にもわたり、人々はイスラエルに王を立ててほしいと主にねがいつづけてきた。しかし神は、祭司サムエルをとおし、それをこばみつづけた。サムエルは言った。「神があなたがたの王なのだ」と。

そのサムエルの裁きは国内で強い影響力をもっていた。彼は神に代わって人々に話をした。彼は生まれたときから主にささげられた者で、子どものときからシロの幕屋につかえ——やがて主なる神自身に呼ばれて祭司になったのだ。

その時代、主の声はほとんどきかれなくなっていた。かつてのようにたびたび啓示があらわれることもなかった。それゆえ神によるこのサムエルの選任はなみなみならぬことだった。〝サムエル〟と主は真夜中、少年時代の彼に呼びかけた。〝サムエル〟。そして少年は答えた。「わたしはここにおります」すると神は言った。〝みなさい、わたしがこれからイスラエルでおこなうことをきく者の耳は、みなうずくだろう〟

サムエルが若者になったとき、ペリシテ人の首長たちはイスラエルに侵入してひどい破壊をおこなった。彼らはシロをほろぼした。主の美しい幕屋を焼いた。そして契約の箱をうばって自分たちの町へもちさったのだ。

それはまるで人々の手足が切りはなされたようなものだった。人々は絶望し、サムエルに「わたしたちには王が必要だ」と言った。

サムエルが年老いるころになると、ペリシテ人はイスラエルの土地をほぼ二つに分断し、マナセの山地とそこから北に住む部族と、エフライムの山地と南に住むすべての部族とを分けてしまった。彼らは交易路を支配してイスラエルの交易をさえぎった。ペリシテ人は鉄を精錬《せいれん》して道具や武器をつくったが、イスラエルには一人の鍛冶屋もいなかった。この敵は今までにイスラエルの民が出会った者たちとちがって、周囲を塹壕《ざんごう》でかこんでいた。

サムエルが年老いたとき、十二部族の長老たちが正式な代表団をつくって彼のところへやってきた。彼らは全部族の一致した、たっての要望を伝えた。「ほかの国々のようにわたしたちを治める王を指名してください」

しかしそのような考えはいまだにサムエルをとまどわせていた。「あなたたちには王がいらっしゃるではないか」と彼は言った。「エジプトを出たときから、あなたがたにはずっと王がおられる。ほかでもない主がモーセをつかわして、あなたがたの先祖を荒れ野からこの地へつれてこられたのではないか。そうだ、そして主がこの地でバラク、デボラ、ギデオン、エフタなどの救済者を立てられたのだ。あなたたちの神、主が王であるのに、どうして『王がわたしたちを治める』などと言うのか」

　しかし今回、長老たちは祭司にこばまれたときにそなえて用意をしていた。「サムエルよ、あなたはよい人間で、正義の士師《しし》だ。あなたのような祭司はイスラエルに何百年もいなかった。しかしあなたは年をとり、そして——あなたの息子たちはあなたの道を歩んでいない」

「わたしの息子たち？　どうして息子のことを話すのだ」

「あなたの息子たちはベエル・シェバで人々を裁いている」

「彼らがどこにいるかは知っている」

「しかしあなたは彼らが何をしているかは知らないではないか、サムエル。彼らは利益を得るために神にそむいている。彼らは賄賂《わいろ》をうけとっている。正義をまげているのだ。あなたのあとで、いったいだれが正義の心をもってわたしたちをみちびくのか。だからわたしたちを治める王をあたえてほしい」

　サムエルは長老たちをみすえた。「王があなたたちを支配すれば、どんなことになるのかわかっているのか。王はあなたたちから息子をとりあげ、騎手にして、自分の戦車の前を走らせるのだ。あなたたちの子どもは今は自由だ。そんな彼らはどうなるだろうか。王はある者には王の土地をたがやさせ、ある者には王の収穫を刈りとらせ、ある者には王の武器をつくらせる。よくききなさい。王はあなたがたの娘をめしあげて、調香師や料理人やパン職人にするのだ。王はあなたがたの畑、ブドウ畑、果樹園から最良のものをとりあげて、自分のしもべにやる。そういうことを考えただろうか。今日あなたたちは自分の財産をもっている。主なる神以外にはだれにも負うところはない。しかし明日は王が、あなたがたの穀物やブドウの収穫の十分の一、あなたがたのつくりだしたものの十分の一をとりあげるのだ。王はあなたたちの男のしもべや女のしもべ、いちばんいい家畜をとりあげ、王のためにはたらかせる。あなたがたは王の奴隷になるのだ。そのときになって、あなたがたは自分たちのためにえらんだ王のために不満を言うことになる——そんなときにどうして主なる神があなたがたに答えてくださるだろうか」

しかし長老や人々は彼の話をきこうとしなかった。くりかえし彼らは言った。「いいえ。ほかの国のように王をもつのです。わたしたちを治め、わたしたちの先に立ち、わたしたちのいくさを戦ってくれる王を」

ついにサムエルは一人になれる場所にひきさがり、人々の言葉を主の耳に入れた。

すると主は言った。〝みとめなさい、サムエル。彼らのために王に油をそそぎなさい〟

ちょうどそのとき、キシュの子サウルはアンモン人の王ナハシュにむかって大攻勢をかけていた。主の霊はヤベシュ・ギレアドのために、サウルのなかで力づよく爆発した。

勝利の熱にうかれた人々はさけびはじめた。「この男だ。彼こそ、その男だ。サウルにわれわれを治めさせよう」

そこで主はサムエルに言った。〝このベニヤミン族の男に油をそそいでわが民イスラエルの王子とし、ペリシテ人の手から彼らを救わせよ〟

サムエルはその言葉にしたがい、王国をおこすためイスラエルの各部族をギルガルにあつめた。

よろこびにみちた十二部族の代表が到着した。

サムエルは彼らの前に立って言った。「ここにいるのが、あなたがたを治めるために主のえらばれた男だ。キシュの子サウルよ、前にすすみなさい」

その名が呼ばれると嵐のような歓声がわきあがった。美しい男がすすみでるほどに歓声は高まった。黒い髪をした、情熱的で堂々たる身のたけの男だった。彼はイスラエルのだれよりも頭一つ分は背が高かった。そのりっぱな体をサムエルの前にまげると、神の祭司はサウルの頭に儀式の油をそそぎ、イスラエルの王が誕生した。

(iii)

サウルはすぐにイスラエルの石工《いしく》をギブアに呼びよせ、自分がすでに準備していた基礎の上に要塞を建てさせた。やってきた男たちは年をとっていたが、みなあらたな希望にあふれていた。彼らは自分たちのあいだを歩いてその仕事ぶりをほめ、笑い、少年のようによろこんで手を打つこの王を愛した。すぐに石工たちは、二階建てで、四隅に低い塔を配し、壁に開き窓をつけた、がっしりした粗削《あらけず》りの石の要塞を完成させた。それは気どりのない建物だった。装飾も美しさもなく、家具もほとんどなかった。機能と強さだけを考えてつくられていた。しかしサウルはちりをかぶった石工たちを、エジプトの宮殿を建てた者のように抱きしめた。

サウルはまた力と勇気のある若者数百人をギブアにあつめ、イスラエルにはじめての常備軍をつくった。

ペリシテ人の常備軍は、サウルの要塞から西、北、北東の町におかれ、あるものはわずか五キロほどのところに配置されていた。彼らは西の沿岸部の平野へむかうベト・ホロンへの道を支配し、またおりあらばいつでも南北をむすぶ尾根道を攻撃して、イスラエルの南と北の交信を断つことができた。

そこでサウルはあたらしい軍隊の小隊をベニヤミンの中部と東部に配置した。すなわちミクマスと、ベテルの山地ギブアだ。サウルは自分の息子ヨナタンに、ギブアに配した兵士たちを指揮させた。ヨナタンは父ほど背は高くなかったが、彼と同じように機敏で勇気にみちていた。

サウルはしばらく行動を起こすのを待ち、そのあいだに軍をつくりあげ、ペリシテ人の手のおよばないその安全な場所に、ひそかに軍をおいておこうと計画していた。また鉄の兵器をふやそうとも考えていた。彼の軍隊に戦車はなく、兵士たちには投石器や銅の短剣、青銅の剣のほかにも必要なものがあった。すばやい攻撃のための小さな盾《たて》と、戦列のための大きな盾だ。サウルはそれらを適切につくろうと思い、木枠にはる皮をねかせていた。しかしヨナタンはみずから行動を起こし、イスラエルはすぐに戦争状態に入ることになった。

ある朝はやく、ヨナタンは小隊をギブアから北北東へ五キロのところにみちびき、ゲバにいたペリシテ人の小さな守備隊をおどろかせた。ヨナタンはペリシテ人の戦士たちを打ち負かし、彼らはギブオンの守備隊のもとへ逃げていった。若者が勝利をよろこんでいるあいだにも、ペリシテ人の五つの町には通報がとどけられていた。「イスラエルには王がいる。その王はゲバを占領した。彼はベニヤミンでわれわれを弱め、ベト・ホロン街道の東側を破壊した」

イスラエルに王がいるのか?

ペリシテ人の軍隊はすぐに反応した。あたらしいイスラエル王の軍隊から北西のアフェクにペリシテの軍隊は集合し、それからより北の道をつかい、ベト・ホロン街道をまったくとおらずにベニヤミンの山地へと行軍していった。

彼らの軍隊は大きく、また経験をつんでいた。騎手たちは落ちつかない馬をうまくのりこなした。戦車は二人のりで、枝編み細工でつくられ、前板には槍、笞《むち》、戦斧《せんぶ》などを入れる物入れがついていた。家畜追いは荷物運搬用の動物をせきたて、雄牛は鉄の武器や攻囲用の道具を入れた重い荷車をひいた。ペリシテ人の長い旅団は数キロにわたって薄赤い土煙をまきあげた。

ペリシテ人の強力な軍勢がやってくることをきいたサウルは、戦いの角笛を鳴らし、常備軍を増強するために十二の部族すべてから戦士をあつめた。イスラエルには王がいるのだ。羊飼いは羊の群れをすててそれに応じた。農夫は根掘り鍬《ぐわ》を剣にもちかえた。大工は槌《つち》を短剣に。イスラエルのごく一般の男たちは家を出てギルガルのサウルのもとへはせ参じ、王の軍は数百人から数千人にふくれあがった。

一方、ペリシテ軍は妨害もなくベテルをすすみ、ミクマスの北の地平線上に集結した。そこに駐留していたサウルの小さな常備軍は野営をたたんでギルガルへ逃げかえり、「海の砂ほど多くのペリシテ兵がミクマスを埋めつくした」とさけんだ。

そのとおり、ペリシテ軍は南側にある深い峡谷にまもられた高くひろい平原をみつけ、そこに手のこんだ軍事施設をつくりはじめた。同時に略奪隊が野山をかけまわって食料、まき、水などの物資をうばった。彼らはどこへ行っても農夫の家を焼き、畑に火をはなち羊を殺したので、サウルは自分の兵士に何も支給することができなかった。

イスラエルの女や子どもたちはおびえた。年老いて戦うことができない者は、略奪するペリシテ人たちをおそれた。家をうしなった彼らはほら穴や墓や井戸にかくれた。

サウルが軍をひきいてミクマスへむかっていくと、兵士たちはまったくみどりののこされていない光景を目にすることになった。大地は黒々として悪臭をはなち、家や敷地からは人影が消えていた。彼らのもとに逃げてきた住民はそれぞれみずからの体験談をもち、そのどれもがイスラエルにもたらされたあらたな暴力について語っていた。民兵は去りはじめた。父親たちは家族をさがしてこっそり家へ入っていった。農民たちは剣をすて、ヨルダン川対岸のガドやギレアドの地にのがれていった。

自分の息子ヨナタンの軍と合流するためにサウルが軍をひきいてゲバについたが、兵士の数はその双方をあわせても六百人にすぎなかった。

イスラエルの軍勢もまたミクマスの南西の高地に野営した。そして彼らも東西にはしる小峡谷を防御につかった。そのせまい谷はわたるにはあまりにも深く、岩の壁は切りたち、崖っぷちは低木の茂みでおおわれていたからだ。しかし南側は北側より有利な位置にあり、イスラエルはペリシテ人の野営をのぞくことができた。

ヨナタンはそこにひろがる敵の光景に魅せられていた。朝も夕も、彼は断崖のふちに生えている刺《とげ》のある茂みに身をひそめて敵をのぞき、計画をたてていた。野営の主要部は少し奥へ入ったところにあったが、谷の壁のいただきのすぐうしろには小規模で強力な守備隊が配置されているのがみえた。

ある朝はやく茂みからぬけだしたヨナタンは父親そっくりの笑みをうかべていた。白い歯をのぞかせ、黒い目を光らせる、強い自信にみちた笑顔だ。寝ているイスラエル軍のあいだをそっとぬけて、彼は自分の天幕へむかった。

「エタム」天幕へ入った彼はささやいた。

なかにいた若者が動き、目をさました。

「エタム、もしよければおまえと二人でできる計略があるのだが、どうだろう」

ヨナタンは自分の武器をあつめはじめた。若者は上着をつけるとすぐにかけつけ、ヨナタンを手伝った。

「計略ですか」

「きっと主が力をかしてくださる。主がイスラエルを助けてくださらないはずはないのだ」

エタムはささやいた。「おともします」

ヨナタンは若者にむかってにっこり笑いかけた。「それでこそ鎧《よろい》持ちのエタムだ。さあ、いそいで。わたしの支度をしてくれ」彼は両腕をさしだした。エタムが鎖帷子《くさりかたびら》をもちあげて彼の肩にのせ、背中でひもをむすんでいるあいだにヨナタンは言った。「おまえとわたしは崖のこちら側をおりていく。谷底へついたらむこう側の崖にいるペリシテ人の守備隊にわたしたちの姿をみせる。もし彼らが、『われわれがおりてゆくまで待て』と言ったら、わたしたちはその場所でじっとしている。しかしもし彼らが、『のぼってこい』と言ったらエタム、そのとおりにするのだ」

「しかし隊長、あのように深い崖はだれにものぼれません」

「そうだ、ペリシテ人はわたしたちをばかにしてはやしたてるだろう――しかしその言葉こそが、主がわたしたちに彼らをわたされたしるしなのだ」

夜が明けるころ、ヨナタンは編んだ綱をつかみ、谷の南のへりをかくしている茂みにエタムをつれていった。

彼は綱の端をどっしりしたカシの木にむすびつけ、もう一方の端に武具の入った重い袋をつけ、それを谷へおろしていった。袋は岩にぶつかりながら朝霧のなかに消えていった。綱がすべてたぐりだされてしまうと、ヨナタンは綱を両手ににぎり、だまって下の乾いた川床へおりていった、それから綱を三度ひくと、エタムのおりてくる重みが感じられた。

二人とも岩壁のあいだにおりてしまうと、エタムはヨナタンが残りの戦いの装束を身につけるのを手伝った。やがて霧が晴れると二人は見晴らしのよい場所へ行き、ヨナタンは狂ったようにさけんだ。「犬だ。犬だ。ペリシテの犬だ、気をつけろ。イスラエル軍はおまえたちにかかっていくぞ」

高い岩の端から兵士たちの顔がみえ、はじめは眉をしかめていたが、つぎにあきれたように口をあけた。ペリシテ人は笑いだした。「おまえたちが？」彼らは大笑いした。「おまえたちがイスラエル軍か。それではこの二人の大軍にわれわれの上にとんできてもらおう、おまえたちに教えてやることがあるから」

　守備隊は腹をかかえて笑いながらさがっていった。

　ヨナタンはささやいた。「彼らが言ったことをきいたか」彼は鎧持ちを抱きしめ、身をはなすと無上のうれしさに白い歯をのぞかせていた。「神は彼らをわたしたちの手にわたしてくださった。この岩の名はボツェツ、光るものだ。エタム、わたしは光るものをのぼっていくから、おまえはワシのようにうしろからとんでこい」


　日中のいちばん暑い盛り、サウル王はザクロの木陰で眠っていた。

　とつぜん地面がゆれた。とび起きて目をしばたたき、頭をはっきりさせようとしていると、見張りがさけぶのがきこえた。「みろ。ペリシテ人の野営を。みろ」

　みると、まるで夢のなかのように敵の全軍が右往左往していた——大混乱しているのだ。救いがたい混乱状態にみえた。

「出かけた者はだれだ」サウルは呼びかけた。「どの隊長がいなくなっているのか」

　ペリシテ人の騒動がひどくなっていくあいだにイスラエルの男たちは自分たちの天幕に走ってゆき、ヨナタンが鎧持ちをつれ、剣や武具一式をもって出かけていることをつきとめた。

イスラエルの王サウルは大笑し、ひときわ抜きんでた身のたけで立ち上がり、呼びかけた。「戦いははじまった。さあ、それに決着をつけるときだ」彼は軍の半分を西からの攻撃にむかわせ、残りの軍は自分が東にひきいてペリシテ人を東側から討つため、たやすくとおれる峠から谷をわたった。サウル王が野山を馬で疾走していくと、農夫や羊飼いたちが隠れ場所から出てくるのがみえた。彼らは敵がおびえ、イスラエル軍が力をもったことをききつけたのだ。サウルの民兵はふたたびふくれあがっていった。彼らの王サウルはたのもしき憤怒《ふんぬ》と、高らかな笑い声をふりまきながら馬を駆っていった。

ペリシテ人の野営に近づくと、そこではすばらしい大混乱が起きていることがわかった。彼らは同士討ちをしていたのだ。こうなったらためらうことはなかった。サウル王は馬を駆りたてて敵のまんなかにつっこみ、鉄の剣をふりまわして大量殺戮《さつりく》をおこなった。彼は敵の腹を突き刺した。あごをつけ根のところからたたき切り、頭蓋骨を割り、のどから真っ赤な噴水をふきださせ、あざけりと呪いをどなりちらしてペリシテ人をおびえさせ、イスラエルの民のために道をひらいた。

ミクマスの戦場に血の川が流れた。そのために、のっていた馬がすべってころぶと、サウルは馬からとびおりて立ち上がり、短剣と剣をもって戦った。うしろへ、うしろへとさがってゆくと――だれかの体とぶつかった。相手をたおそうとふりかえればそれはわが子と知り、サウルはうれしさに高笑いした。「ヨナタン、ヨナタンか。何といい日ではないか」

彼らは背と背をあわせ、四本の足をもつ無敵のものとなって戦った。

「ヨナタン」サウルは呼びかけた。「ペリシテ人に何をしたのか」

ヨナタンは王を殺そうとする者を殺しながらさけんだ。「ボツェツをのぼったのです。そして守備隊をおどろかせました。わたしは二分間に二十人を殺しました。残りの守備兵はイスラエルが谷の上に舞いあがったと泣きごとを言いながら野営に走っていきました。すると大地がゆれ――それはわたしたちの主なる神だったのです。神の力の前には、彼らもどうすることもできませんでした」

ペリシテ人がミクマスから去るように、父と子は背中あわせに戦い、ペリシテ人の全軍を恐怖におとしいれた。ペリシテ人は西に退却し、彼らが遠くへ逃げていくにつれ、サウルの民兵たちはかくれていた山からぞくぞくとおしよせた。イスラエルの軍勢はペリシテ人をアヤロンまで追っていった。

キシュの子サウルの家族はつぎのとおり。イスラエルの王として油をそそがれたとき、彼にはヨナタン、イシュビ、マルキ・シュアの三人の息子がいた。娘二人の名前はメラブとミカルだった。ミカルは末っ子で、父の即位式のときはまだ赤ん坊だった。つまり彼女は自分が王の娘ではなかったときを知らない子だった。

彼の妻でこれら五人の子の母の名はアヒノアムといい、それはわたしの兄弟はよろこびという意味だった。夫が王になってから、アヒノアムはもう一人の息子アビナダブを産んだ。

のちにサウルはアヤの娘リッパを側女《そばめ》としてつかえさせた。リッパは彼とのあいだに二人の息子アルモニとメフィボシェトをもうけた。彼女の名前は赤く燃える炭という意味だ。彼女は愛情深く、子どもたちにあくまでも忠実な女だった。リッパは二人の子どもたちが死んだあとも赤く燃えつづける炭だった。

ミクマスでは勝利をおさめたものの、サウルの生涯を通じてペリシテ人とのはげしい戦いはつづいた。彼は強い男や勇敢な男がいればいつも、ギブアの要塞におく常備軍に参加しないかともちかけた。そのためサウルの軍勢は従順で円滑に維持され、即戦力をもつ、王のほかだれにも負うところのない軍隊だった。そして将軍にはいとこのアブネルを指名した。

ⅳ

白髪の祭司サムエルは、ラマからサウルのいるギブアへ旅をしてきた。彼らは町の門のところで会った。サムエルは話をはじめる前に、すわって休んだ。老人がだまっているあいだ、王もだまっていた。祭司に会うためにつやのある黒髪はとかしつけられ、柱のようにそびえる長身で彼は立っていた。

やがてサムエルは目をあげて言った。「イスラエルの王としてあなたに油をそそぐようわたしをつかわしたのは、主であったことはおぼえているだろう」

「はい、おぼえています」

「それではあなたを王にされた主の言葉をききなさい。〝アマレク人はユダ族を苦しめている。彼らは自分のやり方を変えることはないのだ。またわたしはエジプトからのがれてきたイスラエルの民を彼らがどれほど妨害したかを忘れてはいない。わたしは彼らを罰することにした。キシュの子サウルよ、行ってアマレク人を討ちなさい。彼らのものすべてをほろぼしつくすのだ。人も物ものこらず、男、女、赤ん坊、乳飲み子、雄牛、羊、ラクダ、ロバにいたるまですべてを殺すのだ〟」

それをきいた王は気落ちして疲れたようにみえた。「ヘレム（ほろぼしつくす）」と彼は言った。

「そのとおり」サムエルは言った。「ほろぼしつくすのだ。アマレクは主の破壊のためにささげられる。あなたもあなたの従者たちもアマレクのものだった何物にもふれてはならない。さもないとイスラエルにわざわいがもたらされる」

サウルは言った。「そのようなことは、ヨシュアがカナンに入り、エリコをほろぼしたとき以来もとめられませんでした」

サムエルは目をほそめて王をみあげた。「どうしてそのようなことを言うのだ、サウル。何かわからないことがあるのか」

「いいえ、ありません」王は言った。

しかし彼の顔のしわは前より深くなっていた。サウルが国を治めるようになってからそれまで、彼には心の休まるときがなかった。ペリシテ人を相手にめざましい戦いぶりをみせたものの、彼らを征服することはできなかった。同時にイスラエルの古くからの敵はその絶え間のない不安につけこんできたので、サウル王はモアブ人、アンモン人、エドム人にたいして戦いの角笛を吹きつづけなければならなかった。そして彼の人格のみの力によって、何度も民兵をあつめなければならなかった。

そしてサムエルは言うのだ。「行きなさい。アマレク人を完全にほろぼすのだ」と。

そこでサウルはふたたび目に敵意の炎を燃やし、戦いをつげる雄羊の角笛を吹き、今回はユダのテライムにイスラエルの男たちを召集した。そして今回もまた、人の心をつかむ力のあるこの王は兵士をあつめることに成功した。農夫は戦士に変わった。彼らは武器をとり、かつて自分たちの先祖を攻撃した部族たちを討つため、荒れ野に入る準備をした。テライムでサウル王は命令を出した。「ほろぼしつくすのだ。戦いが終わったら、アマレクのものは何ものこしてはならない。主の破壊のためにささげられるからだ」

そして馬にのり、全軍の先頭に立ってすすんでいった。彼のすぐあとからは親衛隊、それからアブネルと彼の隊長たち、そして最後にイスラエル軍の主力が徒歩で出陣した。サウルとアブネルとヨナタンは青銅の兜をかぶっていた。ほかの者たちはてっぺんがまるく、耳と頬を保護する長いおおいがたれた、革の兜をかぶっていた。

アマレク近くの谷でイスラエルの軍勢は停止した。

サウルは夜のうちにヨナタンを遊牧民の野営へ偵察に行かせた。息子からの情報を得た彼は、夜のうちにアブネルと七人の兵卒をおくってラクダとロバの膝腱《しっけん》を切らせ、そのあいだに自分はイスラエル軍をひきいて野営のまわりに大きな円陣をつくった。投げ縄のように。

日の出とともにサウルは号令を出した。隊長たちはそれをききつけた。野火のように彼らの声はアマレクをとりかこみ、やがてイスラエル自身が火となってあらゆる方向からおしよせ、神聖な大火となってアマレク人を殺戮した。多くの者が殺された。ほとんどの者が殺され――逃げた者はエジプト近くのシュルまで追われて殺された。

しかしすべての者が殺されたわけではなかった。サウルはアマレク人の王アガグを生かしておいた。またサウルの兵士たちも最上の羊、雄牛、食用の子牛や子羊をのこしておいた。

するとラマにいるサムエルのもとに主の言葉がくだった。

主は言った。〝わたしはサウルを王にしたことを後悔している。彼はわたしにしたがうことをこばんだからだ。彼はわたしの命令どおりおこなわなかった〟

サムエルは憤慨《ふんがい》した。

朝になると彼は立ち上がり、王をさがしにいった。

サウルは戦いに勝ったと人々は彼につげた。北にむかって勝利の行進をおこない、カルメルにしばらくとどまって自分の戦勝碑を建て、それから主にささげものをするためにギルガルにむかっているという。サウルはまた、戦いのあかしと個人的な戦利品としてアマレク人の王アガグを生け捕りにしてつれてきたともいう。

そこでサムエルは、老人には一日の旅となる行程を、サウルのいるギルガルへむかった。サムエルが来るのをみたサウルは出迎えにいった。

「あなたに主の祝福がありますように」彼はサムエルにむかって歩いているときから笑顔で呼びかけた。「わたしは命令どおりおこないました。アマレク人を成敗しました」

サムエルは王が近づくのを待ち、それから言った。「それではわたしの耳にきこえるこの鳴き声は何だ」

サウルはまだ笑顔をみせながら立ち止まった。

サムエルはさらに声をあげて言った。「この牛の鳴き声は何だ」

「ああ、このことですか。あなたの神、主にささげものをするために、羊と雄牛を何頭かつれてきた者がいて――」

「だまりなさい」サムエルは言った。

「――ほかのものは、ほかのものは完全にほろぼしました――」

「だまりなさい」サムエルは声を荒らげた。「主が昨夜おっしゃったことをきく気はあるのか」

サウルはせわしくまばたきをはじめ、勝利のよろこびはとつぜん消えていった。深く息をついて言った。「つづけてください」

「あなたはイスラエルの全部族の長だ。主はあなたを王にされた。その同じ神があなたをつかわし、アマレク人を討ち、彼らを完全にほろぼすまで戦うように命じられた。それなのにどうしてあなたは主の言葉にしたがわなかったのか」

「したがいました。主につかわされてするべきとおりのことをしました。ただわたしはアガグを、また兵士たちはこのギルガルでささげものをするために最上の家畜をつれてきただけです」

「主は従順な者と同じほど、ささげものをよろこばれるだろうか」サムエルは声をはりあげ、年老いた目を光らせた。「みなさい、主にしたがうことはささげものにまさり、主の言葉に耳をかたむけることは羊の脂肪より好ましいものだ。しかし反逆は魔術と同じようによこしまで、かたくなな心は偶像礼拝と同じだ。あなたが主の言葉をこばんだから、主はあなたが王であることをこばまれたのだ」

サウルの顔のしわは、どれもいっそう深まった。彼は肩をおとして言った。「わたしは罪をおかしました。主の命令にそむきました。神の祭司サムエルよ、おねがいです、わたしの罪をゆるしてください。主を礼拝することができるように、わたしにつきそってください」

しかしサムエルの怒りはとけなかった。「わたしはあなたにつきそわない。主はあなたをこばまれたのだ」

老人はふりかえって立ち去ろうとした。

「待ってください」サウルはさけんだ。彼はサムエルの前に立って行く手をはばんだ。「どうしてわたしはほかの者のようにゆるされないのでしょうか」

「あなたは以前とはちがってきたからだ、サウル。あなたは短気で傲慢になった。自分にはない権限を、無理やりわがものとした。祭司であるわたしが来るのを待たないで、あなたは主に焼きつくすささげものをした」

「そうです」サウルは苦しげに言った。「たしかにささげものをしました。しかしそうしなければならなかったのです。サムエルよ、イスラエル軍は神の祝福を必要としていたのに、あなたはなかなか来なかった。あなたを待っていたのに、あなたは来なかったのです」

「どきなさい」老人は嚙みつくように言った。「あなたはもはや主につかえていないから、主もあなたにこたえられないのだ。主はあなたがイスラエルの王であることをこばまれた」

サムエルはサウルをうしろへ突いた。背の高い男は棒で打たれたようによろめいた。サムエルは歩きかけたが、サウルは手をのばして彼の衣を強くひいたので衣は裂けた。彼は衣をはなした。サウルはひざをつき両手をあわせて懇願した。しかしサムエルは裂かれた衣を両手にもってサウルの顔の前にかざした。「これがしるしだ」年老いた四肢をふるわせながら彼は言った。「あなたがわたしの衣を裂いたように、主は今日あなたからイスラエルの王国を裂き、あなたより価値のある隣人にあたえられたのだ」

「わたしは罪をおかしました、罪をおかしました」サウルはなげき悲しんだ。泣いて、そのたくましい肩をふるわせた。「祭司よ、しかし民の長老たちの前でわたしが面目をたもてるようにしてください。わたしにつきそって主なるあなたの神をおがませてください」

サムエルの体はまがり、やせて疲れきっていた。そして彼のなかの怒りは消えさったようだった。ゆっくりと手をのばし、それをサウルの頭においた。彼はサウルの美しい髪をなではじめた。王が彼の前でじっと頭をたれている長いあいだ、サムエルはその髪をなで、二人とも何も言わなかった。

老祭司は気持ちをやわらげ、王とともに一日の旅に出かけ、サウルは主を礼拝した。

しかしサムエルがラマへもどり、サウルがギブアの砦《とりで》へ旅立ってから、サムエルが死ぬ日まで二人が会うことはなかった。

ⓥ

ペリシテ人はイスラエルの王とその軍隊の気概をためすことをやめなかった。

毎年きまったように、訓練された兵士たちが幅のひろい長方形の盾を地面につらねて打ちこみ、戦線をしいて、そのあいだに槍騎兵《そうきへい》をすえた。その要塞のような集団の後方からあわれなイスラエルの村人にむかって、雨のように矢が降ってくると、村人たちは声をあげ、王のもとにやってきて自分たちを助けてくれと懇願するのだった。

そこでサウルはふたたび自分のなかに火を燃やし、角笛を吹いて、苦しむイスラエルの人々に代わって戦う民兵をあつめた。しかしイスラエルの人々はしだいに王に注意をむけなくなっていった。

そのためあるときは、常備軍の支援だけをうけ、彼みずからが剣をとり、死にもの狂いでペリシテ人に切りつけて、彼らを追いもどさなければならなかった。またあるときは、ギブアの要塞をかこむ庭でみずから訓練したもっとも愛する若者たちが、自分のとなりで死んでいった。そんなことがかさなるうち、この偉丈夫の王にはあらたな怒りがわきあがり、だれにもたえられないようなふるまいをするようになった。彼は戦闘用のこん棒で木の盾をこなごなにたたきこわした。またあるときは戦いの装束のまま、血がついた体をきよめもしないで疲れきって寝てしまった。

そしてこのあらたな怒りとともに、あらたな苦しみがやってきた。彼は悪夢をみるようになったのだ。悪夢をみると彼は汗にまみれて目をさまし、不安にさいなまれ、こめかみをおさえて大きなうめき声を出すまいと必死にこらえた。

サウルは臆病な男ではなかった。しかし恐怖にどう対処してよいのかわからなかった。頭のなかでひどい騒音がするようになり、それが口からもれてくるのではないかと思った。そこで毛布に顔を埋めて、乱れた姿をかくそうとした。

自分には職務を果たす能力があると感じる数カ月間もあった。そういうときはふたたび笑顔をみせ、若者の背中をたたき、彼らといっしょに食事をした。そのようなときは、イスラエルも他国とくらべて、たいした戦いをしていないように思えた。

しかしとつぜん恐怖がもどってきて、夢をみては起き、また夢をみることが三晩もつづいた。

ある夜、恐怖のために寝床から起き上がった彼は、側女のリッパが部屋にすわり自分をみているのに気づいた――じっと動かない亡霊のようだった。

彼は両ひざをひき、両ひじを腹につけ、鼻から音をたてて息を吸い込み、けんめいに自分を抑えていた。

リッパは若くやさしい女で、やせて、さびしそうな顔つきをしていた。彼女にみられていることに、彼はひどく当惑した。

リッパは言った。「これがはじめてではありませんね」

サウルはうなずいた。このものしずかな女は彼が思っている以上のことを知っていた。

リッパが立ち上がってそばにやってくると、サウルは彼女がはだしで歩いていることに気づいた。彼女は彼の敷物のよこにすわると、冷たい両手で彼の頭をもちあげ、やさしく自分のひざの上にのせた。それから高い、素朴な調子でうたいはじめた。子守歌だった。

リッパはサウルの魂がしずめられ、彼が目をとじて眠りにつくまでうたっていた。

こうしてサウルは歌によって心をとりもどせることを知った。

そして数カ月がこのようにしてすぎていった。サウルが暗い気分に入っていくのを知るとリッパは夜やってきて、彼にふれ、歌をうたって彼をなぐさめた。

しかし戦いのために家をはなれれば、自分のためにうたってくれる者がいなくなることにサウルは気づいていた。

そのうえリッパは妊娠していた。すぐに彼女はほかの者のために夜をすごすことになるだろう。そうなったらいったいだれがイスラエル王のためにやってきて歌をうたうのだろうか。

ユダの山地と、ペリシテ人の住む沿岸部の平地のあいだには、起伏《きふく》の多い土地がひろがっていた。だれかがなげだした毛布のようにまるくもりあがり、しわがよっている。そこはよこ十五キロ、たて四十五キロほどの、南北に細長い山麓《さんろく》の丘陵地帯で、五つの肥沃《ひよく》な谷によって分けられていた。丘はわずかな土が上にのったかたい岩石、ナリでおおわれ、作物の栽培をすることはできなかった。低木がひげのように生えていた。そこでそだつイチジク桑は甘くて小さいイチジクのような実をつけた。しかし谷の地味は肥えていた。そのため石灰岩でつくられた村は丘の中腹にへばりつき、谷は耕作のためにとってあった。

ユダの山岳地帯に住むイスラエルの民は海までみわたせる位置にいたので、この地域はシェフェラ（低地、平野）と呼ばれていた。

そしてシェフェラで東方をさぐっていたペリシテ人は、エラ谷の東のとおり道にある町アゼカをとつぜんうばった。彼ら自身の町ガトはその同じ谷の西端を支配していた。そのため彼らはこの、ユダにできた足がかりをすばやく増強した。谷へおくりこんだ大軍はアゼカをすぎて一・五キロのところまですすみ、谷の南側にある丘を占めてそこに塹壕《ざんごう》を掘った。またその丘のいただきに野営し、さらに谷の先、ソコの西一・五キロのところに戦線をしいた。

ソコの人々は目覚めると、エラ谷の底をよこぎるように盾の壁ができ、そのうしろにペリシテ人がはりつき、そのまた奥の高い丘にはさらに多くのペリシテ人がいることを知った。すぐに彼らは使者をおくり、イスラエルの王に来て戦ってくれるようねがいでた。

サウル王は戦いの角笛を鳴らした。

北の部族の男たちはほとんど来なかった。ベニヤミンからはいくらかの男たちが来た。やって来たのはほとんどユダ族の者たちだった。彼らと常備軍をひきいてサウルは南のベツレヘムへむかい、そこからエラの小川にそって西のソコまで谷をすすんでいった。彼はペリシテ人のいる丘から三キロのところにある、谷の北側の丘で野営した。

朝になって、サウルとアブネルとすべての戦士たちはペリシテ人の盾を攻撃した。彼らは平らな谷底をよこぎって進撃し、小麦畑をふみ荒らし、無割礼の兵士たちのうすい戦線にまっすぐ突入していった。しかし戦線の手前でおびただしい矢が降りかかった。左右の丘に射手がいたのだ。伏兵だ。アブネルは大声で退却を命じた。イスラエル軍は二十七人をうしなった。その夜、サウルはふたたび恐怖にふるえて自分の天幕で目をさました。

つぎの日も前日と同様うまくいかなかった。

そして四日め、彼らはペリシテ人の野営で笑い声がするのをきいた。

それは一人の巨大な男のとどろきわたるような笑い声だった。男は文字どおりの巨人で、イスラエルの民兵をあざける大声が、むこう側の丘から谷をわたってこちら側の丘まできこえてきた。

侮蔑《ぶべつ》の言葉は五週間にわたっておとろえることなくつづき、この合戦はサウルがそれまでにたえしのんできたなかでもっとも屈辱的なものとなった。

サウルは日中は王らしい体面をたもっていた。しかし夜は彼にとってたえがたいものだった。眠りについて一時間もしないうちに、恐怖とすさまじい苦痛で目覚めるのだ。考えることも、計画することも、祈ることも、寝ることもできなかった。息もたえだえだった。声をあげまいと必死にこらえ——やがて明け方になると、また王らしくふるまおうとけんめいに努力するのだった。

サウルは兵士たちに、歌のうまい者はいないかとたずねるようになった。自分の天幕にひかえていて、夜中にやさしい歌をうたってくれる者が必要だと彼は言った。

ある日シャンマという男がやってきて言った。「竪琴《たてごと》をかなで、歌のうまい若者を知っております」

「それはだれだ」王はきいた。

「わたしの末の弟です」シャンマは言った。「弟のもっている木の竪琴は六弦のものですが、三弦でも十二弦でもひくことができます」

「そういうおまえはだれだ」

「ユダのベツレヘムに住む、エッサイの三男シャンマと申します。王よ、わたしたち兄弟はあなたの戦いについてまいったのです。しかし歌をうたうのはダビデという者です。ダビデはまだ年若いので家に住み、父の羊の番をしております」

「シャンマよ、ダビデをつれてきなさい。できるだけはやく」

そこでシャンマはベツレヘムへ行き、エラ谷の野営へ弟といっしょにもどると、王の前につれていった。

サウルが天幕から出ていくと、華奢《きゃしゃ》な骨格をした、王の胸ほどの背たけの若者がいた。しかし若者の身のこなしは優美だった。繊細な指、もつれた赤い髪、長いまつげ、目には金色の斑が入っていた。

「エッサイの子ダビデか」

「そうでございます」

「敷物と竪琴はもってきたか」

「はい」

「父はおまえがここへ来ることをみとめたのか」

「はい」

「それではこうしよう、一晩か二晩わたしの天幕で寝るのだ。もしわたしが目覚めているのをみても何もきくな。わたしに話しかけるな。わたしが何をしているのかと考えるな。

ただ竪琴をとって、わたしがふたたび眠るまでうたってくれればいい」

「わかりました」

そして若者は王の天幕に床をのべた。

朝に夕に、巨人はペリシテ人の野営から出てきて谷のむこう側に立ち、大声でイスラエルの者たちをあざけった。「いちばん強い者を出してこい」巨人はどなった。「イスラエル兵よ、わたしと戦う者を出してかかってこい」

この一人の男のために、サウルの軍はエラ谷をよこにはしる戦列への攻撃をやめてしまった。一人のペリシテ人をおそれる者たちが、どうして千人を相手にできるだろう。

もっとも、それはほんとうにおそろしい男だった。身のたけは二・七メートル以上。青銅の兜《かぶと》をかぶり、重さ九十キロ以上の鎖帷子《くさりかたびら》をつけていた。脚には青銅のすね当て、肩のあいだには青銅の投げ槍をぶらさげ、手には織工のつかう巻き棒ほどの柄《え》がついた槍をもっていた。出身地はガト。名前はゴリアトだった。

ゴリアトは毎日のように朝と夕、南の丘の高みにのぼって大声で呼ばわった。「わたしはペリシテ人ではないのか。おまえたちはサウルの兵士ではないのか。わたしと戦う男を一人えらべ。もしその男がわたしを殺したら、われわれはおまえたちのしもべになろう。

もしその男が死んだら、おまえたちはわれわれのしもべになるのだ」

この屈辱的な戦いの五週間め、サウルは夜中にとつぜん苦しみの叫び声をあげて目覚めた。まるでハゲワシに胸をついばまれているようだった。「ダビデ」彼は息もたえだえに言った。つばがあごひげをぬらしていた。「ダビデ、エッサイの子ダビデよ」

そして、すでに若者がうたっていることに気づいた。

サウルは息を止めた。

「神がおられるから」とダビデがうたっているのがきこえた。「神がおられるから」ゆたかな、やさしい声、みがきあげられた黄金のように無垢《むく》な音色だった。くちばしで突かれるような痛みはやわらぎ、やがて消えてゆくのが感じられた。かっとみひらかれた目から緊張がほぐれていった。サウルは床にもどり、大きく息をついた。まぶたはたれさがり、ひとりでにとじた。

エッサイの子ダビデはやわらかい六本の弦に指を這わせてうたっていた。

わたしにはさびしいことがない。神がここにおられるから。

わたしの肩に手をおいてくださるから。耳に言葉をきかせてくださるから。

主はわたしの羊飼い、わたしをみちびき
しずかな泉とやわらかいみどりの草原へつれていかれる。
主はわたしをやしない、いやし、みまもり、救い、
正しい道をしめして、先に立ってゆかれる。

わたしにはさびしいことがない。神がここにおられるから。
わたしの歩みを強めてくださるから。耳に歌をきかせてくださるから。

死の谷をわたるときも
わたしはおそれない。わたしは泣いていない。
あなたの笞《むち》はけものを打ち、あなたの杖にわたしはすがる
あなたはわたしのなぐさめ、わたしの救い。
あなたはわたしの今であり、はじめと終わり
わたしの額には油がしたたり
わたしのあらゆるつとめにはさいわいがもたらされ

わたしは永遠に主の家に住むでしょう――

ああ主よ、わたしはもうさびしいことがありません

あなたがともにおられるから、わたしの羊飼い――主が。

ゴリアトが大声で嘲笑をはじめてから六週間めの五日、シャンマが王の天幕へきて謁見《えっけん》をもとめた。昼のことだった。イスラエル軍は屈伏の姿勢をみせ、心細そうに寝ころんでいた。だれも食事をしていなかった。

王は出てきて天幕のおおいの陰にすわった。シャンマのとなりには、末の弟のダビデが立っていた。

「それで？」

言いづらそうにシャンマは口をひらいた。「ダビデが巨人と戦いたいというのです」

サウルは大声で短く笑った。しかしダビデはまっすぐ王の目をみつめ、たじろぐことはなかった。

「おまえはまだほんの若者だ」サウルは言った。「それに羊飼いだ。ゴリアトにはいろいろ有利な点があるうえに、若いときからずっと戦士だったのだ」

シャンマは弟の肩をたたいた。「だから言ったではないか。さあ行こう」

しかしダビデは兄をとおりこして王のところへ行った。「ほかの者たちはゴリアトと戦おうとしません」彼は日の光のようにゆるぎない目をむけて言った。「イスラエルのすべての戦士の心は、この一人の男のために力をうしなっています」

「そうだ。そのとおりだ。そして大の男が彼と戦わないというのに、どうして若者を行かせることができようか」

しかしサウルの心には一瞬よこしまな炎が燃えた――〔ぬけ目のない若造め〕。彼は自分の前に立っている若者のぬけ目のなさとその能力をせまい心でみつもりはじめた。

「おおせのとおりです」ダビデは言った。「そして王のおっしゃるとおり、このしもべは羊の番をしております。しかし王よ、それこそがわたしが行く理由なのです」

「なんだと」サウルは一瞬にやりとした。「どうして」

「羊飼いのわたしは、ライオンや熊が群れから子羊をとらえると、そのあとを追っていきます。わたしはけものを笞で打ち、その口から子羊をとりあげます。もしおそってきたら、わたしはけもののひげをつかんで殺します。そしてライオンの口や熊の爪からわたしを救ってくださるのは主なのです。主はかならず、わたしを無割礼の巨人から救ってくださいます」

語りおえるころにはダビデの目には金色の炎が燃えていたので、サウルは口もとをゆるめずにはいられなかった。

〔この男は毒にひたした短剣だ〕と王は考え、それから大きな声で言った。「これほど真実の言葉はきいたことがない。勝利をあたえられるのは主だ。ここで待ちなさい」

サウルは天幕へ入り、自分の鎧《よろい》をもってきた。

「そうだ、そしてわたしも主におまえのことを推奨しよう。ほら」彼は鎖帷子をダビデの背中へもちあげた。兜をダビデの頭にのせると、あわれな若者はどっしりした金属の下からカメのように顔をのぞかせた。サウルはそれをみて笑いたかった。しかし同時にダビデの身が気がかりだった。鎧をつけるのはとうてい無理だった。若者は鎧なしで歩いていかなければならず、無防備のためすぐに攻撃をうけるだろう。

「しかし剣をあつかえないのに、どうやって野生のけものを殺すのか」サウルはダビデの小さな体から鎧をひきあげながら言った。

「これをつかうのです」ダビデは右手をあげた。中指には長い革の投石器の端がむすびつけられていた。二本の細ひものあいだに編まれた、石を入れる部分は、よくつかいこまれてすれていた。

「それをつかうのか」

「そうです」

イスラエルの王は若者のもつれた赤い髪の上に手をのせた。「行きなさい。そして主がともにおられるように」王は心をこめて言った。

こうしてダビデは、自分の杖を手にとると、前腕に袖のように投石器を巻き、羊飼いの袋を腰のくびれにつけて出発した。

サウル王はこの冒険心あふれる若者からいっときも目をはなさなかった。ダビデが谷の北の斜面をおりていくと、彼をみまもるために見張り所にのぼった。

夕暮れがせまり、その日二度めにゴリアトがイスラエルに挑戦するために姿をあらわすころだった。

もはや戦いをさけることはできなかった。巨人が谷の南側の平たい大石にむかって歩いているのがみえ、そのあとについていく従者は大の男であったにもかかわらず、もっている主人の鎧の重みで難儀をしていた。

ゴリアトは巨大な石のテーブル、卓石（ドルメン）にのぼり、頭をのけぞらせて太い声で言った。「イスラエルの兵士よ、わたしと戦える男を出してかかってこい」

サウルはいそいで谷底に立つダビデをみた。彼がいた――そして何と巨人にさえ注意をはらっていないのだ。エラの小川のほとりに片ひざをつき、水へ手をのばして〔石をえらんでいるのだ〕。ガトのゴリアトが雄牛のような声で丘をふるわせているあいだ、ダビデはぬれた石をもちあげ、それを羊飼いの袋に入れていた。〔四つ〕、サウルは数えていた。〔五つ〕。それから若者は立ち上がり、小川をとびこえ、ゴリアトにむかって歩きつづけた。〔おどるように爪先で歩いている〕

とつぜん巨人はイスラエルの男が近づいてくるのに気がついた。「やっと来たか」彼は声をあげた。盾をもたせた鎧持ちを自分の前に立たせ、そのあいだにゴリアトは兜をもちあげてかぶろうとした――しかしそのとき、前かがみになって顔をしかめた。「何だ」彼はどなった。彼は兜を地面になげつけ、鎧持ちをわきへはねつけ、ぶかっこうに走りはじめた。「何だ。わたしは犬か」

よくみようとしてサウルは前へかけだした。ゴリアトは笑うのをやめていた。彼はあざけってはいなかった。憤慨し、入道雲のように険悪に眉をしかめていた。

「わたしは犬か、杖をもってむかってくるとは」彼はどなった。

ダビデはひるむことはなかった。そのままかろやかに歩みつづけ、よろよろと走る敵に顔をまっすぐにむけ、肩をそびやかし、その首は象牙の柱のようだった。

ゴリアトは止まった。「それならかかって来い」彼は怒った。剣をぬき、織工の巻き棒のような槍をもちあげた。「来い、おまえの肉を鳥やけものにくれてやる」

はやくもおそくもない自分にあった速度で、ダビデは歩きつづけた。彼が背後の袋から石をそっととりだし、投石器のくぼみにあてがうのをサウルはみていた。するとやさしげなテノールの声が谷にひびいた。「おまえは鉄の武器をもってやってきた。わたしは主の御名《みな》においてやってきたのだから、おまえは主にいどむことになるのだ。今日、主はおまえをわたしの手にあたえられる。そしてわたしはおまえをたおし、イスラエルには神がおられることをあまねく世界が知るのだ」

少年だ。ゴリアトは面食らった。唇がちぢこまった。恥をかかされた巨大な戦士の、不明瞭なうなり声がサウルにきこえた。あらたにわきあがった怒りにつき動かされて巨人は前にすすんだ。坂をかけおり、ダビデにむかっていった。若者の胸の高さに槍をかまえていた。そして右手にもった剣をふりあげた。

サウルは立ちすくみ、巨人と同じように言葉も出なかった。

しかしダビデは歩みの速度を変えることはなかった。投石器を頭の上でまわしはじめ、革ひもが風を切る音がした。

音をたててダビデは石をはなった。石はゴリアトの頭蓋骨めざしてとんでいった。

とつぜんペリシテ人の闘士は困惑して歩みをおそくした。質問をするようによこをむき、それから巨大なヒマラヤスギがたおれるように、巨人はうしろへたおれた。

それでもダビデは止まらなかった。早足で坂をのぼってあおむけになっているゴリアトのところへ行き、その手から大きな剣をうばいとると、巨人の肩に右足を、耳に左足をのせて鉄の武器をふりかざし、力いっぱいそれをふりおろした。刃は肉と骨を切り裂いて下の地面にまで達した。ゴリアトの首はころがり、サウルは笑いはじめた。サウル王は国を治めはじめたころのように、口をあけて笑った。谷をよこぎってもどってくるダビデは、髪をつかんでゴリアトの生首をもち、そのゴリアトの額のまんなかには小さなまるい穴があいていたからだ。

すべてのイスラエルの民は勝利をよろこぶ歓声をあげた——一方のペリシテ人はあわてて戦線から盾をぬき、みなてんでに退却した。

すぐにイスラエルとユダの男たちがペリシテ人を追った。彼らは谷のなかを敵を追ってガトや、エクロンの城門まで行き、その道すがら臆病な者たちを殺した。そしてもどってくるとペリシテ人の野営を略奪し、自分たちのにぶい青銅の兵器を、かがやくあたらしい鉄のものと替えた。

しかしサウルは一人はなれて立ち、今回の勝利について考えていた。夜になり、彼の晩年に燃えあがった火、ふたたびあらわれた人生のよろこびであるダビデをみつけた。

「エッサイの子よ」彼は言った。「これからはわたしの鎧持ちになりなさい。それだけでなく、わたしといっしょに戦いに出るのだ。わたしのとなりで戦うのだ、ダビデ。そしておまえが明日も今日と同じように勇敢であるなら、おまえに千人隊をまかせよう。ダビデよ、神は今日、何という栄光をわれわれにおあたえになったのだろう」

ふいに王はひざまずき、ほっそりした羊飼いを強く抱きしめた。

そのようにあからさまな愛情の表現をみれば、サウルのほかの息子なら嫉妬を感じただろう。それは多くのものが約束されることを意味していたから。

しかしヨナタンはほほえみながらうしろの暗がりに立っていた。彼もまたよろこびに胸を熱くしていた。サウルがまた強くなったのだ。サウルがふたたびたくましく、しあわせで完璧な王になった。父の魂は回復したのだ。

それゆえヨナタンは、これだけ父によいことをもたらしてくれた血色のよい若者をみつめ、彼を愛していた。

ⅵ

「ダビデ、ここへ来てくれ。父があたらしい武器を手に入れたのだ。みてくれ」

サウルはギブアの砦《とりで》のうしろに石づくりの厩舎《きゅうしゃ》を建てていた。彼と隊長たちは戦いのとき馬にのるため、平和なときでも、しもべに馬をやしなわせ、手入れをさせていたのだ。イスラエルは馬を裕福な異教徒のおもちゃだと考えていたが、サウルはよりはやく旅をするために馬をつかうようになった。そして、たのしみのためにも。

ヨナタンがダビデに馬ののり方を教えることもゆるしていた。エッサイはそれをみとめていなかったが。しかしこの若者はすでに宮廷の者になったのだ。

「こっちだ。ここへ来てくれ」

ヨナタンはダビデを厩舎のうしろにある低い建物へつれていった。掛け金をはずし、木の扉をおしあけはじめた。ヨナタンは頬に冷たい朝の空気を感じ、胸をおどらせていた。ダビデにあたらしいものをみせるのは、いつも大きなよろこびだった。

田舎からやってきたこの若者はみせるものを心から評価してくれるので、ヨナタンの気持ちも大いに高められた。ダビデがいっしょだと、自分は賢く、ものごとに習熟しているように感じられた。まるで教師のような気分だった。ダビデとのあいだに競争はなかった。それまではヨナタンの友人も、彼自身も、何かにつけて優劣をつけようとしてきた。もし走るなら、人よりはやく走ろうとするのは彼の性分だった。しかしこの友人だけは、ほかの者よりはやく走ろうとする必要を感じていないようだった。それどころか自分よりほかの者をみとめようとするのだった。またヨナタンのような特定の友人が時間をさいてダビデに知識や洞察をあたえてやれば、彼の知的な目はよろこびと感謝の気持ちでかがやくのだった。

「きみはこれをどう思うか」ヨナタンはダビデが小屋のなかの宝をみることができるように、うしろに立って言った。

戦車だった。

ヨナタンはだまっていることができなかった。彼は笑いだした。ダビデは笑わなかった。琥珀《こはく》色の目で友人にほほえみかけ、それから興味深そうに戦車に近づき、ふれはじめた。戦車の長柄《ながえ》、御者台の下から車軸へはしる棒、小枝で編まれた御者台、内部の前板、前面と側面にかたい革をかぶせた外装。

ダビデはそのあいだずっとだまっていた。ヨナタンはこの若者の自制心に心をうたれた。

自分だったら戦車をしらべながら大騒ぎをし、あらゆる考えを口にするだろう。戦うときヨナタンは叫び声をあげた。父と話すときは二人とも声をはりあげた。女と交わるときは笑い、女といっしょに声をあげた。しかし、ダビデはじつにさまざまなものごとを心にうけとめ、それらを深く感じながら、しかもおだやかな外見をみせて落ちつき、品位をたもっていられる――それがヨナタンをおどろかせた。また寡黙《かもく》なダビデに接していると、自分がこの友人よりずっと年若い未熟な者で、まだ多くを学ばなければならない騒がしい生徒のように思えてくるのだった。

ダビデは戦車からはなれて言った。「イスラエルも戦いにこの兵器をつかうべきではないかな」

ヨナタンは言った。「狩りに行こう」

「これにのって？」

「そうだ」

「どこへ。ここは山のなかだけれど」

「アヤロン谷の平地へ行くんだ」

「アヤロンの町へ行くだけでも、どれくらいかかるか知っているのか」

「いいから。行こう。ひろい平地なら雄ジカよりはやく走ることができる。まるでノロジカだ。ダビデ、まるでガゼルのようだ」

「そしてきみはこの戦車にどうやって馬をつけるか知っているのか」
「そうだ。きみに教えよう。二頭立てだ。さあ行こう」

そのころサウルは、北方でツォバの王がマナセとナフタリ族をおびやかしはじめたときいた。ふたたび彼は戦いの雄羊の角笛を鳴らした。また民兵をあつめてその頭となり、情熱の力で北へ北へと軍を戦いにみちびいていった。

ダビデは千人隊の隊長として、サウルのそばでたくみにロバにのっていた。せわしく動きながらもだまってロバにまたがり、赤い髪を風になびかせ、銅色の斑の散った目で前方の土地を注意深くみまもった。この隊長は心のなかで作戦を考えだし、想像でそれをためすことができた。

サウルはそのことにおどろいた。それはまるで、彼もこのあたらしい戦士も、巻物の文字を読めるかのようだった。彼はそれを声をだして読む。しかし若者はそれをだまって読んだ。サウルはそのようなことはきいたことがなかった。

ダビデはひきつづき王の天幕で休んでいた。イスラエルのほかのだれにもわからなくても、ダビデには王が暗澹《あんたん》とした気分に苦しめられているのがわかった。そんなときダビデは起きて竪琴を鳴らしてうたった。なめらかなテノールの歌声だった。ダビデはサウルにむかってうたっているだけではなく、サウルのためにもうたっていることがわかってきた。ダビデはサウルに代わって神にむかってうたっていたのだ。

主よ、わたしたちは呼ばわります。主よ、わたしたち
の叫びをおききください。
羊飼いも王も入れるあなたの避難所は
わたしたちを大切にまもり
わたしたちをあなたの翼の陰にかくしてくださいます。

サウルの心はいつも歌によってしずめられた。いつも歌が終わるまえに眠りについた。しかし翌日起きてから不安になることがあった。心の奥で何か小さなことがひっかかっていた。それは何か。

サウルとアブネル、ヨナタン、ダビデはツォバの王を打ち負かした。王はアラム人で、アブラハムやイスラエルの大むかしの親戚だった。サウルはツォバの王の処刑を命じ、王は処刑されたが、その勝利にもほとんど満足は感じられなかった。この小さな王国はふたたびもりかえしてくるだろう。モアブがそうだった。アンモンやエドム、アマレクも。そしてこれらのうち三国はたがいに血縁関係をもっているのだ。

その夜、サウルはサムエルの名をさけんで目をさました。むせび泣いていたため、のどがかすれていた。頭のなかは滝のようにとどろき、彼はさけんでいた。「サムエル、もどってください。サムエル、サムエル、わたしは罪をおかしました。どうぞもどってください」

ダビデはすでにうたっていた。複雑な歌のようだった。サウルは歌をきくために、頭のなかの雑音と戦った。

ああ主よ、わたしをはげしく非難しないでください
怒りをもってわたしを罰しないでください。
あなたの矢はわたしをみつけました。その矢尻から矢柄《やがら》までが
わたしの心に埋まりました。

わたしの傷はよごれ、膿《う》んでいます
おろかさのために、
神よ、わたしはおかした罪を悔いています
主よ、わたしは罪を告白します。

主よ、わたしをみすてないでください。
神よ、わたしをお救いください。
あなたのやさしい言葉をわたしは待っています。
主よ、あなたの――

朝になると、サウルは歌のすべてを思い出すことができた。彼はそれをささやきながら天幕から出ていった。歌は彼の心の叫びになっていた。歌は自分のなかで燃えさかる炉のことを表現してくれたので、彼はそれによってなぐさめられた。

しかしとつぜん――馬の馬勒《ばろく》へ手をのばしたとき――王はするどい声をあげてふりかえり、天幕をにらみつけた。ある考えが矢のように彼につきささり、それからどうして夜ダビデが自分といっしょにいることが、あれほど気がかりだったのかを理解した。あの男は知りすぎているのだ。ダビデといっしょでは王には何の秘密もないではないか。それに彼といっしょでは私事もできない――それどころか、権威も何もあったものではない。ダビデは大胆にも王の罪についてうたったのだ。

よくも大胆に彼の、サウルの罪について語ることができたではないか。

狩りのあと、ヨナタンは馬の両脚を縛り、草原で草を食べさせた。皮袋から甘くてうまいブドウ酒をたっぷりと飲むと、ダビデにわたして草の上に身をなげだし、くつろいで、しあわせのため息をついた。ダビデが来て彼のそばによこになった。彼らは青空をみつめた。

ふたりはギブアから三日間はなれた場所にいた。ヨナタンはイスラエルの王子として顔を知られていたので村人からパンを分けてもらうこともできたが、彼らはほとんど猟でしとめた獲物の肉を食べていた。二人は誇りと自立心を感じていた。

ヨナタンは言った。「きみはサムエルという年老いた祭司を知っているだろう」

「知っている。どうして」

ヨナタンは肩を動かして頭のうしろで両手を組んだ。

「ラマの人々は彼が病にたおれたと言っている。死ぬところだと」

「とても年をとっているから」

「骸骨《がいこつ》のようにやせている。会ったことはあるのか」

「一度」

「この悲しい知らせをきくまで、父はいつもサムエルを招こうとしてきたが彼は来てくれなかった。父は自分からサムエルのところへ行くゆるしももとめた。しかし返答はなかった。そして年老いた祭司は病気で死ぬところだときいて、父は彼にねがいでることをやめてしまった」

ヨナタンは唇の内側を噛みながらしばらくしずかによこになっていた。「どうしてサムエルが来てくれないのかわからない。そのことで父は傷ついているのだ。そしてその傷は前より深くなっている」

ヨナタンはふりかえって友人をみた。ダビデの頬と鼻梁《びりょう》にはそばかすが散っていた。「一度会ったと言ったね。きみがあの祭司に会ったのはいつのことか」

ダビデは身を起こした。「このことはだれにも話したことがないのだけれど。家族もすべてを知っているわけではない。自分にもよくわからない。それで悲しくなるんだ」

ダビデは手をのばし、誓おうとするようにヨナタンの右手をとった。「これはわたしたちのあいだだけの話にすると約束してもらいたい。父上にも言わないでくれ」

ダビデのまなざしは射るようにするどく、また同時に悲哀をおびていたので、ヨナタンは儀式のときのように答えた。「これはわたしたちのあいだだけの話だ」

「サムエルは数年前、きみの父上がアマレク人を討ったすぐあとでベツレヘムへ来た。町の長老たちといっしょに若い雌牛を主にささげるということだった。サムエルは彼らに言った。『身をきよめ、わたしといっしょに来てささげものをしなさい』と。

しかしわたしの父にたいしては、『あなたとあなたの息子たちは、わたしがきよめよう』と言ったのだ」

ダビデはまたよこになって目をとじた。ヨナタンは彼をまじまじとみつめた。友人の声には切迫したものが感じられた。

「わたしはその日、野で羊の番をしていた」ダビデは言った。

「祭司は父の身をきよめた。それからエリアブ、アビナダブ、シャンマと――七人のわたしの兄たちも一人ずつきよめた。父が言うには、老祭司は最後の者をきよめてしまうと、エッサイの息子はこれだけかとたずねたという。そしてわたしが呼ばれたのだ。

老人の前に立つと、彼があまりに力をこめてわたしの頭をつかむので頭をつぶされるのではないかと思ったほどだった。そしてわたし以外のだれにもきこえないほどかすかな声で二言三言ささやいた。『主は人とはちがうようにごらんになる。人は外見をみるが、主は心をみられるのだ』と。

そして衣から野生の雄牛の角をとりだした。それをわたしの頭の上にかかげてかたむけると、わたしは髪が油でぬれるのを感じた。大きな傷口からわきでる血のように、油油はわたしのこめかみや額や顔に流れた。油はあごからしたたりおちた。ああヨナタン、とてもはわたくさんの油で、それに老祭司はひどくたかぶっていたのでわたしはこわかった。おいがして、わたしたちはいっしょに死ぬのではないかと思った。煙のに

それが急に終わった。彼は道具をかたづけると去っていった。ほとんどの村人は身をきよめていたが、祭司は若い雌牛をささげることもなかった。人々は『年をとって忘れやす

くなっているのだ』と言い、みな彼のことをゆるした。これがわたしがサムエルに会ったときのことだ」ダビデは立ち上がり、丘をみながら言った。

ヨナタンは目でダビデを追った。「わたしはだれにもけっしてこの話をしない」ヨナタンも立ち上がった。「しかし今にきみが自分からはっきりとそのことを口にするときがくるだろう。そしてそのときはだれにでもその意味がわかるだろう」彼は友の背中、もつれた赤い髪、白く弱々しい肌をみた。

とつぜんヨナタンはふりむいて戦車に走りよった。前板の物入れに手をのばし、自分の剣といちばんいい黒い漆塗《うるし》りの弓をとりだした。そしてしずかにダビデの名を呼びながら彼のもとにもどった。

二人の男はむきあった。

ヨナタンは言った。「きみはわたしに、今までだれもくれたことのない、言いあらわせないほど価値があるものをくれた。だからきみにあげたいものがある」ヨナタンはしばらく間をおいた。彼は友より十歳以上年が上で、背も高く、肌の色は濃く、いかつい体をしていた。しかしそのしぐさには、はじらいがあった。「ダビデ、この贈り物で、わたしたちのあいだに契約をむすべるだろうか」

ダビデは頭をたれた。

ヨナタンは言った。「きみとわたしで、二人のあいだに契約をむすびたい。ゆるぎない、永遠の友情を。エッサイの子よ、それはわたしがきみを愛しているからだ、自分の魂を愛するように――」

ヨナタンは話をやめた。とつぜん歩みでて、ダビデがうけとれるように剣と弓をさしだした。

しかし長いことダビデは動かなかった。深く頭をたれて立っていたので、彼の顔はみえなかった。それから小さな音がして、ヨナタンは友が泣いていたことに気がついた。

すぐに彼は武器をおき、ダビデのところへ行って彼を抱いた。

「家へ帰ろう」彼はささやいた。「家へかえるときだ」

ペリシテ人はシェフェラのグブリン谷にある村々を攻撃した。三つの村をつぎつぎと。

サウルは戦いの角笛を鳴らした。民兵が召集された。ペリシテ人につぎに攻撃されるはずだった町ケイラの西で、丘からおどりでたイスラエルの戦士たちは、反撃のためにまっ正面から敵につっこんでいった。そこは、谷のなかでもせまくなっている場所だった。両側の起立した岩によって、流血の通路がつくりだされていた。

サウルとヨナタンとアブネルはみな馬にのって敵を攻撃した。

ダビデはロバにのっていた。

馬はほかの乗物より大きくはやいとサウルは言っていた。いろいろな軍事的利点があり、とくに背が高く脚の長い者には有利だと。しかし当時の騎手は、馬勒《ばろく》（面繋《おもがい》、轡《くつわ》、手綱からなる馬具）だけで馬を制御していたのだ。戦士が戦いのさなかにうまく馬をのりこなすには、はげしい気性とほんとうの力が必要だった。馬は駿足ではあるが、気むずかしくておびえやすい、神経質な動物なのだ。

ロバは愚鈍で体高の低い動物かもしれない。しかし安定していて、たよりがいがあり、ユダの山地では足もとのしっかりした乗物となった。

そのロバにのったダビデは自分の隊をけわしい岩壁から谷へおろし、敵の左翼を奇襲した。彼らは敵にいちじるしい打撃をあたえた。戦いもたけなわのとき、ダビデが目をみはるようなあざやかさでペリシテ人を殺したので、ケイラの人々は岩の上にむらがって声援をおくった。

ダビデはむだのない動きと最小限の流血で人を殺した。彼の剣はふつうのものより短くするどかった。その刃を相手の心臓に突き刺し、ひきぬく手際があまりにもはやかったので、彼の手にかかった者は死ぬまえに何事かと思うだけだった。彼はまたしずかに戦った。ダビデは笑うことも呪うことも、敵をあざけることもなかった。彼の目は怒ってはいなかったが、注意はおこたらなかった。そして騒ぎを起こさずにすむので、ペリシテ人は自分たちがどれほど死に近いかに気づかないのだった。しかし尾根にいる人々はそれをみていた。イスラエルは感嘆の叫びをあげた。そして敵が退却のために向きをかえると、彼らはとびあがり、声をそろえて同じ言葉をくりかえした。サウルはその声の調子をきいていたが、はなれていたためその言葉まではわからなかった。

つぎの日イスラエルは野営をたたみ、民兵は復員し、サウルと隊長たちは馬にのってギブアへもどりはじめた。

その道すがら町々をとおってゆくと、女たちはタンバリンをもってサウル王を出むかえ、よろこびの歌をうたいおどった。しかしどの町でもきまって女たちの歌には一つのくりかえしがきかれた――戦場をとりかこむ岩壁からきこえたのと同じ言葉が。今回はその言葉をききとることができ、サウルは面目をうしなったのだ。

サウルはまた千を殺し
ダビデは万を殺した。

その夜、暗澹たる気分で部屋で目をさましたサウルは、テーブル、粘土の水盤など、ものをつかんではこわしていった。いつからはじめたのかもわからず、やめることもできなかった。心はにくしみで燃えあがっていた。そしていつものようにサウルが目覚めると、ダビデは部屋のすみにすわって竪琴をそっとかき鳴らし、やさしい歌をうたっていた。

——あなたの右では千の敵がおち
　左では万の敵がおちる。
　しかし悪疫は夜しのびより——

ひどい侮辱の歌ではないか。サウルは水がめをつかんで床にたたきつけた。そして槍をつかんだ。彼はそれをダビデになげつけながら、「壁に突き刺してやる」とさけんだ。ダビデはそれをよけた。槍があたって壁の石はこなごなにくずれた。するとサウルは急に自責の念にかられた。口をあけて両手をみつめ、息ができないようにあえいだ。それからダビデのもとへかけよりながらさけんだ。「すまない。すまなかった。傷つけるつもりではなかった」

ダビデは口をひらいて話そうとしたが、サウルはそこに手をあてた。「いいのだ、いいのだ」彼は声をあげた。「おまえのせいではない。わたしのせいだ」それからうしろへよろよろとさがってゆき、ふりかえって両手をできるかぎり高くあげてなげいた。「主なる神よ、どこにいらっしゃるのでしょうか。どうしてわたしからあなたの霊をとりさってしまわれるのですか」

サウル王は床にくずおれた。自分をにくむ以外、もう何のにくしみも感じていなかった。胸に両ひざをよせ、そのまわりにたくましい腕をまわし、体をよこにゆらした。「なぜ、どうして」彼はうたっていた。それは歌のようにきこえた。「どうしてこの悪霊はわたしにとりついたのか。神よ、どうしたらいいのか教えてください」


そのころ末娘がサウルのところへやってきて願い事をした。

「どんなことだ」彼は言った。

ミカルはものごころがついたときすでに王の娘だったので、父は彼女にものをあたえて愛していた。

「ダビデ、エッサイの息子のことです」

「何だと」サウルは娘をみつめた。「何をねがっているのだ」

「ダビデをわたしの夫にしてほしいのです」

サウルは息をのんだ。一瞬、自分の肉親がダビデとむすびつくことを考えて、彼はふるえた。しかしそれからほほえみはじめた。彼はミカルを抱いて言った。「そうだ。それがいい、おまえをダビデにあたえよう。いいとも。そうしよう」

彼女はにっこりして父に口づけし、部屋から走り出ていった。
しかしサウルは考えていた。「ミカルを罠にして、ダビデをペリシテ人の手にかけさせよう」

同じ日、サウルはダビデのもとに家臣らをつかわし、こう言わせた。「ごらんください。王はあなたのことをよろこんでおられます。家臣たちはみな、あなたを愛しております。王の末娘ミカルまであなたを愛しております。王はそこでエッサイの子ダビデさま、王はあなたにあなたに義理の息子になってくれるようおのぞみです」

一時間のうちに家臣たちはもどり、ダビデの返答を伝えた。「自分は貧しく、名もない男だとダビデはいうのです。そして、王の義理の息子になるのが簡単なことだと思うか、とたずねるのです」

サウルは言った。「高価な婚礼の贈り物などいらないから、百人のペリシテ人が死んだ証拠をもってくればいいと伝えなさい。ペリシテ人の地へ行って、百人分の包皮をとってこられるほど勇敢かとたずねるのだ」

家臣らはふたたびダビデのところへ行った。サウルは部屋を歩きまわり、自分の娘というよりこの隊長の運命がどうなるのかについて、その答えがくるのを待った。

家臣は夕方になってもどってきて言った。「ダビデは申し出をうけいれました。そして何人かをつれてペリシテ人の町へ行きました」

「もう行ったのか」王は眉をしかめながら言った。むろんそれは好都合だった。それはダビデを殺すための彼の計画で、はやければはやいほどよかった。それなのにどうしてサウルには、ものごとが自分を追いこしていくような気がするのだろうか。

三日後、砦のそとで歓声があがった。それは、おどろくべき偉業をなしとげた英雄をたたえる、戦士たちの声だった。

サウル王がいそいでそとへとびだすと、ダビデがロバと荷車をひいてくるところで、その荷車には中身のつまった十の袋をのせていた——それでギブアの者たちはみな、その袋にペリシテ人の包皮がつめられていることを知ったのだ。

ギブアの者たち？　それどころかイスラエルのすべての者がそれを知っていた。そしてダビデが王の要求の二倍をなしとげたことを。うわさは町から町へとひろがり、イスラエルの誇りが彼らの胸で燃えた。［ダビデはペリシテ人の砦に攻めこみ、二百人を殺して二百の包皮をうばい、かすり傷ひとつ負わずに帰ってきた。ダビデよ］

その場の熱狂のなかで、ある兵士が仲間どうしのように気やすく王の背中をたたいた。するとサウルはひじ鉄をくらわせてその兵士のあごをくだいた。

彼はもちろん約束をまもった。サウル王はダビデに末娘を妻としてあたえ、砦の二階に彼らの部屋をあてがった。しかし王国は今や公然とダビデに愛情をしめし——そのことによってサウルは自分の王朝支配に不安を感ずるようになった。

そのころサムエルは死に、その死を悼《いた》むためにイスラエルの長老たちがあつまった。祭司たちは北からも南からもやってきた。兵士は隊長とともに、男、女、若い者も、年老いた者もあつまった。しかし王は来なかった。

死ぬころのサムエルは体も小さくなり、目はくぼみ、ひからびたアシのような骨をしていた。顔には悲しみがはりついていた。

彼は住んでいたラマに葬られた。


軍の行進によってイスラエルでいちばん苦しむのは農夫たちだった。軍隊は果物をもぎとり、彼らの穀物を食べ、チーズやクリームを盗み、彼らの家畜をほふった。戦いそのものが耕地でおこなわれ、作物は収穫される前に壊滅した。味方の軍は食料をさしだすことを命令し、敵はそれを盗んだ――しかしエッサイの子ダビデは、そのどちらでもなかった。

彼は一般の農民たちをうやまった。彼は農夫たちに食べ物を分けてもらえるようにたのんだ。

そして兵士たちが腹をみたすと、彼は食料をあたえてくれた者たちを祝福して言った。

「イスラエルの神、主と、あなたがたの親切に祝福があるように、そして今日わたしたちを飢えと渇きからまもってくれたあなたがたに祝福があるように」

すぐにイスラエルのだれもがダビデの姿を知るようになった。女たちが彼をたたえる歌をうたうだけではなかった。男たちも、若者も、老人も、羊飼い、店主らイスラエルの民たちみなが声をあげた。

サウルはまた千を殺し
ダビデは万を殺した。

ダビデはしだいにゆっくり行進して家にもどるようになった。彼をほめたたえる者たちがいたためばかりではなかった。道すがら彼はいろいろな家にたちより、自分たちを支援してくれた者たちに戦利品を分けあたえていたのだ。そのため、あるときペリシテ人とのこぜりあいがあったあと、サウルは家へ帰ったがダビデは帰宅がおくれていた。三日めに、どうしてダビデがまだもどらないのかとたずねた王は、エッサイの子はイスラエルのあらゆる町々をたずねているのだとつげられた。「彼は人々と食事をとり、それから彼らを祝福します。人々は彼といっしょにいることをよろこぶのです」

王はたずねた。「どうしてそんなことを知っているのか」

そして彼はこう教えられた。「ダビデがどこに行っても、その村では踊りがおどられるのです」

その夜サウル王は、両ひざに槍をわたし、自室の扉の陰にすわっていた。ランプはつけなかった。自分を抑えようとする荒い息づかいがきこえるばかりだった。筋肉はみな緊張していた。扉がひらき、ダビデの影がもどってくるのを彼は待っていた。

ミカルはとつぜん深い眠りからさめた。何かにおどろいて目をさましたのだが、それがどんな音だったのか思い出せなかった。

するとと何かが動くのを感じた。そしてだれかが上のほうに立っていた。男がしゃがむと、それは夫のダビデだった。

「おまえの父は、今わたしを殺そうとした」と彼はささやいた。

「何ですって」

「しずかに、ミカル。これははじめてのことではない。わたしに槍をなげつけたのだ」

「ダビデ、あなたを殺す？　夢か誤解ではないの」

「彼は兵士たちに扉をみはるように命じた。わたしは彼の部屋からとびだしたが、まだわたしが砦のなかにいることは知っている」

ミカルは寝具がぬれていることに気づいた。ぬれているところは生あたたかく、毛布は彼女の腹にはりついていた。

「ダビデ。血が出ているわ」

「左の、わきの下だ」

「ああ、ダビデ。今夜のうちに手当てをしないとあなたは明日にも死んでしまう」

ミカルは起きあがり、亜麻布の寝具を細長く裂きはじめた。「このひもをむすびつけて」彼女は言った。つぎに前よりもずっとひろい幅に布を裂いた。「腕をあげて」彼女は長く水平に切られた傷をぬぐい、それから彼の肋骨《ろっこつ》、背中、胸を亜麻布の包帯で縛った。彼女は窓へゆき、格子をいっぱいにあけた。

「知らせをくださいね」と彼女は言った。

ダビデは彼女に口づけし、それから窓から出て、亜麻布の縄でサウルの砦の壁面をくだっていった。

〔知らせをくださいね〕と、彼女は二、三日のうちにまた夫に会えると信じて言った。

ミカルは格子をしめて仕事にかかった。テラフィム（木の像）を寝台の上にのせた。ヤギの毛を入れた小袋をその像の頭部につけ、それから衣類と毛布をかぶせた。最後に部屋のすみにゆき、ランプの芯を切りそろえて、薄暗い光になるようにした。

すぐに衛兵たちが部屋になだれこんできた。

ミカルは彼らをののしった。「この人が病気なのがわからないの」

衛兵たちは彼女のいきおいにひるんだが、そこにサウルが松明《たいまつ》をもって部屋に入ってきた。「わたしが病気かどうかしらべてやる。そして、あわれな男の出血があまりひどくて動かせないなら、寝台ごと下へはこぼう」

彼は毛布をつかみあげた。像の頭につけた袋がかすかな音をたててころがり、寝台にはうつろな像がよこたわっていた。

サウルは両手で頭のてっぺんをかかえてさけんだ。「ミカル。わたしをだましおって。敵に逃げる時間をあたえるとは」

「彼がそうしろと言ったのです」彼女は言った。狂人をおそれてひきさがるように、彼女は父からはなれた。「彼が言ったのです。『どうしておまえを殺せるだろう』と。そして『行かせてくれ』と言ったのです。お父さん、お父さん、わたしにほかに何ができたでしょう」

「今夜、王はそのつもりだった」ダビデは息をきらしながら、ヨナタンの庭の暗がりにうずくまった。「王の部屋の扉をあけると、たくらみをいだいてわたしのほうをむいた王がすわっていて、槍をうしろにひき、目をぎらつかせていた。わたしは右にとびのいたが左わきに槍を受けてしまった」
ヨナタンはダビデの胸をさわった。包帯がしてあった。
ダビデは言った。「ヨナタン。主は生きておられ、きみの魂も生きている(誓いの表現)。
わたしはほんとうに死からあと一歩のところだったのだ」
「きみを信じている」ヨナタンは言った。「わたしは何をすればいいか」
「明日は新月だ。わたしは父上といっしょに新月祭の食事をとらない。わたしはリバイの
野にある石の山にかくれている。もし父上がわたしがいないことに気づいたら、わたしは
自分の家族とともに新月祭を祝うためベツレヘムへ行ったと言ってくれ。三日間はもどら
ないと。もし父上がその言葉をうけいれたら、悪霊はやってきて去っていったのだからわ
たしは帰っても安全だ。しかし怒りがとけないようなら、悪霊は王自身の意思によるもの
だ。そのときは、ヨナタン、わたしを信じてほしい。そうなっても愛してほしい。しかし、
もしわたしが罪をおかしたというなら、わたしはきみに殺されたい。父上にではなく」
「ああ、ダビデ」ヨナタンはさけんだ。「愛する者の髪の毛だって傷つけられるものか」
ダビデは言った。「三日たっても父上がきびしい返答をしているなら、そのことをだれ
がわたしに伝えてくれるのか」
「わたしだ」
「どうやって。わたしは姿をみせることはできない。それにきみは見張られている」

「石の山は知っている。三日めにわたしは弓をもってリバイの野に行く。射た弓の矢をひろわせるためにわたしは少年をつれてゆき、少年に大きな声で呼びかける。もしそのときに『矢はおまえの近くにある』と言ったら、すべてうまくいっているということだ。父はふたたびやさしい気持ちになっている。しかしもし『矢はずっと遠くにある』と言ったら、姿をみせるな。かくれているのだ。主がきみを遠ざけておられるから」

これらのことを話しあってからダビデは出てゆき、夜の闇にとけこんだ。

ヨナタンは庭のまんなかに一人で立っていた。家に入ってすわろうとも思った。しかしそうしなかった。夜明けになっても彼はまだ庭にいた。

新月の宵《よい》、王は食事のために席についた。いつもどおり壁ぎわの席だった。ヨナタンはその反対側にすわった。アブネルはサウルのよこ。ダビデの席はあいていた。

彼らは無言で食事をした。サウル王はダビデについてひとことも言わなかった。

しかしつぎの夜もダビデの席はあいていた。

サウルは言った。「きのう、わたしはダビデが身をきよめていないので新月祭の食事ができないのかと思った。今日はそんな問題はないはずだ。どうして彼は今夜いないのか」

ヨナタンは言った。「ダビデはベツレヘムへ行かせてくれとねがいでました。家族は毎年この時期に犠牲をささげるので、兄からそれにくわわるように言われたというのです」

「そうか、それではおまえがどんな者かを教えてやろう、ヨナタン」サウルは立ち上がり、息子と顔をあわせながら言った。「おまえはひねくれた、反抗的で人をあざむく女から生まれた子だ。おまえはわたしの子などではない。わからないのか。エッサイの子が生きているかぎり、おまえはわたしのあとを継ぐことはできないのだ。おまえの王国がきずかれることはないのだ。ヨナタン、あの王位をねらう男をさがすのだ。わたしのところへつれてこい、わたしが自分で殺してやるから」


三日めの朝、ヨナタンはみどりの野に立ち、荒涼とした石の山と、それをかこむやぶをみた。動くものは何もなかった。しかしそのどこかに友は身をひそめているのだ。

かたわらには少年がひかえていた。

ヨナタンは少年に言った。「この矢がみえるか」

子どもはうなずいた。

「何本あるか」

「三本です」

「わたしはこれから、石の山のそばにある標的に三本の矢を射る。そうしたら走っていって矢をみつけてくるのだ」

子どもはふたたびうなずき、じっと立って待っていた。

「ほら」ヨナタンがどなると子どもはびっくりしてとびあがった。「走れ。行くのだ。三本ともみつけるまでもどってくるな。一、二、三本だ」

子どもは石にむかって走りはじめ、ヨナタンは一本めの矢をつがえた。きびしい表情で彼は耳もとへ矢をひき、はなった。矢は石の山のずっと先へとんでいった。二番めの矢はさらに遠くへとばした。三本めにつがえた矢は弓のなかでふるえた。腕もふるえ、彼の表情はもはやきびしくはなく悲しげだった。兄弟をそのまま逃がさなければならないことはわかっていた。彼に会ったりするのは賢明ではない。しかしひと目会わずに、どうして彼を行かせることができようか。

子どもはちょうど石の山についたところだった。ヨナタンはさけんだ。「矢はもっと遠くにある。もっとむこうだ」

子どもはこちらをみつめ、それから走りつづけた。

「もっと遠くだ」ヨナタンはさけび、それから三本めの矢をつがえ、短く射った。矢は石にあたった。呼びかけるだけの声も出ないように彼は悲しげに言った。「わたしも手伝おう」そしてまわりをかこむ茂みを注意深くみながら、自分も石の山にむかって歩いていった。彼は茂みのあいだにひざをついた。「ダビデ」彼はささやいた。

すぐにダビデが彼の前でひざをついた。

ほっそりした、そばかすのある彼の顔をヨナタンはしばらくみつめた。「知っていたのか」

「知っていたとも」

ヨナタンはやにわにダビデにとびつき、二人はしっかり抱きあった。

「わかったことがある」ヨナタンはダビデの耳もとでささやいた。「きみの頭に油をそそいだときサムエルが何をしていたのか。聖別したのだ。きみをつぎのイスラエルの王にする準備をしていたのだ」

ダビデは眉をしかめて身をはなした。「王の息子はきみではないか。きみが父上のあとを継ぐのだ」

「いや……そうではない」ヨナタンはそっと言った。「きみだ。父のおかげでそれがわかった。それがきみへの父の最後の恩恵だ——それがわかったことが。きみが王国を治めるようになったら、主の愛をしめして、わたしを殺さないでくれることだけをねがうよ、ダビデ」

「きみを殺す？　ヨナタン、殺すって。どうしてそんなことを考えるのだ」

「わたしは父の宮廷でくらしているから」

「ああ、ヨナタン、そんなことをするくらいならこの目を焼かれたほうがいい」

「しずかに。きみを信じている。そしてダビデ、きみを祝福しよう。かつては父にもそのようなときがあったように、主がきみとともにおられるように」

二人の男はしゃがみこみ、たがいをみつめあった。矢をさがしつづける子どもの、石をふむ音が遠くできこえた。ヨナタンはゆっくりと衣をぬぎ、それをダビデにわたした。友のかがやく目のなかに琥珀《こはく》色の斑がみえた。その目はかがやいていた。そしてダビデの肌の何と白いことか。

ヨナタンは言った。「これを権威のしるしとしてもっていくといい、そして道中が無事であるように。主の御名によって誓いあったではないか。〔主はわたしときみのあいだに、そしてわたしたちの子孫のあいだに永遠におられる〕と。そうだ。ダビデ、無事で行ってくれ」

彼は立ち上がり、茂みにむかって呼びかけた。「あったぞ。三本めの矢はここにあった」

それからの数カ月、ダビデに関するさまざまなうわさがギブアのサウルのもとにとどいていた。

「ダビデはノブの祭司アヒメレクのもとに滞在し、祭司からあたえられた供えのパンを食べた。またそこを去るときは、ペリシテ人ゴリアトの剣をもっていった」

「ダビデはペリシテ人の町ガトにいた。狂人のなかにいて、城門の扉をひっかき、よだれをたらし、わけのわからないことをしゃべっていた。すると王アキシュは、『ただでさえ狂人はたくさんいるのに、この男をつれてきてわたしの家につきまとわせるのか』と言った。そこでダビデはつれさられた」

こんなうわさもあった。「ダビデはアドラムの洞窟へ行った。彼は血にうえた冒険者をあつめた。金のためなら何でもする兵士たちだ。ダビデにしたがっているのは困窮した者、負債のある者、自分の運命に不満をいだいている者たちだ」

うわさは国じゅうにひろがった。ダビデは人々の想像をかきたてたので、だれもが彼に関する話の一つや二つは知っていた。

「ダビデと従者たちはケイラでペリシテ人と戦った」

「ダビデは山地の砦と、ジフの荒れ野で敵を待ち伏せした」

「ダビデと従者たちはマオンの荒れ野にいる」と、そんな話がきかれた。

サウルはたえられなかった。妄想にとりつかれた彼は、うわさに反応した。

ノブの者たちや、ダビデに食料と武器をあたえた祭司のうわさにたいし、サウルは軍をひきいてゆき、アヒメレクと彼の家族、神殿につかえていた者たち八十五人を殺した。またノブの者たちを殺し、男、女、子ども、乳飲み子、雄牛、ロバ、羊にいたるまですべてを剣にかけた。

ケイラでのうわさをきいたときは、王は機動力にすぐれた自分の軍とともに全速力で馬を駆ってそこにかけつけた。しかしついたときにはダビデはケイラから消えていた。

ダビデがマオンにいるときいたサウルは、目ににくしみの炎を燃やし強い馬を一晩じゅう駆っていった。荒れ野の山につくと、そのまわりをまわりはじめた――そのうちに北からの使者がやってきて、「ペリシテ人が国に侵入しました」と言った。そこでサウルはうしろ髪をひかれる思いで、やむなく北へむかった。

しかしまたすぐにちがううわさが流れた。

「サウル王がマオンの山の西側を行進していたとき、ダビデと従者たちは同じ山の東側にかくれていた」というのだ。

そのころペリシテ人は軍を集結し、イスラエルをいちどきに壊滅させようともくろんでいた。

五つの町それぞれが百人隊、千人隊を北におくりだした。戦車は平坦な、乾いた大地をふみつけていった。馬、ラバ、ロバ、兵士が大地をゆすり、空気は嵐の前のように重く感じられた。その大軍はアフェクに集結し、それからシャロンの平原をとおって北進し、東のイズレエル谷へ入っていった。

イズレエルの泉のほとりでは、イスラエルの小さな部隊が野営していた。実はこの小部隊こそが、この大軍事的示威の口実であり、目標であった。五つの町の長たちは、イスラエルが彼らとベト・シェアンの同盟者のあいだの通信をおびやかしていると宣言した。

そしてペリシテ人はイズレエルの北、シュネムのモレ山の南斜面に野営した。そこに天幕をはり、仮設建物、道、見張り台をつくり、それらのあいだに網の目のように塹壕《ざんごう》を掘りめぐらし、山の外観を町のように変えてしまった。彼らはイスラエルと戦うためにミクマスへ行ったとき以来、それほど集中していくさの準備をしたことはなかった。

ペリシテ人の軍隊が集結し、イズレエル谷に侵入したときつけたサウル王は馬にのり、戦いの角笛を鳴らして北へむかい、必死にイスラエルの男たちの奮起をうながし兵をあつめようとした。

しかし民兵の集まりはおそく、また彼らの動きはにぶかった。イスラエルは疲れていたのだ。それは勝つことのできないいくさだった。この敵は深い根と、魔法の枝をもっていた。一つの枝をはらえば、そこから二つの枝が生えてきた。それに近ごろではイスラエル王のふるまいにも深刻な疑問がなげかけられていた。〔その王が自分たちの息子をとりあげようというのだ――〕

ミクマス以後、サウルの統率力からは覇気《はき》がうしなわれていた。ほかのだれよりも自分自身が疲れきっていた――その顔は憂《うれ》いにしずんでしわがより、思いは乱れ、心は名状しがたい悩みで消耗しきっていた。ときおり、むかしのようにはげしく雄々しく、神の山にいるモーセのように心を燃やして天幕から出てくることもあった。しかしたいてい彼の目は灰のように生気をうしなっていた。

こうして王はイスラエルの軍勢をイズレエルの野にみちびいていった。彼はペリシテ人の軍隊から十六キロ以上はなれたギルボア山の北側に野営した。

夜になり、サウルは一人で野に馬を駆ってモレ山へ行き、どんないくさになるかを偵察した。山が燃えているのがみえた。ペリシテ人のたく無数の火がみえた。おびただしい数の兵士たちが火をみつめ、笑っていた。火からあがる煙は月を陰らせ、天の星々をのみこんでいた。ひざががくがくとふるえた。サウルはひざまずいて声をあげた。「主よ、わたしはどうすればいいのでしょう」彼は何度も祈りをくりかえした。「どうすればいいのでしょうか」しかし主は彼に答えなかった。

サウルは馬にのって自分の野営へもどっていった。そこでふたたび、今度はウリム（神の意志をきくための道具）をもちいて主にたずねた。しかし主は彼に答えなかった。

王は預言者たちを呼びよせた。預言者をとおして、このようなペリシテ軍の集結を前に、自分はどうすればいいのかと主に教えをこうた。しかし預言者は何も言うことができず、主は彼に答えなかった。

サウルは断食をはじめた。彼はそれをやめようとしなかった。そのような状態のなかで、彼は夢によって主に祈願した。しかし主なる神はだまったまま彼に答えなかった。

王は家臣たちに言った。「口寄せの女をさがしてくるのだ。死者と語ることができる女を」

彼が憔悴《しょうすい》しきったようすだったので、家臣たちはそれをこばんだり、国内に魔術師がいることを知らないふりはできなかった。

彼らは言った。「エン・ドルにそのような女がおりますが――」

しかし王はすでに立ち去ったあとだった。

サウルはヤギ飼いが着る粗い革に身をつつんだ。寒さにそなえるような恰好をして、頭には頭巾をかぶり、馬で北のモレ山やペリシテ人の大軍の近くへ行った。夜の闇にまぎれてそこをとおりこした。エン・ドルのそとの木立に馬をかくしてから、彼ははだしで町へ入っていった。低い石づくりの小さな家へやってきた。彼は扉をたたいた。

だれかがなかで油のランプをつけた。

扉はわずかにひらいた。

「何の用です」女の声がした。

サウルは言った。「霊をさがしてほしい。わたしが言う者を呼びだしてもらいたい」

「何を言うのです、わたしを殺すつもりですか」不快をあらわにした声が言った。「口寄せも魔術師も王が禁止していることは知っているでしょう。罠にはめようというのですか」

「ああ」苦痛がこみあげてきて、サウルはさけんだ。「たのむ。王とは知り合いだ。王のことはよく知っているし、わたしのたのみをきいてくれれば、おまえが罰せられないようにすると誓う」

「どうしてそんなことができるのですか。わたしは口寄せでもないのに」

「おまえは口寄せだ。そうでなければどうしてこれほどすぐに罠のことなどもちだすのか」

「帰ってください」

「たのむ、どうかわたしを助けてほしい。ほかに行き場所がないのだ」

ゆっくりと扉は内側にひらいた。サウルはかがんで頭巾を目深にひき、こうつぶやきながら家に入った。「祝福あれ、祝福あれ、主の祝福がおまえに――」

「ここへすわってください」女は家のすみにある腰掛けを指さして言った。ランプを部屋の中央におき、それから自分は彼と反対側のすみにすわった。女はふっくらとまるみをおびて、母親らしい体型をしていた。すわるのにひざをひらいた。頭をたれ、両目に指をあてた。

「だれを呼びよせればいいのでしょう」

サウルははやる心をおさえた。前にのりだして女の顔を一心にみつめた。「祭司サムエルを呼びだすのだ」彼はささやくように言った。女は体をゆらすようなことはしなかった。異国の言葉を口にしたり、異教のしるしをみせたりすることもなかった。しずかな声で、子どもにむずかしい用を言いつけるときのように呼びかけた。「サムエル、サムエル」深い沈黙が家のなかで息づいていた。ふたたび女はやさしく言った。「サムエル」ふたたび部屋はしずまりかえった。サウルはあえいでいた。

三度めに女は呼んだ。「サムエル。サムエル」――すぐに女の口からちがう声が出て言った。「サウル、サウル、おまえなのか」

とつぜん女は顔をあげて、するどい悲鳴をあげた。おびえきった恐怖の叫びだった。

「あなたは王なのだ。どうしてわたしをあざむいたのか。あなたは何をしているのか」

サウルは高まる感情を抑えかねていた。「つづけて。つづけてくれ」彼は頭巾をとってさけんだ。「つづければ王がおまえの身の安全を保証する。何がみえるのか」

女はふるえはじめた。おそろしい力が家のなかでぶつかっていた。ゆっくりと彼女は頭をたれ、両手の指の関節を眼窩《がんか》に深くおしつけた。

「みえる――」彼女はすすり泣いていた。「――大地から神が出てくるのが」

「おそれることはない」サウルはささやいた。「神はどのようにみえるのか」

「老人のように。やせこけた老人が地面からあがってくる。ちぎれた衣を着て」

「サムエルだ」サウルはうめいた。「サムエル」彼は腰掛けからおりてひれふした。

ききなれない声が言った。〔どうしてわたしの邪魔をするのか〕

「ああ、サムエルよ、わたしは行きづまっています。明日ペリシテ人が攻撃してくるというのに、主はわたしから去っていかれました。主はわたしに答えてくださらない。サムエル、どうすればいいのか教えてください」

声が言った。〔どうしてわたしにたずねるのか。主はすでに王国をダビデにおあたえになったのに〕

「ああ、ではそうなりますように。そうなりますように」サウルはささやいた。彼はひざまずいた。指を目に深くおしつけた女の前で、彼は両手を組んだ。「もうなされたことをとやかく言うのではありません。ただ明日のことを教えてほしいのです。イスラエルを救うためにどうすればいいのでしょうか」

〔何もない〕

「わたしはどんなことでもいたします。どんな犠牲もいといません。どうすればいいかだけを教えてください」

〔すでに定められていることだ〕

「何が定められているのでしょうか」

〔明日、おまえとおまえの息子たちはわたしといっしょになる。そう定められている。そして主はイスラエル軍をペリシテ人の手にわたされる。それも定められている。すべてはすでになされているのだ」

サウルは床にたおれこみ、あおむけになった。すべての力は彼からうしなわれていた。

女は顔をあげ、立ち上がって彼のもとへかけつけ、かたわらにひざまずいた。

「ご主人さま。ご主人さま、いったいどうしたのですか」

サウルの大きな体は家の半分ほどを占めていた。つややかな灰色の髪が頭のまわりでかがやいていた。彼はかつて美しい男だった。

「ご主人さま」

答えはなかった。呼吸はゆっくりして一様だった。

「ご主人さま、あなたが話せなくなるような、どんなことをわたしたちはしたのでしょうか」

王の目はひらき、ややはなれたところをみつめていた。悲しい質問をしているように眉をあげていた。

女は彼の肩をさすりはじめた。「しずかに、しずかに」とやさしく言った。そして首をかしげ、母親のような調子で言った。「食事はいつしたのですか。何か食べ物を用意しましょうか」

〈小説「聖書」〉上巻了

（この作品は1998年5月徳間書店より刊行されました）

徳間文庫

小説《しょうせつ》「聖書《せいしょ》」旧約篇 上

2000年6月15日 初刷

著者 W・ワンゲリン

訳者 仲《なか》村《むら》明《あき》子《こ》

発行者 徳《とく》間《ま》康《やす》快《よし》

東京都港区東新橋一―一 〒105―8055

発行所 株式会社 徳間書店

電話（〇三）三五七三・〇一一一（大代）

振替 〇〇一四〇―〇―四四三九二

印刷 凸版印刷株式会社

製本

〈編集担当 青山恭子〉

ISBN4-19-891333-1 （乱丁、落丁本はお取りかえいたします）